Collection dirigée par Glenn Tavennec

L'AUTEUR

Sous le mystérieux pseudonyme de Myra Eljundir se cache un auteur et scénariste francophone de talent, vivant en Islande.

À l'instar de Kaleb, sa trop grande empathie l'a conduite à s'isoler. Une façon de se protéger, ainsi que ceux qu'elle aime.

MYRA ELJUNDIR

Kaleb II

SAISON II

roman

ISBN 978-2-221-12683-7
ISSN 2258-2932

Parce qu'elle me rendra
peut-être meilleur…

Kaleb

I

DANS LA TÊTE DE L'EMPATHE

1.

Enfin.

Tête collée contre le hublot de l'appareil, Kaleb s'absorbe dans la contemplation de la terre de ses ancêtres.

Enfin, il arrive en Islande. Il est prêt à atterrir, quoi qu'il y découvre : sa famille, l'origine de son don, ou même la mort. Rien ne lui fait peur. Il est bien au-delà de ce sentiment vulgaire réservé aux mortels sans panache. La mort. Déjà elle lui semble partout sur cette île qu'il aperçoit derrière les nuages. C'est une terre noire sur laquelle l'écume d'une mer déchaînée vient se fracasser sans parvenir à lui apporter un peu de lumière. Une terre volcanique, qui souffle sa colère à travers des dizaines de fumerolles menaçant de vous asphyxier. Une terre brûlée, une terre ridée comme une peau trop longtemps immergée. Une terre isolée qui donne la désagréable impression de ne pas vouloir qu'on l'accoste, dont une unique route fait le tour sans jamais s'aventurer vers le centre, de peur d'y trouver quelque monstre prêt à la dévorer. Ce qui vous saute d'abord au visage, ce sont ces cratères, ces failles, cette lave qui semble avoir tout cramé sur son passage. Où sont les villes ? les gens ? Kaleb ne les distingue pas. Il ne voit rien d'humain, de rassurant, de réconfortant qui pourrait lui faire sentir que sa mère y a un jour vécu...

Il a quitté la France depuis trois mois. C'est court et long en même temps. De quoi vieillir mille fois, prendre cent ans tout en ayant le sentiment que le temps vous échappe, que tout a été trop vite, que vous ne contrôlerez jamais rien. Trois mois sans qu'il ait vu son père, victime collatérale d'un groupe de fanatiques qui veulent la peau de Kaleb. Trois mois que l'homme est coincé dans un fauteuil roulant parce que les Sentinelles lui ont brisé le dos, tout ça pour faire passer un message à Kaleb et lui voler ses biens les plus précieux : une boîte à musique – unique objet que sa mère lui ait légué – et l'amour de son père. Trois mois que Kaleb reste en connexion mentale avec l'homme qui l'a élevé mais ne veut plus entendre parler de lui. Trois mois qu'il ressent son chagrin, sa peur et sa douleur sans parvenir à les apaiser. Trois mois que le garçon a la rage et a décidé de tout mettre en œuvre pour le venger, et massacrer l'immonde salaud qui donne les ordres à SENTINEL : le colonel Bergsson.

Kaleb a quitté Paris plein d'espoir. Enfin, aussi plein d'espoir qu'un jeune homme qui a tout perdu peut l'être. Direction l'Irlande, terre fertile riche de promesses. Celle de rencontrer d'autres enfants du volcan, les EDV, ces gens qui, comme lui se sont réveillés un matin avec des facultés extra-sensorielles hors du commun, tout ça parce qu'ils descendent d'une même lignée d'Islandais trop longtemps exposés aux cendres du volcan Eyjafjöll. Kaleb cherchait des réponses, mais n'est revenu qu'avec de nouvelles interrogations. Il est parti pour retrouver ses semblables, mais se sent désormais encore plus seul. Il est allé là-bas parce qu'une inconnue au charme vénéneux lui avait conseillé de faire escale en Irlande, sans vraiment comprendre pourquoi.

« Pourquoi l'Irlande ? avait-il demandé.

— Si tu vas en Islande, les Sentinelles te tueront. Ils t'attendent là-bas : c'est tellement évident que tu partes à la recherche de tes origines. »

Abigail semblait sûre d'elle. Pour autant, comment faire confiance à l'assistante de son ennemi juré, le colonel ?

« Je n'ai nulle part ailleurs où aller, avait-il protesté.

— Pars en Irlande à la place. Un groupe d'EDV rebelles se cache là-bas, dans le comté de Cork. Je ne connais pas

le nom de leur chef, mais ils sauront te repérer dès ton arrivée.

— Je veux retrouver ma famille, Abigail. Donne-moi une seule bonne raison de changer mes plans !

— Si tu vas en Irlande, je t'y rejoindrai. »

Et lui, Kaleb, que rien ni personne ne parvenait désormais à émouvoir, s'était laissé convaincre par la belle rousse dont il rêvait depuis des mois sans la connaître, juste sur la promesse folle de pouvoir la rencontrer, aussi dangereux que cela puisse être.

La tête collée contre le hublot, les yeux dans le vague jusqu'à ce que tout se dissolve et devienne flou, le jeune homme se remémore son court passage en Irlande.

Il était arrivé par bateau, en prenant mille précautions pour ne pas se faire repérer. Du port, il avait fait de l'auto-stop jusqu'à la ville de Cork, d'où il pourrait rayonner dans tout le comté à la recherche des rebelles, s'arrêtant ici et là au gré de ses envies.

Ce qui l'avait d'abord frappé en Irlande, c'est le contraste entre les odeurs de la ville et celles de la campagne. À peine avait-il posé un pied sur la terre ferme, que Kaleb s'était senti vibrer avec ce pays, s'emplir d'un air aussi vivifiant que la végétation y est luxuriante. La force tellurique était ici presque palpable, et ne pourrait, c'était certain, que renforcer son don. Il s'était tout de suite senti à l'aise dans ce coin de paradis vert et humide, où les villageois vous accueillaient d'un air bonhomme pour partager un *seafood chowder*[1] devant un feu de tourbe. Une journée pouvait décliner en quelques heures les quatre saisons. Vous arroser de pluie et de grêle, vous fouetter de son vent le plus violent puis sécher vos os trempés en moins de trente minutes sous un soleil aussi chaud qu'à Miami. Oui, Kaleb aimait la campagne irlandaise, ses falaises vertigineuses et sa mer démontée. C'est pourquoi Cork, la première ville qu'il rencontra, fut pour lui un véritable choc. D'abord, des façades barbouillées de bleu, de jaune, de rouge, comme pour défier un ciel trop souvent chagrin. Et aussi, de la musique, des pubs et cette énergie incroyable chez les gens, semblables aux petits arbres costauds et trapus qui poussent tant bien que mal sur ces terres que les éléments malmènent. Mais l'odeur… Pas de chlorophylle, d'iode, ou de doux parfums de tourbe. Seulement des relents de graillon, de vomi âcre dans les rues, du vendredi au dimanche matin, après la cuite hebdomadaire, et la puanteur chaude de la distillerie Murphy's qui balançait ses notes écœurantes dès six heures, à l'aube, dans les rues désertes.

Cork est la ville de la fracture. Coupée en deux par la Lee, une rivière que se disputent les mouettes

1. Soupe de poissons typiquement irlandaise (*N.d.É*).

et des corbeaux gros comme des poulets à force de se gaver des restes de frites et de pop-corn jetés à même les trottoirs, la « Capitale de la culture 2005 » se partage entre anciens riches et nouveaux pauvres laissés pour compte par des boîtes américaines qui les ont abandonnés pour des raisons fiscales. Riche de ses poètes morts, appauvrie par une sous-culture populaire qui vous fait oublier que rien ne va, Cork est un clown triste qui ne fait plus rire que lui-même. Kaleb n'aimait pas cette ville. C'est pourquoi, puisque Abigail semblait vouloir se faire désirer, il avait décidé de visiter d'autres cités irlandaises. Dublin l'orgueilleuse fêtarde, Limerick, dite « *stab city* », c'est-à-dire la ville coupe-gorge, ou encore Galway la douce, l'oasis perdue dans les paysages post-apocalyptiques du Connemara... Puis de nouveau Cork à laquelle il avait fini par se faire et qu'il commençait même à apprécier, comme on s'attache à une fille laide parce qu'elle aime le foot et la bière. Il avait très vite pris l'accent des autochtones, que l'on saisit mieux lorsqu'on est imbibé, et avait trouvé son bonheur auprès de filles peu farouches et court-vêtues, y compris par temps de pluie, qu'il n'avait même pas besoin d'influencer pour qu'elles lui offrent un peu de bon temps.

Les jours, les semaines passant, Kaleb, s'il n'avait pas cessé de l'espérer, n'attendait plus Abigail.

C'est pourquoi leur rencontre lui fit l'effet d'une bombe…

Il était à l'*An Brog*, son pub corkanien préféré, une pinte de bière dans une main, une fille au bras et trois autres pendues à ses lèvres, quand la porte s'ouvrit pour la énième fois depuis qu'il s'était installé et il comprit instantanément, avant même de la voir, qu'Abigail était là. Son don la précédait. Son essence. Son éther. Les mots se bousculaient dans sa tête aussi confusément que des torrents d'hormones se déversaient un peu partout dans son corps. Déjà, les quatre soupirantes qu'il avait cru trouver séduisantes n'avaient plus de parfum. Déjà les commissures de leurs lèvres s'affaissaient en signe de défaite. Déjà elles avaient elles aussi flairé la rivale dont l'écrasante victoire n'attendait même pas que la porte lourde du pub se referme sur elle.

La flamboyante jeune fille était drapée dans un long manteau de velours vert. Bêtement, Kaleb se dit que c'était la couleur de l'espoir. En dessous, il devina une robe légère, dans les mêmes teintes, eut le temps d'admirer la pâleur de ses cuisses, la finesse de ses genoux mis en valeur par de grandes bottes en cuir. Et pourtant, c'étaient ses yeux dont il ne parvenait à détacher son regard. Des yeux émeraude pailletés d'or et cerclés de gris, au fond desquels semblait palpiter un feu inextinguible, un charme de jeteuse de sorts, des promesses auxquelles aucun mortel n'oserait croire. D'un pas décidé, elle s'approcha de lui, la démarche souple, ses cheveux bouclés ondulant au rythme dicté par le roulement de ses hanches, planta son regard encore plus profondément dans le sien et lui sourit.

— Bonsoir, Kaleb...

— Je ne t'attendais plus, railla-t-il.

— Bien sûr que si. Je peux goûter ? demanda-t-elle en montrant la bière noire du menton.

— Attention, tu vas connaître mes pensées !

— Je les connais déjà...

La jeune fille retira doucement la pinte des mains de Kaleb. Leurs doigts se frôlèrent l'espace d'une fraction de seconde, juste le temps pour le jeune homme de se prendre vingt mille volts dans le corps. Leur peau tressaillit, le rouge monta aux joues d'Abigail qui porta rapidement le verre à ses lèvres, s'entrechoqua les dents, eut un petit rire nerveux et engloutit la moitié de la pinte cul sec pour se donner une contenance.

— Je te rends nerveuse, on dirait.

— Pas du tout !

— Si tu le dis...

À cette provocation, Abigail, qui s'était mise un peu à trembler, sembla aussitôt se ressaisir. Son corps se tendit, comme sous l'effet d'un agacement intense, elle posa le verre sur le comptoir si brusquement que le barman sursauta, et planta les poings sur ses hanches – geste qui, Kaleb l'apprendrait plus tard, en disait long sur son envie d'en découdre.

— Non mais tu es toujours aussi sûr de toi ?

— Je ne suis pas sûr de moi !

— Tu as raison, c'est pire : tu es arrogant ! Tu te crois vraiment si irrésistible ?

— Il semblerait que je le sois, la provoqua-t-il encore, il n'y a qu'à te regarder !

— Quoi ?

La jeune fille manqua s'étrangler. Durant quelques secondes, les paillettes de ses yeux semblèrent s'embraser sous le coup de la colère. Elle avait un tempérament volcanique qui ne demandait qu'à se réveiller, et Kaleb s'imaginait avec délices en initiateur mettant le feu aux poudres.

— Tu es toute rouge, tu trembles et tu crèves déjà d'envie que je t'embrasse, c'est évident ! insista-t-il.

— N'importe quoi ! C'est même tout le contraire : je ne t'ai pas rencontré depuis cinq minutes que j'ai déjà envie de clouer ton bec de jeune coq !

— Humm, avec un baiser ? demanda-t-il de cette moue qu'il savait capable de faire fondre n'importe quel cœur de glace.

— Non. Plutôt comme ça…

Avant même qu'il eût le temps de réagir, Abigaï fondit sur lui, lui asséna un coup à la gorge avec son avant-bras droit, lui fit plier une jambe et le coucha à terre en moins de temps qu'il n'en faut pour le dire. Avant de s'asseoir à califourchon sur lui, elle récupéra le verre à moitié plein, puis le versa en une fois sur le visage de Kaleb.

— En espérant que ça te rafraîchisse les idées et te ramène à un comportement plus respectueux. D'ici là, salut.

Fière de son geste et de son effet, elle se releva en toisant la salle, reposa le verre et partit sans se retourner, sous les applaudissements de gaillards qui n'en revenaient pas qu'une petite minette comme elle allonge si facilement un grand garçon de presque deux mètres.

— Eh ! Mais tu ne vas pas partir comme ça !

— …

— Mais reviens Abigail, on va discuter !

— …

— On se revoit quand ? cria le jeune homme alors qu'elle ouvrait la porte.

— …

Elle n'avait pas répondu et il resta là, comme deux ronds de flan, partagé entre l'amusement, le désir et la colère. Mais une colère ludique qui réclamait la plus douce des vengeances. C'est ainsi que, sans même qu'il comprenne vraiment comment ni ne soit prêt à l'accepter, Abigail venait de le reconnecter un peu à ses propres émotions.

2.

Il ne viendrait pas tout de suite. Non. Son plan était bien plus subtil que ça.

Pas d'intervention brutale, ni d'extraction grossière au programme. Pourtant il aurait pu. Le colonel savait parfaitement à quel endroit sa cible se trouvait. Mais où serait le plaisir du jeu ? de la chasse ? de la victoire ?

L'homme vouait une haine farouche à Kaleb depuis sa naissance. Qu'il soit son petit-fils ne changeait rien à l'histoire, bien au contraire. C'était lui le responsable de la mort en couches de sa fille adorée, Helga. Lui, dont le pouvoir était déjà si puissant, la colère si violente à la naissance, qu'il en avait tué sa propre mère. Alors oui, le colonel prendrait son temps pour le cueillir. Se ferait un devoir de le faire souffrir, de le briser avant de le tuer. Mais d'ici là, il rayerait tous ces misérables enfants du volcan de la surface de la terre, quand bien même il devrait se sacrifier pour ça. C'était son destin, sa mission. Il le savait, il l'avait compris grâce à ses visions de l'homme noir qui lui soufflait depuis toujours, lui semblait-il, qu'il devait mettre un terme à cette aberration de la nature que sont les EDV. Et plus précisément au danger que représentait l'empathe le plus puissant que ce monde ait jamais porté : Kaleb Helgusson. D'ailleurs, la prophétie du *Livre du volcan* ne lui donnait-elle pas raison ? Si. Alors il se la répétait en boucle, jour après jour, pour s'en imprégner et ne jamais douter du bien-fondé de ses desseins, malgré des méthodes qui pourraient sembler barbares mais, sous cet éclairage, demeuraient plus que justifiées.

Sa première bataille contre le Mal perdue
C'est alors qu'il deviendra l'Élu
Et des innocents sera le Sauveur,
En transperçant le démon d'une dague en plein cœur.

Une sonnerie stridente l'extirpa de ses pensées. Il s'agissait d'un appel vidéo sur son ordinateur. Abigail.

— Vous en avez mis, du temps, soldat !

La jeune fille se décomposa un peu, comme si elle s'attendait à un meilleur accueil. Pour autant, elle ne releva pas la sécheresse du colonel et se contenta de se justifier :

— J'attendais d'avoir établi un contact avec la cible, colonel.

— C'est chose faite, je présume. Je vous écoute.

Il fit la mise au point de l'image : il tenait à déceler le moindre changement chez Abigail, le moindre signe qui la trahirait, qui lui prouverait qu'elle avait utilisé ses pouvoirs de succube à mauvais escient. Ou pire, qu'elle était tombée amoureuse de Kaleb. En effet, lorsqu'un EDV s'éprend d'un autre EDV, si ce dernier est au service du Mal, alors il y a contamination. Son assistante ne serait plus d'aucune aide et deviendrait un vulgaire appât. Et ça, il aurait du mal à s'y résoudre.

— Comme je lui avais raconté que les EDV prendraient sûrement contact avec lui dès son arrivée en Irlande, Kaleb n'a pas cherché à les retrouver. Pour l'instant, il s'est contenté de se balader ici et là, comme un simple touriste.

— Il ne s'est pas inquiété du temps que tu as mis à le rejoindre ?

— Kaleb ne s'inquiète que de lui-même, colonel...

— Tu n'as pas l'air de le porter dans ton cœur, c'est bien.

— Je n'oublie pas ce dont il est capable. Et puis, ce n'est pas très compliqué de le détester : il est insupportable d'arrogance ! s'énerva-t-elle.

— Vos états d'âme m'importent peu, soldat. Restez factuelle, vous me faites perdre mon temps.

— Si vous pensez que rapporter ce qu'un empathe peut provoquer chez un soldat est une perte de temps, alors n'y a pas grand-chose à raconter, répliqua-t-elle piquée au vif. Je l'ai observé quelques jours avant de le rencontrer, comme vous me l'aviez ordonné, pour connaître ses habitudes. Je lui révélerai la planque des rebelles la prochaine fois. Terminé.

Abigail raccrocha sans que le colonel ait eu le temps de répondre quoi que ce soit. Il s'apprêtait à relancer l'appel pour lui passer un savon quand un sifflement se fit entendre dans le couloir. Powell. Décidément, ce sale type avait un véritable don pour être là au mauvais moment.

— Eh bien ! Quelle insolence ! Je vous croyais plus autoritaire que ça, mon vieux.

— Je ne suis pas votre vieux, gronda le colonel entre ses dents.

— Bah, ne le prenez pas mal, hein. Vous savez, l'adolescence, le flot d'hormones, tout ça. Ça rend les jeunes filles incontrôlables, surtout quand elles ont le « potentiel » de votre protégée…

— Abigail est sous mon contrôle. Et ce qu'elle m'a raconté était juste, c'est moi qui ai fait une erreur d'interprétation en lui disant que son ressenti n'était pas intéressant.

— Mais bien sûr…

L'ironie de son supérieur donnait toujours autant envie au colonel de lui défoncer le nez à coups de poing, ou de le convaincre par la pensée qu'il était en train de se noyer dans une fosse septique. Dommage que ce connard soit immunisé contre les EDV. Mais le vieil empathe saurait ronger son frein et attendre son heure pour lui rabattre son caquet.

— Où en êtes-vous avec Kaleb ?

— Abigail va le conduire jusqu'au groupe de rebelles.

— Comment allez-vous justifier qu'elle les ait localisés ?

— Elle prétendra les avoir retrouvés grâce à ses rêves…

— Commode. J'espère que votre assistante ne me décevra pas une nouvelle fois et m'en ramènera un maximum. Le but, c'est tout de même que cette joyeuse troupe nous rejoigne ici…

— Abigail sera à la hauteur de sa tâche.

— J'espère bien. Et j'espère aussi qu'elle nous reviendra saine et sauve… J'aimerais beaucoup faire plus ample connaissance avec cette jeune demoiselle ! ricana Powell, pervers.

Ce salopard avait beau être hors d'atteinte des dons d'Abigail, il n'en voulait pas moins la mettre dans son lit. Quoi qu'il prétende, le colonel Bergsson ne supportait pas l'idée que son chef touche à la petite, sa protégée qu'il avait élevée depuis sa naissance. Il lui ferait passer l'envie de poser ses petits doigts boudinés sur le corps d'une gamine de trente ans de moins que lui ! En attendant, il ne pouvait qu'acquiescer aux sous-entendus salaces de cet imbécile.

— Abigail est un soldat surentraîné aux meilleures techniques de combat. En outre, son intelligence et son sens de l'adaptation la rendent à même de se dépêtrer de n'importe quelle situation, même la plus sordide...

L'allusion aux intentions de Powell était claire, mais l'homme ignora la pique. Il se contenta de sourire d'un air malsain et quitta la pièce en sifflotant. Bergsson serra les dents et fit tressauter sa mâchoire. C'était un tic qu'il avait depuis des années. Effectivement, il avait commis une erreur en faisant taire Abigail. Plus elle serait au contact de Kaleb, plus elle pourrait lui en apprendre sur la psychologie du garçon, et plus il lui serait facile de la surveiller, de vérifier qu'elle lui était toujours dévouée. Pour l'instant il n'avait rien senti d'autre qu'une aversion sincère, mais pour combien de temps encore ? Le risque qu'elle succombe au charme de l'empathe restait fort. C'est pourquoi il s'était bien gardé de lui dévoiler le plan dans sa globalité. Tout ce qu'elle devait savoir c'était qu'elle avait pour ordre de conduire Kaleb aux rebelles et de recruter un maximum d'EDV pour un dernier voyage en Islande, où il finirait par tous les capturer.

Le colonel retourna à son bureau, lança le programme d'espionnage par satellite et zooma sur Sherkin Island, une petite île quasi déserte au sud du comté de Cork. C'est ici que les EDV rebelles se cachaient, se croyant hors de portée et libres de fomenter leur révolte ridicule contre SENTINEL. Mais David ne sortait victorieux d'une bataille avec Goliath que dans la légende… Et le sort de la communauté serait très vite plié. Bergsson les observa un instant aller et venir dans leur verte prairie, en toute confiance. C'était presque touchant de naïveté. Il en compta treize. Un de plus que la dernière fois qu'il les avait épiés.

Treize. Ce chiffre n'allait pas leur porter chance…

3.

— *Morning, Niamh !*

— *Morning, luv !*

Niamh Murphy étira son sourire à se fendre la gueule en deux. C'était une petite bonne femme d'une cinquantaine d'années, taches de rousseur sur peau fripée qui n'a jamais connu de cosmétiques, ventre rebondi et petits doigts agiles. Niamh – prononcer Niiiiive – était la veuve d'un ouvrier de la distillerie. Un soir de cuite, Paddy avait fini par tomber dans la Lee, il y avait de ça vingt ans, et avait laissé son épouse avec quatre enfants à charge. Grâce à l'assurance vie qu'il avait contractée, Niamh avait pu s'acheter une minuscule maison sur les hauteurs de Cork, qu'elle avait transformée en charmant petit *Bed and Breakfast.* La décoration sans âge datait d'une autre époque, avec ses lampes à ruban, sa tapisserie à petites fleurs ou sa porcelaine délicate qui jurait avec les allures de paysanne de la propriétaire. Niamh était une solide Irlandaise, charpentée, dont les yeux profondément enfoncés sous l'arcade sourcilière lui donnaient l'aspect un peu dur et buté des têtus qui se savent dans leur bon droit. Le genre de femme à courir après un passant pour lui rendre le billet de cinq euros tombé de sa poche, et à vous regarder droit dans les yeux avec la candeur d'un enfant quand on lui trouvait du mérite d'avoir si courageusement mené sa barque, quand bien même la vie ne l'avait pas épargnée. Niamh n'était pas du genre à se plaindre, et si elle avait le cœur sur la main à hauteur de ses moyens, elle ne supportait pas les chômeurs, les mendiants, les fainéants. Selon elle, il existait toujours une solution pour se débrouiller sans tomber dans l'oisiveté ou pire, la malhonnêteté. Très croyante, Niamh Murphy n'hésitait pas à sermonner les gamines trop maquillées dans la rue ou à dénoncer un voisin mal garé à la police, histoire de les ramener fissa dans le droit chemin.

— Il vous reste du *carrot cake* ? demanda-t-il d'un air gourmand.

— Kaleb ! Tu abuses, tu en as déjà mangé plus de la moitié, hier !

— Oh, Niamh, mais il est tellement bon ! Il me rappelle celui de ma pauvre maman…

Kaleb avait trouvé son adresse en feuilletant un guide pour voyageurs fauchés, non qu'il le soit, mais il tenait à rester discret. Le Murphy's B&B était très bien noté : on y vantait ses délicieuses pâtisseries *home made* et le calme de la rue où il se situait. Quand on connaissait un peu Niamh, on pouvait s'étonner qu'elle accueille le jeune homme avec autant de joie. Il était à l'opposé de ce qu'elle appréciait chez un garçon de cet âge, avec son look de bad boy, sa barbe de trois jours et cette sensualité qui émanait de lui à chaque respiration.

— Mon pauvre petit... Allez, attends je vais t'en chercher. Je me doutais bien que tu en redemanderais : je t'ai gardé une part avant que les autres pensionnaires ne mangent tout, ce matin !

— Une grosse, j'espère ?

— Bien entendu !

Mais son histoire l'avait touchée. Elle aurait été bien incapable de dire quand il la lui avait racontée. C'est comme si, la première fois qu'il avait franchi le seuil de la petite pension, il lui avait ouvert les portes de son cœur sans avoir à parler. Elle avait été saisie par la détresse du jeune homme qui avait perdu ses deux parents dans un accident d'avion et tentait de se reconstruire en cherchant ses origines en Irlande. Bien sûr, il avait l'âge d'être son fils et elle aurait aimé que quelqu'un s'occupe de ses enfants, le temps d'un séjour dans une ville étrangère, si l'envie leur avait pris de faire comme Kaleb. Eux aussi avaient perdu leur père trop jeunes... Et Niamh Murphy, si âpre au gain et à cheval sur l'adage qui veut que les bons comptes fassent les bons amis, avait proposé spontanément de réduire ses tarifs et de lui faire sa lessive et son repassage. Kaleb était un gamin charmant et elle espérait secrètement qu'il s'installe définitivement à Cork et y rencontre une gentille Irlandaise qui saurait lui donner l'amour qu'il méritait et de beaux enfants.

— Je vais te la chercher, reprit-elle. Tu veux du th… ?

La femme s'interrompit. Son visage se ferma, dans un premier temps, puis s'éclaira comme si elle venait de voir la Vierge Marie. C'est tout juste si elle ne se signa pas. À la chaleur qui venait de l'envahir, Kaleb comprit immédiatement. Sans même se retourner, il lui répondit :

— Niamh, je te présente Abigail, une amie.

— Enchantée, mademoiselle.

— Moi de même, répondit la jeune fille.

Leur deux voix contrastaient incroyablement. Autant celle de Niamh Murphy était pointue et nasillarde, complètement à l'opposé de celle qu'on imaginait coller à son physique, autant celle d'Abigail était grave, presque feutrée, un peu rauque et voilée.

— Vous prendrez du thé ?

— Volontiers, madame.

La quinquagénaire gagna la cuisine en souriant. Non seulement cette jeune fille avait l'air « bien comme il faut » mais, de plus, elle était extrêmement polie !

Kaleb se retourna lentement et salua la jeune fille d'un haussement de sourcil. Il avait quitté une furie vêtue comme une amazone flamboyante et se retrouvait face à l'image même de l'austérité.

— Tu t'es déguisée en bonne sœur ?

Abigail avait troqué sa robe contre un pantalon et un col roulé noirs, ses bottes contre des rangers, et son long manteau contre un anorak. Ses cheveux, qui semblaient pourtant indomptables, avaient été matés en un chignon bas et il n'y avait pas une once de maquillage sur sa peau. Elle était tout de même incroyablement belle, rendant tous ces artifices complètement surfaits et inutiles, mais Kaleb se sentait vexé qu'elle ne se soit pas donné plus de mal pour lui plaire.

— Je me sens plus à l'aise, comme ça. On a du chemin à faire… Nos « amis » nous attendent.

— Tu as pris contact avec eux ? Je croyais que tu ne savais pas où ils étaient.

— Crois-moi si tu veux, je les ai retrouvés grâce à un rêve…

— Au point où j'en suis, je suis prêt à croire n'importe quoi. Je rêve bien de toi depuis des mois…

— Ça continue ?

— Oui.

Ça empirait même, depuis leur rencontre. Il avait le sentiment d'être connecté à cette fille comme jamais il n'avait été proche de quiconque auparavant. Et ça ne se limitait pas à sa vie nocturne ou son activité onirique, non. Il pensait à elle nuit et jour depuis leur altercation dans le pub. Au départ, les sentiments qu'il avait cru reconnaître en lui l'avaient terrifié aussi sûrement que si on lui avait annoncé que Bergsson se trouvait derrière lui prêt à l'égorger. Le cœur qui bat un peu plus vite, l'envie de toucher l'autre, de la revoir, d'en découdre par amour du jeu… Il s'était cru amoureux. Peut-être l'avait-il été sur le coup ? Ou du moins aurait-il pu l'être s'il n'avait pas abdiqué toute émotion au profit de son don et de la paix de l'âme que lui procurait le choix du Mal ? Parce que depuis ses derniers « méfaits », Kaleb ne ressentait plus rien. Pas de peur, pas d'attendrissement. Juste des affects choisis pour alimenter sa rage de survivre – colère, haine – ou des besoins primaires dont la satisfaction immédiate ne laissait aucune place à l'imagination ou l'amour – sexe, alcool. Les seules choses positives qu'il s'autorisait à ressentir n'avaient pour but que d'influencer ses interlocuteurs, les mettre à l'aise, leur donner envie de l'aider, le protéger. Il insufflait aux malheureux dont il croisait la route ce qu'ils avaient envie de ressentir, leur racontait l'histoire qu'ils avaient envie d'entendre, comme celle du pauvre orphelin en mal de repères à cette brave Mme Murphy. Mais tomber amoureux, Kaleb savait que ce n'était pas possible. Que ça lui était définitivement interdit. Et c'était aussi bien comme ça. Plus jamais il ne se laisserait avoir par les sentiments, qu'ils soient amicaux – comme avec Robin, cet ancien voisin qui n'était là que pour l'espionner – ou même amoureux. A fortiori avec une fille comme celle qui se tenait devant lui. Lui dire qu'il avait rêvé d'elle était déjà une erreur. Il devait rester sur ses gardes.

— Voici ! s'exclama Niamh Murphy en servant deux jolies parts de gâteau aux jeunes gens. J'ai fait chauffer le lait aussi pour qu'il ne refroidisse pas votre thé.

La femme s'éclipsa. Abigail commença par verser le lait jusqu'à mi-hauteur de la tasse, puis se servit un peu d'Earl Grey déjà infusé.

— Tu es sûre que tu voulais du thé dans ton lait ? s'amusa le jeune homme.

— Un nuage, répondit-elle en attrapant deux sachets d'aspartame.

Elle les déchira d'un mouvement sec et les versa en une fois dans son breuvage. Cette fille était un véritable paradoxe. Il n'y avait de calcul séducteur dans aucun de ses gestes, comme si elle n'avait jamais trouvé le temps de faire l'apprentissage de la féminité. *« As-tu connu ta mère ? »* lui demanda-t-il en se connectant à ses émotions. *« J'ai grandi sans personne »*, lui répondit-elle sans même en avoir conscience. Pourtant, de son extrême simplicité émanait une forme de grâce, un charme indéfinissable si évident qu'il se passait de toute forme de jeu et vous sautait au visage sans vous laisser aucune chance d'y échapper. Touchante. Elle était touchante. Une espèce de mélange improbable de force – un peu à la manière de Niamh et de toutes ces femmes qui ont l'air aussi solides qu'une montagne – et de vulnérabilité affective, de gentillesse, de bienveillance. Comment cette fille qui portait encore sur elle l'empreinte du colonel Bergsson, qui était un membre assumé du réseau SENTINEL, avait-elle réussit le tour de force de l'approcher malgré le danger qu'elle représentait et de le « toucher » ? Kaleb n'avait pas la réponse. Elle était dangereuse. Il devrait fuir avant qu'elle ne le conduise à sa perte, c'était certain…

— Tu ne manges pas ? demanda-t-elle.

— Si, si…

— Tu peux prendre ma part si tu veux.

— Tu n'aimes pas les gâteaux ?

— Si, mais je ne veux pas engraisser.

— Tu es loin d'être grosse… Mais merci.

N'étant pas à un paradoxe près, la jeune fille prit un morceau de sucre roux et le croqua délicatement, le mangea en entier et en attaqua un autre. Kaleb renonça à lui faire remarquer que même sous cette forme le sucre faisait grossir, et qu'elle aurait mieux fait de les plonger dans son thé plutôt que d'y mettre un substitut dégueulasse.

Ils finirent leur thé en silence, ignorant les œillades appuyées de Niamh Murphy qui passait de temps en temps dans le salon pour veiller sur son protégé et sa supposée petite amie. Ils restèrent ainsi, sans parler, pendant peut être vingt minutes. Et quand ils commencèrent à le faire, ils frôlèrent la catastrophe…

4.

Bergsson n'avait pas beaucoup dormi. Pas de temps à perdre, trois heures lui avaient suffi. Comme tous les matins, il avait accompli sa routine : course à pied dans les bois, sport de combat, sauna et douche froide. Il voulait son corps aussi affûté que son esprit, aguerri. Il l'avait sculpté au fil des années et en avait fait un outil, une arme infaillible qui ne le trahissait jamais, malgré le temps qui passait. Personne à SENTINEL ne connaissait son âge exact, mais il coiffait au poteau bien des jeunes recrues et tant que ce serait le cas, il s'estimerait en capacité de conduire son armée au combat.

Car il s'agissait bien d'un combat, celui du Bien contre le Mal. D'aucuns pouvaient trouver cela éculé, daté, mais ceux-là n'avaient rien compris à ce qui se tramait du côté des EDV, ni au danger qu'ils représentaient.

Comme tous les matins, le colonel s'était contenté d'un petit déjeuner frugal et s'était plongé dans les lectures qu'il affectionnait tout particulièrement. *Le Prince* de Machiavel, *L'Art de la guerre* de Sun Tzu, par exemple, qui étaient de vraies sources d'inspiration en matière de stratégie militaire. Ou encore des livres de métaphysique, ou des essais sur le symbolisme. Tout ce qui pouvait ciseler son esprit et lui donner la vivacité et le tranchant d'une lame acérée était le bienvenu. Vu de l'extérieur, on le prenait pour une brute sanguinaire, un gros bourrin tout juste bon à mener des expéditions punitives, il le savait parfaitement. Mais cela le faisait sourire plus que ça ne le vexait. Tout esprit profond avance masqué et tant mieux si on ne le voyait pas venir. Il préférait avoir plusieurs coups d'avance et une bonne marge de manœuvre. Alors il feignait n'être à cette place que grâce à son don et sa haine des EDV, et se gardait de révéler qu'il avait aussi un cerveau bien fait. Que Powell le prenne donc pour un idiot ! Et rirait bien qui rirait le dernier au moment du bilan final !

À l'idée de pouvoir enfin se venger de son supérieur hiérarchique, Bergsson esquissa un sourire mauvais, qu'il effaça presque aussitôt. Ne pas montrer d'émotion demeurait le meilleur moyen de faire oublier qu'il était un empathe, lui aussi. Oh, pas aussi puissant que Kaleb, non ! Mais très puissant quand même, et avec plus de bouteille, ce qui faisait de lui le meilleur adversaire du jeune homme. Parfois, son esprit logique lui chuchotait que haïr ainsi son propre petit-fils était anormal, qu'il devrait lui donner une chance, et s'en donner une par la même occasion, de le connaître et de renouer avec Helga à travers lui. Mais c'était au-dessus de ses forces. Il ignorait depuis trop longtemps l'amour et la pitié pour que ces sentiments lui reviennent comme ça. Et puis, il savait le danger que représentait sa chair et son sang. Il le savait pour avoir touché du doigt ce pouvoir immense, pour avoir basculé une fois du côté du Mal et en être revenu avec un regard qui glaçait ses interlocuteurs. Il en doutait encore moins depuis qu'il avait eu connaissance de la prophétie du volcan. Prophétie contenue dans le *Livre du volcan* et révélée par David Armstrong lui-même... Sa seule mission sur terre était désormais de détruire Kaleb Helgusson. Peu importe le nombre de victimes collatérales. Et tant mieux s'il détruisait un maximum d'EDV au passage. Mais ça, il se gardait bien de le confier à SENTINEL. Et il allait, plus que jamais, le taire à la réunion qui devait se tenir en milieu de matinée.

Dix heures moins dix. Le colonel prit avec lui un cahier et un stylo et se dirigea d'un pas ferme vers la salle de conférences. Un grand amphithéâtre pour un comité restreint. Le lieu n'avait pas été choisi par hasard. Pour commencer, il était complètement insonorisé : rien ne filtrait de l'extérieur lorsque les portes étaient fermées, et rien n'en sortait non plus. Toute communication électronique était rendue impossible par un système de brouillage sophistiqué. Ça, c'étaient les raisons logistiques. Mais il y avait aussi une motivation moins pragmatique de la part de Powell. Il aimait que ses interventions aient l'air rares et précieuses. Comme l'homme n'avait aucun charisme, nulle prestance, comme tout en lui transpirait la mesquinerie et l'économie de sentiment, l'arrogance et l'arrivisme, il compensait en misant sur des lieux qui en imposaient. Ici, il serait sur une estrade qu'il imaginerait en piédestal et parlerait de sa voix nasillarde, obligerait même les moins sourds à tendre l'oreille, à pencher leur corps vers lui pour le comprendre, les ferait plier symboliquement et se mettre à genoux. Tous se donneraient du mal pour lui plaire, pour poser la bonne question, obtenir une phrase encourageante comme un enfant mendie un bon point à sa maîtresse. Tous sauf le colonel. Lui resterait bien droit dans son siège, regard franc rivé aux yeux veules du couard, bouche scellée sur un visage indéchiffrable.

— Messieurs, merci de prendre place.

Powell n'eut pas à le répéter deux fois. Un silence religieux se fit aussitôt dans la salle qu'il ferma avec un sourire satisfait. Il n'aimait rien autant que cette crainte qu'il inspirait. Crainte justifiée puisqu'il n'avait jamais hésité à punir ses adversaires ou les mauvais soldats, afin d'asseoir son autorité et sa réputation d'homme cruel.

— Messieurs, je tenais à faire un point sur l'opération Albatros et à vérifier que nos équipes seront prêtes à accueillir nos nouvelles recrues comme il se doit. Le colonel Bergsson m'a confirmé hier que notre taupe était en place et saurait ramener en Islande la douzaine d'EDV cachés actuellement en Irlande, ainsi que le jeune Kaleb Helgusson.

Un soldat récemment affecté à l'unité attira l'attention de Bergsson. Il s'appelait Igor Kauffer et était un petit génie de l'informatique. Son esprit logique l'empêchait d'adhérer aux propos de Powell et de l'écouter sagement, car il ne comprenait pas pourquoi le réseau SENTINEL ne se contentait pas de les cueillir en Irlande au lieu de prendre le risque de les faire venir en Islande et de perdre leur trace en chemin. Kauffer cachait très bien son trouble mais il n'écoutait plus rien du discours, la question passant et repassant en boucle dans son esprit. Butant encore et encore, le frustrant, le mettant en échec, en colère. C'était insupportable pour Bergsson. Lui-même commençait à se sentir inconfortable, à s'agacer sur son siège. Il devait faire quelque chose avant que Powell ne s'en aperçoive, car son empathie était la raison principale de la défiance de ce dernier à son égard. En effet, Powell restait persuadé qu'un empathe ne pouvait être fiable en mission puisque n'importe quelle émotion pouvait le rattraper et lui faire perdre les pédales. Le colonel avait toujours mis un point d'honneur à ne jamais lui donner la satisfaction de le voir aux prises avec les émotions des autres, et ce n'était pas aujourd'hui qu'il allait commencer, alors même qu'on lui avait confié pour mission de s'occuper de Kaleb et des autres EDV.

« Parce qu'ils nous sentiraient venir et se défendraient : ce serait un carnage. De plus, nous n'avons pas d'accord d'extradition avec l'Irlande. Les autorités pourraient nous empêcher de les enlever et les placer sous protection. »

Il avait hurlé l'information dans le crâne du jeune Igor. Le soldat manqua tomber de sa chaise et son visage sembla prendre dix ans durant quelques secondes. Il avait l'air aussi sonné que si on lui avait décoché un uppercut. Il jeta des coups d'œil ahuris autour de lui et finit par croiser le regard si particulier du colonel. Cela le glaça. Il comprit qu'il venait de se prendre une douche d'empathie. On lui avait pourtant parlé du don de Bergsson et il avait étudié ce qu'il fallait savoir sur les EDV, mais tout cela était resté abstrait pour l'instant. Abasourdi, il réalisa que ces dons existaient bien, il venait de le ressentir dans sa chair et, à l'instar de nombreux soldats du réseau SENTINEL, en nourrit une jalousie et une frustration qui mirent à peine quelques secondes à se muer en haine de ceux qui possédaient ce qu'il n'aurait jamais lui-même : du pouvoir

Bergsson le fixa avec intensite jusqu'à lui faire baisser les yeux, puis reporta toute son attention sur le discours de son ennemi.

— Nous avons compté treize enfants du volcan sur l'île de Sherkin, au sud du comté de Cork. C'est bien cela, Bergsson ?

— Affirmatif.

— Tous sont âgés d'une vingtaine d'années, à l'exception d'une femme qui semble avoir la quarantaine. Nos équipes n'ont pas pu identifier les individus, mais nous pouvons affirmer qu'au sein de cette colonie, il y a au moins un guérisseur et un dompteur.

— Comment le savons-nous ? se risqua Kauffer.

— C'est évident voyons, vous sortez d'où, vous ?

— Je... je suis nouveau...

Powell soupira d'un air excédé.

— Lors de la phase d'observation, nous avons pu constater qu'un EDV blessé avait rejoint cette colonie. Une jambe en sang qu'il traînait derrière lui comme une patte folle. Quelques jours plus tard, notre lapereau gambadait. Il y a donc un guérisseur. De même, nous avons remarqué un nombre inhabituel de corneilles autour de leur base. Renseignements pris auprès d'un éthologue, leur comportement n'a rien de naturel. Il y a donc un dompteur parmi nos amis. J'en profite pour vous rappeler que nous les voulons vivants. Morts, ils ne nous servent à rien. C'est compris, Bergsson ?

Le colonel se raidit. Que ce connard s'adresse publiquement à lui comme à un vulgaire sous-fifre le mettait hors de lui.

— Je connais les ordres.

— Parfait, soldat. Vous savez à quel point nous avons besoin de nouveaux… *amis* ?

Bergsson se crispa un peu plus. « Soldat » ! Le soldat en question lui ferait bientôt ravaler ses grands airs… Bien sûr qu'il savait ce que SENTINEL prévoyait de commettre avec les EDV. Cela faisait bien longtemps que ses membres avaient sacrifié leurs valeurs premières sur l'autel du profit politique. Les étudier, c'était fait depuis longtemps. Les tuer, c'était se priver de sérieux atouts en cas de guerre. En revanche, les recruter, les convertir et utiliser leur don s'était avéré nettement plus lucratif. SENTINEL était devenu un réseau de mercenaires procurant des soldats hors du commun aux nations qui en avaient les moyens. Qu'il faille les pousser du côté du Bien ou du côté du Mal s'inscrivait dans une simple logique de dommages collatéraux. Seul comptait le résultat et ce qu'on pouvait faire du don de chaque EDV.

On avait identifié une quantité impressionnante de facultés dues à la mutation dite « du volcan ». Et leurs applications étaient multiples.

Le guérisseur pouvait soigner à l'infini un chef d'État qui aurait peur de la mort ou, a contrario, lui insuffler une maladie mortelle afin de s'en débarrasser ou de l'obliger à signer un accord dont il ne voulait pas pour en réchapper.

Le précog était un fin stratège capable de prévoir les réactions d'un adversaire politique tout comme de prédire une crise boursière longtemps à l'avance.

L'incube et le succube devenaient putains politiques et extorquaient mieux que quiconque les confidences les plus intimes sur l'oreiller.

Le voyageur astral, qui quittait son corps à l'envi, pouvait sous sa forme désincarnée aller espionner n'importe qui sans être repéré.

Le conteur savait écrire des discours et raconter des histoires avec une telle force de conviction qu'il pouvait mettre une foule entière en état d'hypnose, ou créer de faux souvenirs collectifs.

Le dompteur savait se faire accepter et obéir de n'importe quel animal, ainsi que des esprits faibles et des enfants. Quelle nation ne compte aucun enfant ? aucun animal ? aucun simple d'esprit que cet homme ne puisse retourner en une armée enragée ?

Le synesthète avait la faculté d'associer des sens qui n'avaient rien à voir à l'origine. Ainsi, celui qui voyait les lettres en couleur était un décodeur souvent plus perfectionné que le plus pointu des logiciels de décryptage.

Et il en existait bien d'autres encore, que SENTINEL avait décidé d'exploiter et de vendre au plus offrant. Voilà pourquoi Bergsson ne se sentait aucun devoir de loyauté vis-à-vis de l'organisation qui avait trahi ses fondateurs. Lui n'ignorait pas le danger que représente une arme lorsqu'elle s'enraye et se retourne contre vous. Et ce rustre de Powell pouvait bien se gargariser d'avoir recruté toutes ses Sentinelles dans l'armée, ou encore s'enorgueillir d'avoir bientôt de nouveaux outils à monnayer sur le marché noir… Bergsson savait, lui, qu'il fallait au contraire tous les exterminer. Et il ne se gênerait pas pour le faire.

5.

— *You're OK ? Everything's fine, luv ?*

Niamh Murphy était de ces femmes qui ne savent exister qu'en se rendant utiles. Une mère poule, attentive, étouffante d'amour et de ces petits gestes qu'elle imaginait enchanteurs du quotidien. Mais Kaleb était très loin de lui accorder une quelconque importance.

La seule à compter, la seule nécessaire, c'était la fille assise en face de lui. Une rousse troublante à la voix rauque et aux yeux graves. Une sorcière indomptable qu'il n'impressionnait pas et n'avait aucune envie d'influencer, mais qu'il souhaitait séduire. À qui il désirait plaire, tel quel. Sur qui il rêvait de prendre le dessus, pour le plaisir de la joute, pour la voir capituler et abdiquer, s'abandonner dans ses bras. Oui, c'était le genre de fille avec laquelle la vraie victoire n'est pas dans la contrainte ou la séduction de pacotille, mais dans la persuasion, le jeu dans les règles. Incapable de parler, parce que tout ce qui lui venait semblait dérisoire, mesquin, parce qu'il ne savait que se comporter en salaud avec les filles qu'il rencontrait depuis la découverte de son don et qu'elle valait mieux que ça. Parce qu'il savait aussi qu'elle avait le pouvoir de le faire sortir de ses gonds et qu'il ne voulait pas lui montrer ce côté sombre qu'elle connaissait pourtant déjà, mais sur le papier seulement…

Elle aussi restait là à l'observer. Derrière ses yeux pailletés d'or, on pouvait voir passer toutes les saisons de ses émotions, les orages, les raz-de-marée, les doutes, les accalmies, l'envie de soleil et la capacité à réchauffer l'autre de son amour. On pouvait deviner l'effet qu'il lui faisait, et la lutte qu'elle se livrait pour lui résister, dans ce petit mordillement de lèvres qui la rendait si désirable. Ils se plaisaient, mais ils savaient que ce serait le cas avant même de se rencontrer…

— Je ne te fais pas confiance, Abigail.

— Je m'en doute…

— Je sais que tu es à la botte de Bergsson. Je devine que tu lui as dit où j'étais. Je sens son emprise sur toi, il est là, partout en toi, dans ton esprit, dans ton cœur…

— C'est un empathe, comme toi.

— Alors pourquoi détester les EDV à ce point, s'il en est un ?

— C'est compliqué… Mais il agit pour une cause qu'il estime être juste.

— Et toi, Abigail, qu'en penses-tu ? C'est juste d'enlever des adolescents et de les torturer sous prétexte qu'ils sont différents ?

— Je n'ai pas à juger. Je ne suis qu'un soldat…

— Et c'est quoi ta mission ? Me ramener dans votre laboratoire de freaks ? Tu vas me droguer, m'assommer ? Les laisser me torturer ?

— Je ne sais pas ce que je vais faire de toi, Kaleb. Je n'ai pas de certitude…

— Alors pourquoi es-tu là ?

— Et toi ? Pourquoi es-tu là si tu te méfies autant de moi ? C'est quoi ton plan au juste ? Me sauter et me réduire le cerveau en bouillie comme tu l'as fait avec cette pauvre Lucille ?

Kaleb encaissa le coup. Évidemment que SENTINEL avait été informé de ses méfaits…

— C'était un accident. J'étais en colère…

— À d'autres, Kaleb ! Ne me prends pas pour une idiote, ce serait une grave erreur. Tu as laissé ta colère prendre le dessus parce que tu aimes la puissance que tu ressens quand tu laisses libre cours à ce que tu as de plus sombre en toi. Depuis cet « accident » comme tu dis, tu n'as cessé de te détacher de ton humanité. Tu voles, tu violes, tu utilises les gens comme de vulgaires objets et quand tu en as fini avec eux tu les jettes. Qu'ils soient brisés à cause de toi t'importe peu. Tu ne sais plus voir que ta petite personne. Tu aurais pu être quelqu'un de bien, choisir de faire de belles choses avec ton don. Mais non, tu as choisi la facilité par pur égoïsme.

— Égoïsme ? Tu crois ça ? Mais tu te prends pour qui ? Tu ne sais rien de moi ! Rien de ma solitude depuis que je suis tout petit, rien du fantôme de ma mère qui me hante, rien de mon désarroi et de ma panique quand j'ai commencé à ressentir la souffrance de la terre entière se déverser en moi. Que sais-tu de l'horreur d'être un animal écorché vif pour sa fourrure ? Rien. Moi, je l'ai ressentie à chaque fois que je croisais une connasse en vison. Que sais-tu du désespoir du chômeur en fin de droits qui va se foutre sous un métro ? De la vieille qui en crève de n'avoir personne qui la regarde ou lui adresse la parole pendant des semaines, voire des mois ? Du gamin qui subit les coups ou les assauts de son père et se sent mort de honte et de crasse indélébile ? Tu ne sais rien de la souffrance de s'apercevoir qu'on ne peut que ressentir ces choses-là sans être capable de les changer. Du sentiment de trahison en découvrant que ton meilleur ami te joue la comédie pour s'acheter une dose de dope. De la culpabilité de voir son père cloué pour le reste de ses jours dans une chaise roulante, juste parce qu'il a eu le malheur de t'aimer et de t'héberger. Alors tu peux appeler ça de l'égoïsme si tu veux, Abigail. Tu te racontes bien l'histoire qui t'arrange et qui t'empêche de te poser trop de questions. Tu peux rester avec ta bonne conscience et entretenir l'illusion d'œuvrer pour une cause juste, comme ton psychopathe de colonel. Mais épargne-moi tes leçons de morale à deux balles. Parce que tu ne sais rien de ce que j'ai traversé ni des raisons pour lesquelles j'ai choisi de prendre plutôt que de me laisser posséder par tout ça, rien de la force qu'il m'a fallu pour réussir à couper toute émotion et à ne garder que quelques ficelles que je tire avec les autres pour survivre. Tu ne sais rien. Alors tu te tais !

Emporté par sa colère, Kaleb frappa un coup sur la table, faisant sursauter la jeune fille et Niamh Murphy. La quinquagénaire resta un instant interdite, dans une moue exprimant toutes les incohérences qui se disputaient la place dans son cerveau modelé des dizaines de fois par le jeune homme. Qui était ce mauvais garçon au visage déformé par la haine et qui venait de hausser le ton et de cogner une table au point de faire s'entrechoquer les tasses en porcelaine ? Un voyou ? Mais non ! C'était le charmant, l'adorable Kaleb, celui-là même dont elle aimerait qu'il fût son fils. Qu'elle aimerait convaincre de rester ici, à Cork, de se trouver une gentille épouse et de faire plein de bébés joufflus.

Oui. Le si courageux orphelin qu'elle avait pris sous son aile… Rassénérée par ces pensées, la femme vaqua de nouveau à ses occupations.

Abigail avait elle aussi fait un bond sur sa chaise quand Kaleb avait tapé du poing.

— En effet, je ne sais rien de tout ça, avoua-t-elle les larmes aux yeux.

Comment pouvait-il prétendre ne rien ressentir ? Comment pouvait-il être le monstre capable du pire qu'elle avait appris à haïr à SENTINEL et exprimer tant de douleur ? Lui transmettre toutes ces émotions ? Était-il en train de la manipuler ? Pourtant il lui semblait sincère et puis, rien de ce qu'il venait de dire n'était faux. Elle était bien placée pour le savoir.

En elle aussi, il pouvait lire comme dans un livre ouvert. Et la voir douter lui fit du bien. Elle pouvait donc le croire, elle pouvait donc le suivre. Il se calma un peu, rassuré sur son pouvoir de persuasion. Il aurait le dessus sur Abigail. Ça ne faisait plus aucun doute.

La jeune fille demeura muette quelques minutes, tête baissée, yeux rivés sur son thé au lait qui refroidissait. Ses joues avait pris une teinte rosée qu'il attribua à la gêne, la honte peut-être ? Elle tremblait légèrement mais de tout son corps, agitant à son cou malgré elle un petit pendentif argenté. À bien y regarder, c'était une capsule ciselée.

Contenait-elle du poison ? Il n'eut pas le loisir de s'interroger plus longuement. Abigail rompit le silence.

— Mais rien, dans ce que tu m'as dit, ne justifie ou n'excuse ce que tu as fait, Kaleb.

Elle avait parlé avec force, son corps ne tremblait plus. Abigail planta ses yeux verts dans ceux du jeune homme et poursuivit.

— Et tu le sais parfaitement. Alors tu vas m'épargner le chapitre du pauvre orphelin malmené par la vie, parce que crois-moi, si on compare nos misères tu n'es pas sûr de gagner. Mais moi, j'ai autre chose à faire que m'apitoyer sur mon sort, et encore moins sur celui d'un enfant gâté. Alors tu vas aller droit au but et me dire si tu souhaites reconsidérer ton choix et te reconnecter à tes émotions.

— Je ne reviendrai pas en arrière.

— Parfait. Alors nous serons ennemis, Kaleb.

— Nous ne sommes pas obligés, Abigail. Si nous sommes opposés, nous sommes aussi complémentaires, tu ne crois pas ?

Kaleb posa une main sur celle de la jeune fille. Le contact de leur peau leur procura, comme la première fois, l'effet d'une décharge électrique ultrapuissante. Leurs pupilles se rétractèrent et se dilatèrent en même temps, comme s'ils venaient de se caler sur la même longueur d'ondes.

— Non je ne crois pas ! Et je t'interdis de me toucher !

— Tu as peur d'être troublée ?

— Je ne veux pas que tu me contamines !

— Parce que c'est possible ?

Kaleb avait l'air sincèrement étonné. Ignorait-il qu'un EDV maléfique pouvait contaminer un autre EDV qui en serait tombé amoureux ? C'était le seul mode de contamination, avec une éventuelle grossesse... Impossible, bien sûr, qu'elle s'éprenne de ce salaud, qu'elle plonge dans ses yeux marine comme on se coule dans un torrent d'amour, qu'elle rêve de passer ses mains dans ses cheveux noirs ou les promène sur ce corps parfait. Impossible qu'elle rêve d'embrasser son sourire au point de devoir se mordre les lèvres toutes les deux minutes pour ne pas craquer...

— Je n'en sais rien, mentit-elle. Je préfère ne pas prendre de risque.

— Tu m'intrigues, Abigail...

— Pourquoi ?

— Je n'arrive pas à te cerner, à comprendre tes motivations. Je sais que tu es là sur les ordres du colonel, mais je devine que tu n'as pas abdiqué ton libre arbitre. Je sais que tu te méfies de moi aussi, pourtant tu te tiens bien là, prête à en découdre alors que tu sais ce dont je suis capable. J'ignore ce que tu veux. Tu es une énigme. Une fille qui met de l'aspartame dans son thé et se gave de sucre après. Je ne te comprends pas et j'aime ça. Malgré le danger que tu représentes, tu me plais et je n'ai pas envie de te laisser filer. Je veux que tu me croies…

Était-il sincère ? La jeune fille sembla peser le pour et le contre. Encore une fois, il put admirer le tumulte de ses pensées ombrer ses iris clairs.

— Tu me crois ? insista-t-il.

— Oui, murmura-t-elle. Mais toi, que cherches-tu en ma compagnie ? Tu sais quels sont mes ordres, n'est-ce pas ? Alors pourquoi venir te jeter dans la gueule du loup ?

— Disons que la louve est plutôt jolie… Et puis, j'ai besoin de comprendre ce qu'il m'arrive, de comprendre d'où je viens… Peut-être même…

— Peut-être même quoi ?

— De retrouver la trace de ma mère. On m'a toujours dit qu'elle était morte en couches, mais rien ne me le prouve…

Kaleb ne poursuivit pas sa phrase. Quelque chose venait de changer en Abigail qu'il sentit immédiatement. La jeune fille s'était crispée à l'évocation de sa mère et repliée sur elle-même de toutes ses forces quand il lui avait fait part de ses doutes.

— Abigail, tu sais quelque chose ?

— Non, bien sûr que non !

— Tu mens.

Faisant fi de son interdiction de la toucher, Kaleb lui saisit alors le bras et le maintint malgré la nouvelle décharge, encore plus forte que les précédentes.

— Lâche-moi, putain !

— Pas tant que tu ne m'auras pas dit ce que tu sais !

— Je ne sais rien !

— Très bien, tu l'auras voulu !

Et sans lui demander la moindre autorisation, Kaleb pénétra dans l'esprit de la jeune fille. Un esprit incroyablement bien compartimenté, rangé, protégé. Pour la première fois depuis qu'il maîtrisait son don, il avait l'impression de se trouver dans la salle des coffres d'une grande banque. Rien ne transparaissait. Rien à l'exception de sa peur qu'il lui fasse du mal, et de la raison qui les avait conduits là. Secret. Ne rien dire. Tristesse. Mort. Sa mère. Tuée en couches. Pas « morte en couches ». Il y avait une nuance…

Kaleb lâcha aussitôt le bras d'Abigail comme si ce qu'il venait de ressentir d'elle lui avait brûlé le cerveau.

— Ma mère a été tuée pendant qu'elle accouchait ?

— Arrête, Kaleb, je t'interdis de fouiller en moi.

— Qui ? Qui l'a tuée ?

— Je ne sais pas.

— Tu mens !

Bien sûr qu'Abigail mentait. Mais comment avouer à cette bombe à retardement que représentait Kaleb que la mère qu'il espérait toujours en vie était morte à cause de lui ? Il allait de nouveau tenter de pénétrer son cerveau et le ferait avec d'autant plus de force qu'il savait quoi chercher, désormais. Il fallait qu'elle lutte contre l'empathe, avec tous les moyens à sa disposition. Elle commença donc par évacuer la tristesse infinie qui avait commencé à l'envahir, en écho à celle de Kaleb lorsqu'il avait compris que Helga était vraiment morte. Puis elle tenta de repousser la colère qui l'emplissait telle une boue épaisse mais qui n'était pas sienne. Seulement, la colère n'est pas si facile à rejeter. Elle la sentit l'envahir, gonfler en elle, prendre le dessus sur tout le reste et elle se surprit à aimer ça. Ce petit goût de pouvoir avait des arômes de fruit défendu, un parfum de liberté lui semblant soudain aussi nécessaire que l'oxygène qu'elle respirait. Kaleb demeurait là, dans sa tête, solide, déterminé à lui extirper de force ce qu'elle refusait de lui donner. Alors, puisqu'il voulait jouer, elle lutterait à armes égales.

Cette fois-ci, ce fut elle qui lui saisit les deux mains. Mais elle ne le lâcha pas. Au contraire, elle s'accrocha à lui et réquisitionna toute son énergie, la rassembla en ce qu'elle visualisa comme une boule de feu et la déchargea le long de ses bras, la fit couler dans ses doigts et fondre en Kaleb sans lui laisser la moindre chance de s'enfuir. Il ne le pouvait plus. Leurs peaux étaient maintenant soudées, aimantées l'une à l'autre. Leur esprit se livrait une bataille à l'issue incertaine. L'empathe essayant de percer les secrets de la jeune fille, de s'immiscer dans ses souvenirs, de manipuler ses émotions. La succube mettant le feu au corps du jeune homme, le plongeant dans des tourments délicieux, secouant son imaginaire de fantasmes torrides pour lui faire lâcher prise. Les deux étaient pris dans un tango enfiévré, chacun nourrissant le don de l'autre, s'appropriant ce qu'il lui faisait subir, confondant les frontières de son propre corps et de son esprit avec celui de l'adversaire, du succulent adversaire. Étaient-ils de force égale ? Non. C'était impossible. Kaleb était l'EDV le plus puissant connu à ce jour. Alors comment se faisait-il qu'il ne la domine pas ? Abigail ne comprenait pas. Quelque chose lui échappait… C'est alors qu'elle se retourna, regarda par la fenêtre du B&B et fut littéralement horrifiée par ce qu'il se passait dehors à cause d'eux. Et encore, elle ne vit pas tout.

6.

Quatre jours avaient passé depuis que Kaleb et Abigail s'étaient affrontés. Elle était presque sûre de ne pas avoir laissé filtré que le colonel n'était autre que le grand-père du jeune homme.

Quatre jours qu'elle n'avait pas vu Kaleb ni n'avait contacté Bergsson de crainte que les empathes ne lisent en elle. Elle était trop à fleur de peau pour réussir à préserver ses pensées les plus intimes, et s'il y avait bien une chose qu'elle avait appris à chérir durant toutes ces années passées à SENTINEL, à devoir présenter un caractère lisse et docile, c'étaient ses secrets. Et elle en avait plus qu'on ne pouvait imaginer, la petite assistante du colonel. Elle aussi faisait des rêves qui la troublaient, elle aussi avait des désirs de liberté, des envies de pouvoir. Mais montrer cela au colonel, c'était se condamner à plus de surveillance, à sentir un peu plus fort la bride sur son cou. De même que laisser Kaleb entrer dans son esprit revenait à lui donner les clés une bonne fois pour toutes. Alors, en attendant qu'elle referme soigneusement les quelques coffres que le jeune homme avait réussi à ouvrir dans son esprit cadenassé, Abigail se refusait à tout contact avec lui aussi. La visite aux rebelles attendrait.

La jeune fille vaquait à ses occupations dans sa chambre d'hôtel. Elle faisait quelques pompes avant de prendre sa douche. Elle appréciait particulièrement le confort des lieux, le matelas moelleux, la couette duveteuse, la douche bien chaude et les petits déjeuners consistants. Tout cela était nouveau pour elle, et non seulement elle craignait avoir du mal à revenir aux conditions de vie spartiate de sa cellule à SENTINEL, mais elle sentait l'urgence d'en avoir plus. Plus de confort, plus de plaisir. Sa peau avait soif de douceur. Son corps était affamé d'étreintes. Un feu brûlait en elle et menaçait de la consumer si elle n'y faisait rien. Alors elle faisait… Sans en parler à personne et surtout pas à Kaleb ou au colonel, elle avait commencé à assouvir ses pulsions, sans quoi elle serait devenue folle. Mais il lui en fallait toujours plus. Il lui fallait un partenaire à sa mesure. Il lui fallait…

Kaleb fit sonner son téléphone et la sortit brutalement de ses pensées. Abigail rejeta l'appel.

Il attendrait. En revanche, le colonel allait finir par perdre patience si elle ne le contactait pas et risquait de lui mettre une équipe dans les pattes pour la surveiller. Hors de question. Elle se résolut donc à lancer la fenêtre de tchat.

— Mettez votre caméra, soldat.

— Je ne peux pas, elle est HS, mentit-elle.

— Vraiment ?

— Oui.

— Décidément, nous n'avons pas de chance en ce moment.

— Pourquoi, colonel ?

— Notre satellite est aussi défaillant, nous n'avons plus d'image de la colonie depuis deux jours. Quand partez-vous à Sherkin Island ?

— Peut-être demain.

— Comment ça, peut-être ? Je n'aime pas les approximations, vous le savez ! Le plus tôt sera le mieux… Je n'ai plus de visuel, je vous le rappelle.

— Nous partirons demain, colonel.

— J'aurais aimé vous voir.

— Pourquoi ? Je vous manque ?

— Ne soyez pas stupide. Je sais de quoi Kaleb Helgusson est capable, j'ai besoin de vérifier qu'il ne vous a pas contaminée.

— Je ne suis pas amoureuse de ce garçon. C'est notre proie, je ne l'oublie pas.

— Je l'espère. Vous savez ce que je réserve aux traîtres…

— Pas besoin de me le rappeler. Merci de votre confiance.

La jeune assistante coupa la communication sans plus de formalités. Qu'il doute d'elle constamment l'horripilait au plus haut point. Il fallait toujours qu'elle fasse la preuve de son dévouement, de sa loyauté. Jamais il ne lui avait accordé le bénéfice du doute. C'était de moins en moins supportable.

Le colonel voulait tout savoir, tout contrôler. C'est à lui qu'elle devait son sevrage. Avant cela, elle ignorait qu'elle était une succube. C'est lui qui avait pris la décision de ne plus inhiber son don pour l'utiliser contre Kaleb. Lui qui avait révélé son appétit de succube et l'avait presque laissée tuer un soldat innocent pour la tester. Il croyait la maîtriser, tout connaître de ce qu'il y avait à savoir d'elle. Eh bien il se trompait ! Elle était forte. Et la présence de Kaleb la renforçait encore plus. Elle se garderait bien de raconter à Bergsson ce qu'il s'était passé lors de leur dernier affrontement.

Tandis qu'ils luttaient, chacun avec ses armes, elle avec toute l'énergie sexuelle qu'elle avait pu mobiliser, lui avec sa colère et sa capacité à entrer dans votre tête pour manipuler vos émotions, elle s'était soudain inquiétée que Kaleb ne lui fasse pas littéralement exploser les neurones. C'est alors qu'elle s'était tournée vers la fenêtre et avait assisté à un triste spectacle, conséquence de leur guerre d'ego ridicule.

Dehors, les gens étaient devenus dingues. La colère de Kaleb avait noircit le cœur des hommes alentour. Partout on se battait, on fracturait des bagnoles, on faisait éclater des pommettes, des arcades sourcilières. Pire, l'empathe se nourrissait de son don de succube, incitant des groupes d'hommes à s'en prendre aux femmes et à les violer, à s'en repaître comme une horde de lions déchiquette une gazelle. La rue n'était que cris, pleurs, klaxons hurlants, coups de pied et de poing rencontrant des os et de la chair, vêtements qu'on arrache et sang qui coule. C'est Abigail qui comprit la première ce qui était en train de se passer.

— Kaleb, arrête ! Stop !

Mais il ne répondit pas. En transe, le jeune homme avait le même regard fixe et tremblait comme un dément.

— Kaleb, nos pouvoirs se combinent, ton empathie est au service de ta colère et elle utilise mon énergie ! Regarde, des femmes se font violer à cause de moi !

— Ma mère est morte ! Tu ne veux pas me dire qui l'a tuée ! s'obstina-t-il.

— Ça ne servirait à rien, Kaleb !

— Dis-le-moi, je ne peux pas contrôler ma frustration…

— Si je te le dis, ta colère sera décuplée !

— Mais la colère est ma compagne depuis des mois, je saurai la gérer. Dis-le-moi ou bien je continuerai d'exploiter ton don… Je suis infatigable, crois-moi !

Alors, impuissante, elle lui laissa voir comment il avait tué sa propre mère en naissant. Comment il était entré dans une rage folle en venant au monde et avait fait exploser le cerveau de la femme qui lui avait donné la vie, l'avait porté et chéri pendant neuf mois. Kaleb lâcha prise un instant, comme on desserre des rênes un peu trop courtes, permit à la jeune femme de souffler et de récupérer le contrôle de son don, puis laissa jaillir sa colère dans un sanglot à déchirer le cœur du pire des bourreaux. Il cria. Un long hurlement rauque semblant monter de l'enfer. L'air parut se densifier tout autour, Abigail sentit la température augmenter peu à peu et la peur, la terreur l'envahir, l'entourer, devenir son unique univers. Elle crut qu'elle allait mourir, mais au bout de quelques secondes qui lui semblèrent une éternité, la sensation disparut aussi subitement qu'elle était apparue.

Comme elle n'était pas coutumière des colères du jeune homme, Abigail ne chercha pas à comprendre. Tout ce qu'elle vit, c'est son visage sans masque, pour la première fois depuis leur rencontre. Un visage déjà marqué pour son âge, aux yeux tristes et au charme fou. Un visage qu'elle eut soudain envie de prendre dans ses mains et de couvrir de baisers. Le visage d'un homme qui avait rêvé sa mère toute sa vie et qui venait juste de découvrir qu'il l'avait tuée. Un homme à la posture de petit garçon qu'on a envie de consoler, de protéger. D'aimer.

Alors Kaleb se réfugia dans les bras de la jeune fille comme on se love dans le cœur d'une madone. Il sentit à ce moment précis qu'elle pourrait peut-être un jour l'aimer, et comme il n'y a rien de plus précieux et qui régénère autant que l'amour véritable, il se garda bien de lui confier où était passée sa colère…

7.

La colère avait disparu. Kaleb avait réussi à l'évacuer. Ne restait qu'un sentiment de vide, une résignation qui aurait pu s'apparenter à de la tristesse s'il s'en croyait encore capable. Ainsi donc était mort l'espoir de retrouver un jour sa mère. Il était seul au monde, sans autre perspective que de continuer à errer de ville en ville à la recherche de gens comme lui pour tromper sa solitude, et à fuir des fous qui le haïssaient sans le connaître. Comment, alors, ne pas détester soi-même la terre entière ? Sachant que l'on était né mauvais ? Et qu'au final les méfaits qu'on avait commis n'étaient rien face au péché originel de sa propre naissance ?

C'était un jeune homme fatigué, ébranlé et las qui quitta le B&B. Il savait qu'il ne reviendrait pas. Pas un regard à Niamh Murphy qui, depuis son canapé, ne le salua pas. Qui depuis son canapé ne le vit même pas refermer la porte.

Il avait rendez-vous avec Abigail, à son hôtel. Ce jour-là, c'était le grand jour : ils partaient à la rencontre de ces autres qui leur ressemblaient. Kaleb ne s'inquiétait pas de l'accueil qu'on lui réserverait. Son don faisait de lui le bienvenu où qu'il aille. Bien sûr, s'il ne l'avait pas possédé les choses auraient sans doute été moins évidentes. Certains l'aimeraient, d'autres le détesteraient. Peut-être le monde entier lui serait hostile. Il était tellement odieux… L'idée lui fit presque monter des larmes. Odieux. Pourri jusqu'à la moelle.

Pourtant, quand il avait baissé les armes, l'autre jour, alors qu'il se mesurait à la belle rousse et découvrait ce qu'elle avait essayé de lui cacher, il avait laissé remonter sa vraie personnalité à la surface, sans maquiller ni repousser ses propres émotions, sans tricher, sans mentir. Il n'y avait eu que lui, celui qu'il était avant toutes ces horreurs et qu'il croyait pourtant définitivement enterré, et elle avait aimé ce qu'elle avait aperçu. Oui, Abigail l'avait vu fragilisé, vulnérable, désemparé, et à ce moment précis elle l'avait aimé. Il en était certain. Il se souvenait encore du contact si doux de ses mains blanches sur ses joues, de ses lèvres embrassant son front, de leur trouble, bien au-delà des mots ou de la simple excitation physique. Abigail avait été émue.

Kaleb savait depuis longtemps que seul l'amour véritable pouvait être son refuge, loin des emballements forcés à coups d'empathie et des sentiments fallacieux vissés sournoisement dans la tête des filles qu'il avait croisées. Alors il devait tout faire pour qu'Abigail tombe amoureuse. Elle n'avait pas le choix, non, elle l'aimerait ! Elle quitterait son armée de nazis et couperait tout contact avec Bergsson. Il ne pouvait en être autrement. Il la voulait et elle l'aimerait !

Mais pour ça, il fallait qu'il se ressaisisse et la joue fine. Aucune fille ne reste longtemps amoureuse d'un mollusque dépressif. Il devait retrouver son irrésistible sourire, même forcé, prendre sur lui et lui faire une telle cour qu'elle ne pourrait que succomber.

Arrivé devant l'hôtel il envoya en éclaireur une bouffée de bien-être à la jeune fille. Il fallait qu'elle associe cette sensation à sa présence. Comme une sorte de conditionnement. Au fur et à mesure que les secondes passaient, il intensifia la charge. Encore quelques instants et il pourrait faire son entrée face à une Abigail détendue et réceptive. Il pénétra dans le hall du Victoria's et retint un sifflement qui en disait long sur les goûts de luxe de la jeune fille. Si elle aimait le fric, alors il lui en procurerait un maximum.

Il la trouva assise au bar, le dos bien droit, la nuque fière sous son chignon de grand-mère. Il lui lança une nouvelle onde de bien-être. La jeune femme se retourna, rouge aux joues, yeux brillants, non pas au ralenti comme il l'aurait cru, mais au contraire très vive, en gestes saccadés, presque. Il lui sourit, avec ce regard charmeur qui fait craquer les filles et attendit qu'elle lui rende la pareille.

— Espèce de connard ! Tu essaies encore une fois de me manipuler aussi grossièrement et je te défonce le visage ! On verra si tu fais encore le malin, une fois édenté. C'est compris ?

Le sourire de Kaleb se figea net. Ça n'avait pas marché… Ça n'avait pas marché ? Mais comment était-ce possible ? Semblant lire à son tour dans ses pensées, Abigail éclata de rire.

— Non mais tu fais pitié, vraiment. Tu crois qu'on n'est pas un minimum préparés à affronter des EDV, à SENTINEL ? Et qu'on m'aurait envoyée ici, comme ça, sans m'apprendre des techniques d'autodéfense mentale ?

— Ça existe ? bredouilla-t-il, incrédule.

— Évidemment, imbécile.

Ah, il était beau ! l'empathe le plus puissant de la terre, face à la petite succube pleine de culot ! Parce que bien sûr, elle n'avait été capable de lui résister que parce que la charge d'empathie envoyée avait été extrêmement faible. Plus de puissance et elle aurait plié, comme tout le monde, mais l'essentiel était de faire croire à Kaleb qu'il n'avait aucune prise sur elle, pour lui faire passer l'envie de recommencer. Elle appliquait la technique de l'éléphant, que le colonel lui avait enseignée alors qu'elle avait une dizaine d'années. Pour illustrer une leçon sur la résignation des EDV emprisonnés depuis longtemps, il lui avait montré des images d'éléphants de cirque. Les bêtes, énormes et puissantes, étaient retenues, lorsqu'on daignait les sortir de leur cage, par une mince cordelette accrochée à un pieu qu'on avait planté dans le sol.

« Tu vois, lui avait expliqué le colonel, un seul pas leur suffirait pour se libérer et s'enfuir.

— Mais pourquoi ne le font-ils pas ? avait demandé la fillette.

— Parce qu'ils s'en pensent incapables. Lorsqu'ils n'étaient que de jeunes éléphanteaux et qu'ils ont été attachés ainsi, ils ont bien essayé de tirer sur la corde, d'arracher le pieu de la terre. Mais ils étaient encore trop frêles et se sont épuisés à le faire, sans résultat. Puis un jour, comprenant qu'ils ne pourraient pas se libérer, ils ont renoncé à essayer. Les années ont passé, leur corps s'est transformé, mais leur esprit est resté attaché à ce pieu, ligoté par une cordelette ridicule.

— Vous voulez dire qu'ils sont les gardiens de leur propre prison ? s'offusqua la gamine.

— Oui, Abigail, tu as compris. Et crois-moi, il n'y a pas meilleure prison que celle qu'on est persuadé d'habiter… »

Ce n'était que des années plus tard que la jeune fille se demanda dans quelle prison factice on avait bien pu la placer, elle aussi…

Abigail chassa ce souvenir et planta les poings sur ses hanches. Il fallait qu'elle donne le change à Kaleb pour qu'il renonce une fois pour toutes à la manipuler.

— Alors si tu n'as pas d'autre question, on va pouvoir partir, mais souviens-toi : encore une tentative de cet ordre-là et tu passeras un sale quart d'heure, c'est compris ?

— Oui, chef, plaisanta-t-il.

Elle lui lança un regard courroucé.

— Bah quoi ? Ne me dis pas que je n'ai pas le droit de plaisanter non plus… Ou alors bâillonne-moi en plus de me ligoter, rigola-t-il.

Abigail se crispa. Le mot « ligoter » était loin d'être innocent. Se pouvait-il que Kaleb ait capté le souvenir qui venait d'affluer à sa mémoire ? Qu'il ait comprit qu'elle bluffait ? Elle lui jeta un regard suspicieux mais il ne sourcilla pas, comme s'il venait de prononcer la chose la plus innocente qui soit. Puis, décrétant qu'il lui serait impossible de savoir ce qu'il avait compris, elle finit par hausser les épaules et l'invita à le suivre hors de l'hôtel.

Ils prirent un autocar qui les conduisit jusqu'à Baltimore. Kaleb n'osa même pas effleurer la jeune fille, et préféra éviter de poser son bras sur l'accoudoir qui les séparait, de crainte de provoquer une nouvelle décharge en même temps que sa colère. Elle avait vraiment un sale caractère ! Mais qu'elle le veuille ou non, il finirait par avoir le dessus. Il devrait juste être suffisamment subtil et lui laisser croire que sa « technique de l'éléphant » avait marché…

— C'est encore loin ? demanda-t-il.

— Pourquoi ? Tu n'apprécies pas le paysage ? demanda-t-elle sans lever les yeux de la vitre par laquelle elle contemplait la nature irlandaise.

— Si, si, le paysage est très… attrayant, bien que ce soit un peu trop couvert…, ironisa-t-il.

— Les nuages ne restent jamais longtemps dans le ciel en Irlande, répondit-elle avant de comprendre qu'il ne faisait pas allusion au temps.

Kaleb avait les yeux rivés sur sa poitrine.

— Bordel, mais on ne peut donc jamais te faire confiance ?

— Il faut croire que non, sourit-il.

Malgré elle, et sans qu'elle puisse vraiment se l'expliquer, Abigail lui rendit son sourire et se détendit un peu.

— On prendra un bateau à Baltimore jusqu'à Sherkin Island. La traversée est très rapide et après ça, ce sera une question de minutes pour retrouver nos amis.

— C'est si important qu'on les rencontre ?

— Oui, Kaleb.

— Pourquoi ? Pour les ramener à SENTINEL comme des trophées ? Tu auras une promotion et peut-être même une prime si je viens aussi ?

— Officiellement oui, je dois les conduire jusqu'à SENTINEL.

— Et officieusement ?

L'autocar ralentit et se gara. Ils étaient arrivés.

— Pas le temps de te répondre : nous avons à peine dix minutes pour attraper le prochain bateau !

Abigail s'élança hors du véhicule, récupéra son bagage dans la soute et courut comme une dératée jusqu'à l'embarcadère. Elle semblait connaître les lieux sur le bout des doigts. Kaleb n'eut d'autre choix que d'en faire autant. Il la rejoignit sur le petit rafiot qui s'élança bruyamment une minute après sur la mer agitée. La fumée noire du moteur le fit tousser.

— Pas très écolos nos amis irlandais ! Pourquoi tu veux rencontrer ces autres enfants du volcan, Abigail ? Officieusement, j'entends, insista-t-il.

— Tu ne lâches jamais l'affaire, toi, n'est-ce pas ?

— Non. Alors ?

— Alors il existe un livre, le *Livre du volcan*, qui explique d'où nous venons et pourquoi. Toute notre histoire y est racontée, nos légendes, notre mythologie… Je ne l'ai jamais lu mais j'en connais certains extraits.

— Qui possède ce livre ?

— Je n'en sais rien. Je n'ai jamais rencontré quelqu'un l'ayant déjà tenu dans ses mains. Mais il se chuchote que la colonie que nous allons visiter en possède un extrait… Je veux le récupérer.

— Pour toi seule ou pour le colonel ?

— Je ne sais pas encore, ça dépendra de ce que j'y trouve. Et des EDV que nous rencontrerons…

— Comment ça ?

— Une des légendes liées à ce livre raconte que lorsque tous les déclinaisons possibles d'EDV se réunissent, lorsque chaque don est représenté et que tous se tiennent la main, alors chacun des EDV présent devient invulnérable et surpuissant.

— Et le colonel est au courant ?

— Le colonel sait tout, Kaleb. En revanche, il ignore que je connais cette légende.

— Mais comment l'as-tu découverte ?

— Ça me regarde. Ce qui m'intéresse pour l'instant, c'est de vérifier si c'est exact.

— Et si ça l'est ?

— Alors je serai enfin libre… Et je n'aurai plus à recevoir d'ordres ou de menaces de SENTINEL.

— Bergsson ne se doute pas de tes intentions ? Je le croyais empathe !

— À force de grandir avec un empathe, on apprend à se verrouiller de l'intérieur. Il ne sait de moi que ce qu'il croit avoir modelé de mon caractère.

Décidément, elle était surprenante. Inquiétante aussi, quand Kaleb devinait en elle cette colère sourde qu'elle ne soupçonnait peut-être pas et cette soif de pouvoir qui l'enflammait quand elle se laisser aller aux confidences. Oui, Abigail était sa moitié, son égale. Pas de ces filles fragiles et indécises qu'il avait rencontrées jusqu'à présent. C'était une femme forte et qui savait pouvoir tirer sur sa corde pour s'enfuir, contrairement aux éléphants de cirque. Elle attendait son heure, c'était tout.

À eux deux, déjà, ils seraient surpuissants et ils le savaient l'un comme l'autre. C'est pour cela qu'elle avait décidé de le rejoindre et de jouer cartes sur table avec lui : elle n'avait pas plus de doute que lui sur leur avenir commun.

— Nous arrivons, reprit-elle. Suis-moi, nous n'avons pas de temps à perdre.

Alors il sautèrent du bateau dès qu'ils le purent et s'élancèrent dans la campagne irlandaise, ignorant ses couleurs chatoyantes et le chant des oiseaux. Abigail n'hésita jamais sur le chemin à emprunter et, une demi-heure plus tard, ils arrivèrent à un campement qui, de loin, ressemblait à un vulgaire attroupement de touristes.

Kaleb ferma les yeux et sourit. Quoi qu'il advienne à présent, il allait enfin rencontrer ses semblables et écrire un nouveau chapitre de sa vie. Il rouvrit les yeux, hâta le pas pour rejoindre sa compagne de voyage qui était partie en courant quand elle avait reconnu l'emplacement, et s'arrêta soudain avant de l'avoir rattrapée. Il venait de se prendre les émotions de la jeune fille en plein cœur. Et comprit avant de voir la scène.

Désolation. Tristesse. Peur.

Les enfants du volcan étaient tous morts et gisaient à même le sol, certains corps à moitié dévorés par des charognards.

8.

Le nom qui s'afficha sur son écran ne surprit pas le colonel Bergsson. Powell ne le lâchait plus d'une semelle, ces derniers temps. Les raisons de ce soudain engouement pour sa personne étaient faciles à deviner : ce serpent ne lui faisait pas confiance pour mener la mission à bien. Pourtant, il n'avait rien laissé filtrer de ses véritables intentions, alors comment pouvait-il susciter autant de défiance ? Il était la droiture et le dévouement incarnés. Le type même de soldat à qui l'on pouvait accorder sa confiance les yeux fermés. C'était peut-être justement ça, le problème. Powell devait avoir le sentiment de diriger un rival susceptible de prendre sa place à la première occasion. Ce n'était pourtant pas dans ses intentions. Aller faire des ronds de jambe devant les dirigeants du consortium et le jouer commercial pour vendre des EDV au plus offrant, merci bien. Il préférait son poste, et de loin. Au moins, il pouvait entraîner ses troupes comme bon lui semblait, et même détourner quelques EDV à son profit, à la faveur de séances de conversion que personne ne venait vérifier. Et quand se présentait l'occasion de supprimer quelques-unes de ces aberrations, il n'hésitait jamais, plus conscient du danger qu'ils représentaient que du profit qu'il pourrait en tirer. Il était le dernier gardien de l'esprit de SENTINEL. La dernière véritable Sentinelle. Et il mènerait son combat jusqu'au bout et à la barbe de Powell.

Le colonel accepta l'appel vidéo.

— Ah, cher colonel ! C'est toujours un plaisir de vous voir, railla l'homme.

— Qu'est-ce que vous voulez ?

— Je m'inquiète à propos de notre connexion satellite. Avons-nous pu la rétablir ?

— Oui.

— Bergsson, vous auriez dû me prévenir !

— Elle a été rétablie il y a à peine un quart d'heure. Je n'ai pas encore eu le temps de vérifier que ça fonctionnait de nouveau.

— Je ne veux pas le savoir ! Mettez le visuel.

— À vos ordres.

Bergsson lança le programme en serrant les dents. Powell s'approcha de son propre écran, faisant apparaître son visage légèrement déformé sur celui du colonel. L'image du satellite était encore un peu trouble, comme si on avait passé un aimant sur la caméra. Mais on pouvait déjà distinguer deux silhouettes, celles d'un homme et d'une femme, marchant dans la prairie. Powell reconnut immédiatement celle d'Abigail. Ses yeux prirent un éclat concupiscent et il ne put s'empêcher de se frotter le menton, comme s'il admirait la vitrine d'une pâtisserie après un long jeûne. Bergsson se mordit les joues. Décidément, quel porc ! Mais le regard de son supérieur fut vite alerté par l'autre silhouette. Kaleb était avec elle. On pouvait presque voir danser dans ses pupilles les millions de dollars qu'il représentait. Bergsson lâcha l'image de son chef pour observer les deux jeunes gens à son tour.

— Les autres ne viennent pas les accueillir ? s'étonna Powell.

— Il faut croire que non.

— Pourquoi ne bougent-ils plus ? L'image est figée ?

Le vent dans les arbres indiquait que non. Pourtant, les deux jeunes semblaient avoir soudain pris racine dans le sol. Bergsson régla la prise de vue pour avoir un plan plus large.

— Bon Dieu ! Qu'est-ce que…, s'exclama Powell.

Autour d'eux, une dizaine de corps gisaient sur le sol.

— Je n'en sais rien, répondit le colonel.

— Ne mentez pas ! Vous les avez tués ?

— Voyons, comment l'aurais-je pu ?

— En envoyant une milice pour le faire !

— Ne soyez pas ridicule. Vous n'avez qu'à vérifier par vous-même, aucune troupe n'a mis les pieds en Irlande.

— Je connais vos dons, Bergsson. Vous avez pu les convaincre de s'entre-tuer.

— Mes facultés ont des limites. Je ne suis pas capable de faire ça.

— C'est ce que vous prétendez…

— Lâchez-moi, Powell !

— Et vous, surveillez vos propos. Je vais lancer une commission d'enquête sur vous, Bergsson. Et si vous êtes à l'origine de ce désastre, vous pourrez dire adieu à votre carrière. C'est de la trahison.

— Et je vous répète que je suis aussi surpris que vous.

Powell ne prit pas la peine de répondre. Il bouillait littéralement. De désir pour la succube, d'impatience de revendre Kaleb au plus offrant, de colère d'avoir perdu autant d'EDV d'un coup. Et surtout de haine vis-à-vis de cet empathe maudit qu'on l'obligeait à ménager, à cause de ses liens avec Kaleb. Mais dès que le jeune homme serait entre ses mains, alors il pourrait enfin se débarrasser de ce gêneur arrogant. De toute façon, qu'il ait ou non commandité ce carnage, Bergsson était terminé. Trop de doutes sur ses réelles motivations, trop de contestations sur ses méthodes de conversion. Il appartenait à une autre époque. Celle de Rambo. Bergsson demeurait une brute épaisse et bornée. Il n'avait pas la subtilité désormais requise par son poste. Il n'était plus qu'une jambe de bois sur un athlète surentraîné. Il n'hésiterait pas à le sacrifier au profit d'une nouvelle prothèse hi-tech, qui conduirait SENTINEL à la prochaine étape. Oui, Bergsson vivait ses dernières heures à ce poste-là, grâce à ce gamin qu'il détestait tant : Kaleb Helgusson. Sans le savoir, cette dernière mission serait son baroud d'honneur, son chant du cygne.

Le colonel resta longtemps à contempler les deux jeunes errant au milieu des cadavres. Ils avaient l'air étrangement calmes, comme sonnés par la découverte morbide. Pourtant Abigail tomba à genoux et se mit manifestement à sangloter. Le colonel tiqua. Il ne lui connaissait pas cette sensibilité. Ça pouvait poser problème qu'elle craque ainsi à la première contrariété. Bon sang ! Comment pouvait-elle prendre les choses autant à cœur avec l'entraînement complet qu'elle avait reçu ? Il se demanda si cette sensibilité était due à son don ou bien si Kaleb la travaillait au corps pour l'affaiblir et la manipuler. Il scruta un instant son ennemi juré. Le jeune homme semblait avoir gagné en carrure. Sa posture n'était plus celle d'un gamin, mais bien d'un homme. Ce dernier prit la jeune fille par les épaules et la secoua, comme pour la ramener à la raison, puis lui décocha une baffe monumentale.

Ah ça ! Il a de qui tenir, se dit Bergsson, non sans une pointe de fierté qu'il s'empressa de refouler. Calmée, la jeune fille vint se réfugier dans ses bras. Ils formaient décidément un très beau couple et ça ne lui disait rien qui vaille…

Pendant combien de temps encore pourrait-il compter sur la loyauté d'Abigail avant qu'elle ne tombe amoureuse de son petit-fils ? La question avait son importance, pourtant l'attention de Bergsson fut soudain détournée par un élément autrement plus urgent et inquiétant.

Sur l'écran de surveillance, un des corps venait de remuer.

9.

Kaleb rejoignit Abigail en quelques enjambées, mais elle ne le remarqua pas. Elle contemplait d'un air absent les cadavres alentour. Dans l'esprit de la jeune fille, c'était le tumulte, des dizaines d'émotions contradictoires se disputaient le contrôle de ses réactions. Des émotions normales, logiques, comme la tristesse et la surprise, mais ressenties avec une telle intensité qu'elles résonnaient sans fin en elle et réquisitionnaient des souvenirs liés à son enfance où elle avait déjà éprouvé ces choses-là. Et puis il y en avait de moins pertinentes comme la frustration et l'envie de rire, mais Kaleb savait que les grands chocs provoquent parfois ce genre de réponse psychique. Enfin, par-dessus tout, l'émotion la plus criante était celle qu'Abigail essayait de museler, en vain. La peur. Était-ce par crainte qu'il ne la surprenne affaiblie ? Était-ce parce qu'on l'avait conditionnée à être un parfait petit soldat et qu'elle ne s'autoriserait aucun relâchement ? Il l'ignorait, mais la peur était bien là : elle avait beau essayer de l'enfouir comme on camoufle le goût acide d'un gâteau sous un glaçage trop sucré, la peur l'avait envahie et suintait par chaque pore de sa peau.

Treize. Il y avait treize corps. Sur le ventre pour la plupart, comme si les EDV avaient rampé hors les murs pour tenter d'échapper à leurs meurtriers. Leur visage déformé par la terreur, figé dans des mimiques de douleur. Certains avaient déjà pris une teinte grisâtre qui contrastait avec le rouge vif de leurs plaies séchées. Des corbeaux avaient commencé leur travail de nettoyeurs et on pouvait observer que des morceaux de chair avaient été arrachés pour être dévorés, ici et là sur les corps. Joues déchiquetées sur mâchoires dénudées, yeux grignotés avec les paupières, mains rognées jusqu'à l'os. Ce n'était pas du tout beau à voir…

Abigail, sentant Kaleb se rapprocher, s'éloigna de quelques pas et se laissa tomber à genoux.

— C'est de ma faute…

— Ne dis pas ça.

— Si. Je te dis que c'est de ma faute !

Mais elle savait bien que ce n'était pas vrai. D'ailleurs, la culpabilité qu'elle ressentait était aussi factice que les arguments qu'elle cherchait à lui opposer. Mais on ne sort pas indemne d'années de conditionnement par un colonel fou à lier.

— Tu sais bien que non, au fond de toi. N'est-ce pas ?

Abigail demeura un instant interdite. De nouveau Kaleb sentit la peur fondre sur elle. La jeune fille se prit alors la tête entre les mains et se mit à pleurer.

— Ma faute ! Ma faute ! Je suis mauvaise ! Je ne suis pas du bon côté de la barrière, je le sais ! Et je ne fais rien contre ça. Je mériterais de mourir, moi aussi ! Vas-y, tue-moi ! C'est tout ce que je mérite !

— Arrête de dire ça, putain ! Tu n'es pas toute seule !

Il fallait surtout qu'elle cesse de paniquer, parce qu'il commençait à sentir l'angoisse monter en lui. Et que ce n'était vraiment pas le moment de péter les plombs, quand l'auteur de cette boucherie pouvait encore rôder dans les parages.

— Je vais me foutre en l'air, c'est tout ce que je mérite ! C'est moi qui ai attiré les Sentinelles ici, je le sais ! Je veux crever !

Abigail était en pleine crise. Elle commença à taper des pieds, à hurler, à pleurer. Kaleb resta un instant tétanisé, réfléchissant à la conduite à tenir et, tout ce qui lui vint, ce fut de la secouer et lui coller une baffe. La main claqua sur sa joue en un bruit sec et la calma aussitôt. Abigail demeura un instant sans rien dire, bouche bée, semblant hésiter entre les larmes et la colère. Elle choisit de s'effondrer dans les bras du jeune homme.

Kaleb n'eut d'autre choix que de l'y accueillir, de la serrer contre son cœur, de lui offrir sa chaleur. Alors elle se relâcha et pleura doucement, et Kaleb ressentit un grand soulagement, l'enlaça plus fort encore. Elle se lova contre lui, et il put sentir sa peau à travers ses vêtements, le rythme de son cœur qui s'accélérait, leurs respirations se saccader et s'accorder. Ses mains se firent plus caressantes, leur pression plus ferme, il lui baisa le front, tout doucement, comme on réconforte un enfant, mais y laissa ses lèvres comme sur celui d'une maîtresse, d'une aimée. Réceptive, la jeune fille plaqua sa poitrine contre lui et murmura, hors d'haleine :

— Non, Kaleb, on ne peut pas…

— Laisse-toi aller, je sais que tu en as envie…

— Pas ici, pas avec ce charnier…

Elle n'avait pas tort. Il fallait vraiment être déconnecté de tout sens moral pour ne pas y avoir pensé ! Cette fille avait le pouvoir de le rendre meilleur, il en était convaincu. Alors il saurait attendre. Kaleb se détacha un peu d'elle pour relâcher la pression et calmer l'attirance qui ne faisait que croître.

Il regarda alentour, en la tenant toujours dans ses bras, et laissa soudain échapper un juron.

— Oh putain !

— Quoi ?

Toujours cette peur qui ne la quittait pas…

— Là-bas ! Un mec a bougé !

— Hein ?

La peur s'amplifia. S'il continuait de s'emballer comme ça, le cœur de la jeune fille allait exploser… Ou le faire exploser, lui.

— Calme-toi ! Un des corps a bougé, là-bas, regarde !

Abigail se retourna, stupéfaite. En effet, un type au loin essayait de se relever. Tous n'étaient pas morts ! Kaleb courut vers l'homme et s'accroupit face à lui. Il l'attrapa par les aisselles et l'aida à se dresser sur ses jambes. Extrêmement affaibli, le survivant s'effondra dans ses bras. Il tremblait comme une feuille. Kaleb le souleva à nouveau de terre et le plaqua sur son épaule, puis se dirigea d'un pas vif vers la maison qui avait dû servir de quartier général aux enfants du volcan. Il ouvrit la porte sans crainte : il ne sentait rien ni personne à l'intérieur. Il arriva directement dans la pièce principale qui faisait apparemment office de salle à manger. La maison avait été mise à sac. Tiroirs jetés au sol, boîtes de céréales éventrées, coussins retournés. Que cherchaient-ils ?

Treize assiettes encore remplies des reliefs du dernier repas des EDV, recouvertes d'une fine pellicule de moisissures, ainsi que le ressenti qui sauta au cœur de Kaleb lui firent comprendre que les dîneurs avaient été empoisonnés. Pourquoi ? Il devrait élucider le mystère plus tard. Ce qui comptait pour l'instant, c'était le gars qui tremblait de plus belle sur son épaule. Kaleb se délesta de son fardeau sur un vieux canapé à moitié défoncé. Abigail le rejoignit et considéra l'individu d'un air suspicieux.

— Comment se fait-il qu'il ne soit pas mort ? Méfie-toi, Kaleb !

— C'est vrai ça, comment as-tu survécu ? enchérit Kaleb.

Le gars ne répondit rien. Il ne savait pas ce qu'il pouvait révéler ou non de son don, des EDV. Il ignorait à qui il avait affaire.

— On est comme toi… Issu de la même lignée islandaise, le rassura Kaleb.

— Prouve-moi que tu n'es pas une Sentinelle, articula l'homme avec peine.

Il était à peine plus âgé que Kaleb. Vingt-quatre, vingt-cinq ans peut-être. Blond comme les blés, tout en os et en muscles secs, il n'avait pas cessé de trembler.

— Je suis un empathe. Je peux provoquer n'importe quelle réaction émotionnelle chez toi.

— Prouve-le, je te dis !

Très bien. Kaleb se concentra un peu et décida de lui envoyer une émotion positive, histoire de détendre l'atmosphère. Il plongea ses yeux bleus dans ceux du type, poussa un peu, pas trop pour ne pas l'effrayer et lui donner d'indication sur la force de son don. Le gars commença à esquisser un sourire, bien malgré lui, puis eut un petit hoquet, comme quand on se moque de quelqu'un, pour finalement éclater d'un rire aussi incontrôlable qu'incongru vu le contexte.

— C'est bon, arrête, maintenant ! lui intima Abigail. Il a compris, je crois.

Kaleb cessa de pousser, à contre-cœur. Rire un peu plus aurait fait du bien à tout le monde pourtant…

— Et toi, c'est quoi, ton don ? demanda le type à la jeune fille.

— Je préfère ne pas l'utiliser sur toi…, bredouilla-t-elle. C'est de l'ordre de la séduction.

— Et c'est ma copine, enchérit Kaleb.

— Je ne suis la copine de personne, protesta-t-elle.

— Pas encore !

— Jamais !

— On verra bien !

— C'est tout vu, oui !

Se souvenant soudain de la présence du survivant, ils stoppèrent net leur prise de bec.

— Comment as-tu pu réchapper à ce carnage ? poursuivit Abigail.

— Je n'étais pas au campement quand les autres ont été empoisonnés. Mais de crainte que les Sentinelles ne reviennent, je me suis servi de mon don.

— Qui est… ? demanda Kaleb.

— Attends ! Ce sont les Sentinelles qui ont fait ça ?

Abigail commençait à se détendre de nouveau et elle était bien décidée à mener l'interrogatoire.

— Qui d'autre ? répondit le jeune homme.

— Quel est ton don ? insista Kaleb.

— Voyage astral. Je sors de mon corps. Et quand je le fais, mon enveloppe corporelle ressemble à un cadavre…

Kaleb eut l'air surpris. Pas Abigail, évidemment.

10.

La nuit était tombée sur la clairière, et avec elle la peur que les empoisonneurs ne reviennent. Kaleb avait allumé un feu de cheminée et observait à la dérobée leur nouveau compagnon d'infortune. Le type s'appelait Magnus et était suédois. C'est tout ce que Kaleb avait pu en tirer jusque-là. Il représentait l'archétype du Scandinave, avec ses cheveux blonds et sa coupe au bol qui aurait pu le rendre ridicule s'il ne dégageait ce je ne sais quoi de viril et de sain à la fois. Le genre de mec sportif, bon élève, à qui la vie sourit. Kaleb l'imaginait faire des randonnées en bermuda, sandales et chaussettes, les pommettes rouges comme celles d'un gamin de la campagne et le sourire Ultra Brite du connard qui peut remonter dix kilomètres de dénivelé sans sourciller. Il devait aimer l'air pur, la nature et les gâteaux de sa maman.

Bordel, mais qu'est-ce qu'il foutait dans ce merdier ? Comment avait-il pu être mêlé à cette histoire, et comment avait-on permis que ce mec qui avait déjà tout possède en plus un don extraordinaire ?

Sans rien faire d'autre que rester lui-même, Magnus horripilait Kaleb. Peut-être parce qu'il était son exact opposé, ou encore parce que Abigail couvait le Suédois du regard, comme une mère surveille son enfant préféré, ou encore comme une amoureuse convoite son fiancé.

L'empathe l'observait de loin, en train de séduire sa copine, et avait beau multiplier les tentatives d'intrusion dans l'esprit de Magnus, il ne parvenait pas à capter grand-chose. À croire que son don le rendait insaisissable et qu'il sautait par réflexe dans un état second dès que Kaleb s'en approchait, ou bien qu'il n'avait rien dans le cerveau, juste ce vide intersidéral qui permettait aux filles d'y projeter toutes les intentions qui les rassuraient pour se jeter dans ses bras.

— Ça fait longtemps que tu as rejoint la colonie ? lui demanda Abigail.

— Non, quelques jours seulement.

— Comment en as-tu entendu parler ?

— Par un copain de tchat… Et comme je ne savais plus où aller… Mais vous, comment êtes-vous arrivés jusqu'ici ?

— Je connaissais l'existence de cette colonie depuis longtemps, mais je n'ai pu la localiser qu'il y a quelques jours de cela, grâce à un rêve, répondit Abigail.

Elle se garda évidemment bien de préciser qu'elle faisait partie de SENTINEL.

— Et lui ? demanda Magnus en désignant Kaleb.

— Il est avec moi.

— Je ne le sens pas.

— Je ne te sens pas non plus, répondit l'empathe qui s'était rapproché.

Et dire qu'il espérait se faire des amis en venant ici... Kaleb déchantait. Pourtant, à peine Magnus avait-il prononcé ces mots, qu'un morceau du voile qui recouvrait ses pensées se déchira un peu, laissant entrevoir ce que Kaleb guettait depuis des heures : des émotions. Inquiétude. Dissimulation. Hésitation. Il s'apprêtait à le questionner quand Abigail lui lança un regard qui en disait long. Elle se sentait plus « qualifiée » pour le cuisiner. Et elle avait sans doute raison. Kaleb battit donc en retraite et la laissa faire son numéro de charme à celui qu'il considérait maintenant comme son rival.

— Pourtant lui et moi sommes tout ce qu'il te reste, argumenta la jeune fille. Tu peux nous faire confiance : nous sommes dans la même situation merdique que toi !

En disant cela, Abigail avait détaché ses cheveux. La crinière rousse prit des reflets incendiaires à la lumière du feu de cheminée. Ses yeux agate concentraient toute la chaleur de la pièce pour la redistribuer au Suédois dont la pomme d'Adam commençait à s'agiter en des spasmes explicites. Il était troublé. Elle sourit et exagéra un peu plus sa posture lascive sur le canapé. Puis elle appela le désir afin qu'il monte en elle et se redistribue à sa proie, et parut presque étonnée de la rapidité avec laquelle cela vint. Elle aussi devait gagner en force et en assurance à mesure qu'elle faisait l'apprentissage de son don. Magnus avait l'air hypnotisé. Lèvres entrouvertes, pupilles dilatées, il se mit à rire grassement en lui tapant sur les cuisses comme à un vieux camarade. Encore cinq minutes et il allait lui sauter dessus. Quel rustre ! Kaleb quant à lui avait des envies bien différentes, des envies de prendre son temps, un besoin de luxure, de possession… La poitrine d'Abigail se soulevait de plus en plus vite, elle se mit à haleter et lança des regards inquiets autour d'elle, comme si son don la dépassait. Magnus semblait en transe, lui aussi. Son excitation était désormais plus que visible et il chuchota quelque chose à l'oreille de la jeune fille avant de tenter de l'embrasser. Elle se leva prestement, le plantant là, dans l'incompréhension la plus totale de ce qui venait de se passer, et partit se réfugier auprès de Kaleb qui n'en menait pas large lui non plus.

— Je t'avais dit de ne plus le faire ! l'invectiva-t-elle.

— Je n'ai rien fait, je te le jure !

— Alors comment se fait-il que mon don ait failli m'échapper ? Tu sais ce que j'aurais pu lui faire en ne contrôlant rien ?

Non, Kaleb l'ignorait. Jusqu'à présent. Il comprit cependant qu'elle ne se contentait pas d'exciter les hommes, mais qu'elle pouvait aussi leur voler leur force vitale. Abigail était dangereuse, létale, une mante religieuse.

— Je ne sais pas, moi aussi j'ai été dépassé. Je me suis retrouvé dans un état second sans comprendre pourquoi… Je te jure que je n'ai pas essayé d'entrer dans ta tête !

— Je pense que notre attirance réciproque est notre pire ennemie.

— Tu avoues donc que je t'attire, moi aussi !

— Oui. Mais il faut que tu te tiennes à distance quand j'utilise mon don et, surtout, il ne faut pas que nous « consommions », dit-elle en traçant des guillemets dans l'air, avec ses doigts en crochet.

— Pourquoi pas ?

— Pour ne faire de mal à personne, pour ne pas nous entretuer…

— C'est ridicule, il n'y a aucune raison…

— Ah non ? Tu ne te rappelles pas les gens, dans la rue, devant ton B&B ? Tu as besoin d'une autre preuve ? Regarde Magnus !

Kaleb avait complètement oublié le Suédois. Il tourna la tête dans sa direction et fut stupéfait.

Magnus avait perdu connaissance et semblait en proie à un délire sexuel à la fois excitant et terrifiant. Une incursion dans son esprit lui indiqua qu'il rêvait de viols et d'orgies si violentes qu'il avait eu besoin de se déconnecter d'avec le réel, incapable d'assumer la force de ses fantasmes pervers.

— Promets-moi de ne pas essayer de me séduire.

— Je ne peux pas, Abigail… Tu n'auras qu'à me repousser.

— Je ne pourrai pas. Je t'en prie faisons ce pacte !

— Non.

Kaleb lui prit alors les mains, doucement, et approcha ses lèvres de celles de la jeune fille. Leur désir était si fort qu'il eut l'impression que son bas-ventre tout entier s'embrasait, qu'il se plaquait contre un bûcher, une cascade d'hormones en ébullition.

— Kaleb… je ne veux pas te faire du mal, pas à toi, murmura-t-elle sans même s'entendre le dire.

— Moi non plus, je ne veux pas te faire du mal, Abigail.

— Arrête, je t'en prie, ne me touche pas !

— Je ne peux pas…

Kaleb glissa sa langue dans la bouche de la jeune fille et il crut littéralement mourir de désir. Incapable de résister plus longtemps, elle lui rendit son baiser avec une fougue qu'il n'avait jamais rencontrée. Plus rien ne comptait. Leur don, SENTINEL, sa famille, ni même ce pauvre gars assommé sur le canapé… Magnus ! Il avait chuchoté quelque chose à l'oreille d'Abigail avant qu'elle le rejoigne, elle ne lui avait pas dit quoi. Rassemblant toute la résistance dont il était capable, Kaleb s'arracha au baiser délicieux.

— Qu'est-ce qu'il t'a dit à l'oreille ?

— Quoi ? On s'en fout, embrasse-moi.

En proie au désir, elle semblait complètement partie. Elle avait oublié, elle aussi, où elle était.

— Non, Abigail. Il t'a dit quelque chose. Répète-le-moi !

— Non…

Elle n'était plus en état de raisonner. Alors il se fit violence pour ne pas retomber dans ses bras et lui insuffla un sentiment de loyauté si fort qu'elle n'eut d'autre choix que de lui révéler le secret de Magnus.

— Il sait où est le morceau de parchemin.

— Quoi ? Où ça ?

Abigail se dégagea à regret de l'étreinte de Kaleb. Elle semblait surprise d'avoir partagé avec lui cette information si facilement. Mais elle ne lui reprocha pas de l'avoir influencée. Peut-être n'avait-elle rien senti ?

— Je te le dirai à une condition.

— Laquelle ?

— Faisons un pacte de non-séduction.

— D'accord.

Après tout, les promesses n'engagent que ceux qui les croient...

Rassurée, Abigail se dirigea vers la cheminée et déterra la petite plante qui reposait sur son rebord. Sous la terre, un morceau de vélin qui paraissait sans âge. Kaleb s'approcha tandis qu'elle dépliait la feuille, mais il ne comprit rien aux signes qui le recouvraient.

— Eh merde, c'est de l'islandais !

— Et alors, répondit-elle, ne me dis pas que tu ne parles pas la langue ?

— Toi si ?

— Évidemment.

— Mais ça doit dater de centaines d'années !

— Et alors ? L'islandais moderne est très proche de l'ancien.

Au fur et à mesure que les yeux de la jeune fille parcouraient le parchemin, Kaleb sentit son excitation croître. Il attendit patiemment qu'elle eût finit, bien que cela lui semblât une éternité.

— Alors ? demanda-t-il enfin, nerveux.

— Alors c'est incroyable !

— Pourquoi ?

— Parce que ce manuscrit vieux de centaines d'années parle de toi, Kaleb !

11.

Ce pacte de non-séduction était une véritable torture. Plus que jamais Kaleb désirait Abigail. Plus que jamais ses rêves étaient hantés par la belle succube, par des promesses d'étreintes passionnées et brûlantes. Il ignorait pourquoi il avait soudain tant de mal à se contrôler, à refréner ce désir toujours plus fort de la posséder, de la pénétrer tant mentalement que physiquement. Mais il ne pouvait pas le faire pour l'instant, pas tant qu'elle serait sur ses gardes. Il devait patienter avant de rompre le pacte, mais il doutait de sa capacité à le faire. Car lorsqu'il avait pris la décision de couper avec ses émotions, il avait aussi renoncé à se conduire selon un code moral, à respecter des règles, à supporter la frustration. Alors il avait beau tenter de se convaincre d'attendre encore un peu avant de la faire sienne, il doutait de sa capacité à le faire, à ne pas prendre de force ce qu'il réclamait de tout son être. Il voulait la voir crier comme les autres, la faire pleurer, la faire jouir, la rendre accro. Oui, c'était si bon d'être mauvais…

Lorsque la jeune fille avait prétexté une course de dernière minute pour s'absenter, Kaleb n'avait pas tenté de la retenir. Il se dit que ce serait une occasion de sonder un peu plus leur ami blondinet. Le gars parlait volontiers, de tout et de rien, comme s'il n'avait pas été plus affecté que ça par le carnage. Mais quand il s'agissait de se raconter plus intimement, alors il se refermait comme une huître et ne lâchait plus rien, jouant les grands traumatisés. Cette attitude agaçait d'autant plus Kaleb qu'elle semblait attendrir Abigail.

— Eh bien, on dirait qu'on va passer la matinée en amoureux, Blondie ! railla Kaleb.

— Je m'appelle Magnus.

— Ouaip. Faut assumer un prénom pareil quand même, non ? Perso je trouve ça un peu prétentieux…

Le Suédois se renfrogna. Kaleb aurait bien insisté un peu plus sur la moquerie, mais il devait s'y prendre autrement pour lui extorquer quelques informations. Il changea de stratégie.

— Excuse-moi, vieux. Je suis lourd. C'est juste que je ne sais plus à qui me fier et j'ignore si je peux te faire confiance.

C'était le moment d'envoyer une bonne dose de bien-être, de l'enjoindre à se détendre, à évoquer des souvenirs joyeux de l'enfance. Confiance, sérénité, apaisement. Aussitôt, le gars, qui s'apprêtait à riposter, se relâcha, esquissa même un sourire.

— C'est bon. Je peux comprendre. Mais tu sais, je suis dans le même cas que toi. Je ne sais pas qui vous êtes, la fille et toi…

Étrangement, que Magnus lui confie ses doutes le rassura un peu. C'était un gars normal, à qui il était arrivé quelque chose d'extraordinaire qu'il ne savait pas gérer. À son tour, Kaleb se détendit un peu. Peut-être parviendraient-ils à s'entendre, finalement ?

— Ça marche comment, ton truc ?

— Le voyage astral ?

— Oui.

— Eh bien, il suffit que je me concentre suffisamment pour que mon esprit se détache de mon corps. Comme un morceau de scotch qui peut se décoller et voler où il veut.

— Mais tu vas où ?

— Ça dépend. Parfois je flotte, je suis juste bien… Je fusionne avec les éléments. D'autres fois, je peux me rendre dans un endroit précis et observer ce qu'il se passe. Mais c'est plus rare, mon don n'est pas très développé…

— Quand tu as quitté ton corps, à la clairière… Tu es allé où ?

— Je l'ignore. Je ne sais même pas combien de temps je suis parti, comme quand on rêve. Je crois que ma peur a pris le dessus et que sans vous j'y serais encore. Je n'aurais peut-être jamais pu rejoindre mon enveloppe charnelle. C'est votre présence qui m'a réveillé...

— Mais là, par exemple, tu pourrais chercher Abigail et épier ce qu'elle fait ?

— En théorie oui, mais je ne le ferai pas. Je n'ai aucune raison de l'espionner. J'ai choisi d'utiliser mon don pour faire le bien. Pas toi ? s'enquit le Suédois.

— Si, si... Bien sûr, mentit Kaleb.

Abigail avait cherché un endroit le plus éloigné possible du point de rendez-vous fixé avec les deux garçons. Elle ne voulait pas prendre le risque que Kaleb capte ses émotions ni que Magnus la retrouve facilement. Elle se connecta via le logiciel de cryptage de SENTINEL.

— J'attends votre rapport depuis deux jours, soldat !

Toujours cette sécheresse implacable, cette exigence sévère...

— Je n'avais aucun moyen de me connecter depuis Sherkin Island, colonel.

— Je me fiche de vos excuses. Exposez-moi les faits.

— Nous nous sommes rendus au campement des rebelles. Ils étaient tous morts quand nous sommes arrivés.

— Que s'est-il passé ?

— Je n'en sais rien. Ils semblent avoir été empoisonnés... Est-ce votre œuvre, colonel ?

— C'est moi qui pose les questions, soldat.

La jeune fille, glacée par le ton cinglant de son supérieur, cligna des yeux en tripotant son pendentif. Bergsson esquissa un sourire de prédateur.

— Autre chose ?

— Oui. Il y avait un survivant. Son nom est Magnus, il est suédois et a la capacité de faire des voyages astraux.

— Bien sûr, vous allez nous le ramener ?

— Oui, colonel.

— Quoi d'autre ?

— Rien, colonel.

— Très bien. Rendez-vous à Reykjavik, dans ce cas.

— Vous y serez personnellement ?

Mais le colonel ne répondit pas. Il avait déjà coupé la liaison vidéo, ne la saluant pas plus qu'en début de conversation. Il avait fait une capture d'écran pendant leur discussion et contempla un instant la photo d'Abigail, guettant le moindre changement qui pourrait le faire douter de la loyauté de son assistante. Ses cheveux n'avaient-ils pas éclairci ? Non, c'était juste l'éclairage qui donnait cette impression. Ses yeux verts ne s'étaient-ils pas délavés ? Il ne pouvait en jurer. Bergsson soupira. Il savait que le moment viendrait où il ne pourrait plus compter sur elle, où, inéluctablement, elle choisirait Kaleb et le trahirait. Le colonel éteignit son ordinateur d'un geste rageur. Il était des jours où certains sacrifices requis pour sa mission s'avéraient plus difficiles que d'autres.

Abigail s'était bien gardée de révéler sa découverte au colonel. Il n'avait pas besoin de savoir qu'elle avait mis la main sur un morceau de parchemin, et encore moins qu'elle en avait décrypté le message. S'il y avait la plus infime chance que ce qui y était écrit soit vrai, alors elle garderait ce secret comme son bien le plus précieux.

Jetant un coup d'œil à sa montre, elle réalisa qu'elle avait pris du retard. Aussi risqué que ce fût pour elle, elle décida donc de faire du charme à un chauffeur de taxi pour qu'il la conduise en priorité jusqu'au point de rendez-vous, sans avoir à faire la queue. Les personnes qui attendaient râlèrent un peu mais elle n'en avait cure. Elle ne pouvait pas se permettre de faire faux bond aux garçons. Elle arriva essoufflée, échevelée et écarlate dans le café de l'aéroport de Cork et fut surprise de les trouver en pleine conversation, sourire aux lèvres comme s'ils étaient de vieux potes. Décidément, Kaleb avait de la ressource. Ça la fit sourire à son tour. L'empathe lui tendit son billet.

— Tu es prête pour le grand voyage, Abi ?

— Oui. Et toi ? Prêt à poser les pieds sur la terre de tes ancêtres ?

— La terre. C'est de là que viendra notre salut, non ?

— Si.

Se sentant un peu mis à l'écart, le Suédois se saisit des trois sacs et lança un joyeux « *Let's go !* » à la cantonade. Kaleb et Abigail lui emboîtèrent le pas.

Le jeune empathe prit alors la petite rousse par la taille et se pencha pour lui glisser quelques mots à l'oreille. Pas des mots d'amoureux qui font sourire, non.

Des mots tout bas, des mots secrets, des mots qui menacent sans en avoir l'air. Des mots qui disent « je ne suis dupe de rien »…

— Alors, souffla-t-il, le colonel se porte bien ?

12.

Enfin.

Tête collée contre le hublot de l'appareil, Kaleb s'absorbe dans la contemplation de la terre de ses ancêtres.

Enfin, il arrive en Islande. Il est prêt à atterrir, quoi qu'il y découvre : sa famille, l'origine de son don, ou même la mort. Rien ne lui fait peur. Il est bien au-delà de ce sentiment vulgaire réservé aux mortels sans panache. La mort. Déjà elle lui semble partout sur cette île qu'il aperçoit derrière les nuages. C'est une terre noire sur laquelle l'écume d'une mer déchaînée vient se fracasser sans parvenir à lui apporter un peu de lumière. Une terre volcanique, qui souffle sa colère à travers des dizaines de fumerolles menaçant de vous asphyxier. Une terre brûlée, une terre ridée comme une peau trop longtemps immergée. Une terre isolée qui donne la désagréable impression de ne pas vouloir qu'on l'accoste, dont une unique route fait le tour sans jamais s'aventurer vers le centre, de peur d'y trouver quelque monstre prêt à la dévorer. Ce qui vous saute d'abord au visage ce sont ces cratères, ces failles, cette lave qui semble avoir tout cramé sur son passage. Où sont les villes ? les gens ? Kaleb ne les distingue pas. Il ne voit rien d'humain, de rassurant, de réconfortant qui pourrait lui faire sentir que sa mère y a un jour vécu…

Tandis qu'il contemple cette lune verte, cette étrange excroissance couverte de lichens et de boue, la terre de ses origines, Kaleb se dit qu'il ne s'est jamais autant senti extraterrestre. C'est comme s'il était plus à sa place coincé entre les nuages dans cet avion low-cost, ou encore dans ce pays dont les habitants croient dur comme fer à l'existence des elfes plus que nulle part ailleurs, que dans tous les pays, toutes les villes où il a déjà vécu. Oui, bien qu'il éprouve une inexplicable répulsion en contemplant cette espèce de verrue mousseuse depuis les airs, il a néanmoins le sentiment d'arriver enfin chez lui, de rentrer au bercail. De bientôt poser les pieds sur le plateau de jeu où la bataille pour sa vie devra se livrer. Mais est-il maître de la partie ou bien simple pion ? Tout se bouscule dans sa tête. Parce que tout va trop vite. Que va-t-il trouver en Islande ?

La mort, donnée par un colonel qu'il obsède ? Ou bien la rédemption ?

Les yeux du jeune homme quittent un instant le paysage pour contempler le hublot et le reflet qu'il distingue au travers. Abigail s'est endormie. Il ne l'avait jamais vue abandonnée comme cela, auparavant. D'habitude, elle est toujours sur ses gardes, rigide, en contrôle permanent. Elle a l'air plus douce, ainsi relâchée. Plus jeune aussi. Quel âge a-t-elle ? Il n'en sait rien, mais après tout, ce n'est pas le plus important. Lui même ne compte plus... Ça sert à quoi quand on se croit condamné ? Abigail n'a pas pris la peine de détacher la ceinture de sécurité. Elle est en position assise, légèrement affalée sur son siège, tête penchée sur son épaule, elle le frôle de ses cheveux un peu fous. Ses joues ont encore une rondeur poupine, quand ses lèvres charnues sont déjà celles d'une femme, et le petit pli entre ses deux yeux, celui-là même qui lui donne toujours un aspect soucieux, est celui d'une dame plus âgée. Elle a tous les âges, est toutes les femmes. LA femme. Universelle, entière et tellement désirable... Kaleb lâche un long soupir et tente de focaliser son attention sur autre chose. Le pendentif de la jeune fille se soulève au rythme de sa respiration, avec régularité, et son éclat semble le narguer.

« C'est une capsule qui contient des cendres de Eyjafjöll. Je l'ai toujours sur moi, pour me rappeler d'où je viens.

— *Où te l'es-tu procurée ?*

— *Ça appartenait à un EDV qui… a fait un séjour à SENTINEL. Il me l'a donnée.*

— *Tu l'as tué ?*

— *Non ! Je l'aimais bien… Et lui aussi.*

— *Étonnant que le colonel te l'ai laissée.*

— *Tu sais, il est parfois généreux…* »

Comment Abi peut-elle être aussi aveugle ? Généreux, Bergsson ? D'après ce que lui a raconté Aaron, son ami précog, le colonel est tout sauf un boy-scout. Elle souffre sûrement du syndrome de Stockholm, cette étrange affection qui fait adhérer des otages aux idéologies de leur tortionnaire. D'ailleurs, les zones d'ombre dans l'esprit de la jeune fille viennent appuyer cette théorie. Bergsson a dû lui faire un sacré lavage de cerveau pour réussir à la conditionner, vu son caractère. Kaleb devine même quelques séances de torture mentale et de sévices corporels qu'elle tente tant bien que mal d'enfouir au plus profond de sa mémoire si bien compartimentée, mais n'a pour autant pas réussi à lui cacher. Pourra-t-il la reprogrammer ? L'idée lui plaît pour de multiples raisons. Tout d'abord, défaire ce qu'a patiemment construit son ennemi juré pourra être amusant, jouissif. Un excellent moyen de se mesurer à lui par cobaye interposé. Mais aussi, il doit bien se l'avouer, la perspective d'en faire son alliée, son amie, son amante, ne le lâche pas depuis leur rencontre. S'il a un jour une chance de devenir meilleur, de redevenir celui qu'il était avant que ce maudit don lui tombe dessus, ce sera grâce à elle, à son amour. C'est pour cette raison qu'il a accepté de la suivre en Islande, bien qu'il sache qu'elle a pour ordre de le conduire à SENTINEL. Il a compris qu'elle essayera de recruter un maximum d'EDV auparavant, pour les amener à son supérieur. Le temps que l'organisation les retrouve et les rallie à sa cause, Kaleb pourra peut-être la convaincre de renoncer à trahir les siens et de rester avec lui. De toute façon, elle ne semble plus aussi impatiente de revoir Bergsson, depuis qu'elle a mis la main sur le manuscrit. Elle le garde d'ailleurs précieusement dans ses affaires, interdisant à Magnus comme à lui d'y toucher sans son accord.

Elle s'était tellement fait prier pour lui lire le texte, que Kaleb doutait de l'exactitude de ses propos. Avait-elle tout dit ?

« C'est incroyable ! s'était-elle exclamée en le déchiffrant.

— Pourquoi ?

— Parce que ce manuscrit vieux de centaines d'années parle de toi, Kaleb !

— De moi ? Arrête, c'est impossible.

— Si je te le dis !

— Où est écrit mon prénom ? Vas-y, montre-moi !

— Pfff ! T'es bête. Ce n'est pas écrit en ces termes…

— Alors, c'est écrit comment ?

Abigail traduisit les signes kabbalistiques tracés sur le vélin :

Viendra le jour où naîtra un empathe
issu d'une grande dynastie
Des cendres du volcan à plusieurs reprises il sera arrosé
Pour sa mutation parfaite achever
Et au pouvoir ultime accéder,
Du symbole des fils du volcan il devra se marquer,
Sa terre dans la peau s'injecter.
Les frontières entre le Bien et le Mal seront effacées
Alors la prophétie pourra se réaliser.
Il deviendra arme absolue pour son ennemi
Le chef d'une nouvelle armée
Et la douleur de la perte apaisée
Libérera les innocents pour apurer la lignée.

Sous ces quelques mots, avait été dessiné un symbole :

— C'est tout ?

— Bah, c'est déjà pas mal, non ?

— Je ne vois pas en quoi ça parle de moi !

— Un empathe ! Issu d'une longue dynastie !

— Je n'ai même pas connu ma mère, alors comment veux-tu que je sache si mes ancêtres avaient le don ?

— Kaleb, tu es à un stade trop avancé pour être une génération spontanée, crois-moi. Et tu as été arrosé à plusieurs reprises par les cendres de Eyjafjöll ! C'est de toi qu'il s'agit, j'en suis certaine !

— Soit. Admettons. Mais je ne saisis rien à ce message. Ça ne veut rien dire !

— Au contraire, ça veut tout dire, Kaleb ! Tu ne comprends donc pas ? Tu es celui qui peux accéder au pouvoir ultime et détruire ton ennemi, notre ennemi, pour tous nous sauver ! Nous sommes les innocents dont parle ce texte ! C'est toi qui va faire prospérer la lignée !

— Je n'en sais rien… »

C'était le genre de prose un peu nébuleuse qui voulait justement tout dire et son contraire. On pouvait bien y entendre ce que l'on voulait. Mais n'était-ce pas le but recherché ? Abigail était surexcitée par sa découverte, ce qui avait eu l'avantage de la mettre dans de bonnes dispositions à son égard, ainsi que de lui faire oublier le carnage du campement mais, tout de même, les choses paraissaient un peu trop cousues de fil blanc. Comment des militaires surentraînés avaient-ils pu passer à côté de cet antique manuscrit quand ils avaient mis l'appartement à sac ? Un mouvement dans le reflet lui fait tourner la tête. Magnus… Le gars essaye lui aussi de dormir, en vain. Ses longues jambes, tout aussi difficiles à caser que les siennes, le font souffrir et il ne parvient pas à trouver une position qui l'apaise. Sentant le regard de l'empathe sur lui, le Suédois tourne la tête à son tour et lui adresse un sourire piteux. Un sourire hypocrite, oui ! Que ce mec ait survécu en faisant le mort, ça lui paraît maintenant aussi un peu trop gros. Il faut qu'il en ait le cœur net !

Kaleb lui fait signe de se lever de son siège, puis de le suivre jusqu'aux toilettes. La pièce est exiguë et Magnus rechigne à y entrer, se doute que rien de bon ne peut l'attendre à l'intérieur. Malgré l'insistance de Kaleb, il adresse un regard paniqué à une hôtesse de l'air.

— Messieurs, le règlement interdit d'entrer à plusieurs dans les WC pour des raisons de sécurité.

Le regard assassin de Kaleb assaisonné d'une pincée de peur et d'un nuage d'amnésie lui cloue le bec aussi sec. L'hôtesse tourne les talons. L'empathe pousse alors le Suédois à l'intérieur de la cabine et la verrouille.

— Mais qu'est-ce qui te prend ? Qu'est-ce que tu veux ?

— Savoir ce que tu as dans le crâne.

Magnus écarquille les yeux, ses pupilles se rétractent. Il se sent coincé et commence à paniquer comme un animal pris au piège. Sa première réaction est de tenter de passer en force, de se frayer un passage jusqu'à la sortie mais Kaleb lui barre le chemin. Kaleb qui est deux fois plus large que lui et que la colère montante fait paraître aussi dur qu'un rocher. Sa seconde réaction est de se remplir l'esprit avec tout et rien, pour empêcher l'empathe de le sonder.

« UTAL skicklighet hommes med Formaga
lyfter du mig ur ledsnaden
Ytterst sakta
som visste du
att det som rycks upp
kan tappa Nagot
på Vägen
UTAL skicklighet hommes med Formaga
lyfter du mig ur ledsnaden
Ytterst sakta
som visste du
att det som rycks upp
kan tappa Nagot
på Vägen
UTAL skicklighet hommes med Formaga
lyfter du mig ur ledsnaden

Ytterst sakta
som visste du
att det som rycks upp
kan tappa Nagot
på Vägen »

— Mais qu'est-ce que tu fous ? s'exclame Kaleb.

Aussitôt Magnus devient écarlate, puis blêmit comme s'il avait vu un fantôme. Il y a de la terreur dans son regard. Il se récitait un poème en suédois, persuadé de pouvoir ainsi semer Kaleb en chemin et voilà que l'empathe vient de s'adresser à lui dans sa langue maternelle !

— Tu... tu parles le suédois ?

— Quoi ? Non.

— Tu viens de me répondre en suédois ! insista le jeune homme.

Kaleb demeure sans voix. En effet, la langue dans laquelle il vient de s'exprimer n'est pas la sienne. Stupéfait, il se souvient alors qu'un des stades de l'évolution de son don est l'apprentissage par imprégnation. À force de fréquenter Magnus, il en a capté la langue maternelle sans même s'en apercevoir. Le type n'en mène pas large, il y a désormais une vraie peur en lui. Peur d'être démasqué.

— Tu es une taupe, n'est-ce pas ?

— Pas du tout ! Mais de quoi tu parles, je suis dans le même bateau que toi !

— Alors pourquoi tu as peur que j'entre dans ta tête si tu n'as rien à te reprocher ?

— Parce que mes pensées ne te regardent pas, mais je te jure que je suis de ton côté !

— Comment tu as su où était le manuscrit ?

— Le chef de la colonie me l'a dit.

— Tu mens. On ne confie pas un tel secret à un type qui vient juste de débarquer.

Kaleb visualise une épingle chauffée à blanc et l'enfonce doucement, en pensée, dans l'œil gauche de Magnus. Tétanisé, le garçon regarde l'épingle, qu'il croit réelle, brûler sa cornée à mesure qu'elle s'en approche, tente d'esquisser un geste mais reste figé quand elle pique l'œil et s'enfonce doucement, comme un cure-dents dans un litchi bien mûr. Il voudrait hurler sa douleur, sa terreur, mais il est soudain muet. Paralysé et muet, à la merci de ce fou qui le torture pour le faire parler.

— Je répète donc, comment savais-tu pour le manuscrit ? reprend Kaleb, imperturbable.

Il lui rend l'usage de la parole, mais le gars ne songe plus à crier. Il a oublié que tout ceci n'était qu'une illusion, comme il essayait de le garder en tête au début. L'aiguille est réelle, son bourreau ne va pas s'arrêter là et son œil le fait atrocement souffrir. Il s'est dégonflé comme un ballon de baudruche et un liquide chaud dégouline sur sa joue. Il est borgne. Son crâne le fait atrocement souffrir. S'il ne parle pas, Kaleb lui crèvera l'autre œil.

— OK ! OK ! Il ne m'avait rien dit... C'est moi qui l'ai compris en les espionnant, le premier soir, quand j'ai quitté mon corps...

— Je croyais que ton don était limité !

— J'ai menti... Oh, je t'en prie, ne me fais plus de mal, je t'en supplie...

Le grand gaillard se met à sangloter comme un enfant. Loin de l'attendrir, cela fait sourire Kaleb. Il a ce regard qu'ont les chats qui chassent une souris et sont bien décidés à s'amuser un peu avant de la tuer...

— Ton histoire ne me plaît toujours pas. C'est trop facile. Tu débarques à Sherkin Island où on t'accueille à bras ouverts. Tu découvres tout de suite la cachette d'un manuscrit convoité par une armée surentraînée et tu parviens à faire le mort pendant plusieurs jours pour qu'on te laisse tranquille ? C'est cousu de fil blanc !

— Je te jure que je te dis la vérité !

— On va voir ça !

Kaleb approche l'aiguille de l'autre œil. Il lui semble, à lui aussi, ressentir la chaleur de la pointe, son extrémité contre la muqueuse. Étrange. D'habitude, il ne perçoit pas ce qu'il inflige à ses victimes. Soudain, quelqu'un tambourine à la porte et l'empêche d'enfoncer la pique dans l'œil de Magnus.

— Vous en avez pour longtemps ? Il faut que je me rafraîchisse ! J'ai une migraine épouvantable !

— Attendez votre tour, mon vieux ! s'agace Kaleb.

— Non mais on est plusieurs à attendre ! proteste le type derrière la porte.

— Oui ! Moi aussi cette fichue pression me file mal au crâne ! s'écrie un autre homme.

Kaleb aussi a mal à la tête. Mais il ignore la douleur et s'applique à enfoncer un peu plus l'aiguille à travers la paupière crispée de sa victime. Il doit absolument intensifier la torture, pour le faire craquer.

— Tu me caches quelque chose.

— Pas ça ! Je te jure que ça s'est passé comme je te l'ai raconté ! Arrête, je n'en peux plus !

En écho aux plaintes de Magnus, les passagers à l'extérieur des toilettes tapent de plus belle à la porte. La migraine de Kaleb augmente aussi. Il se tourne vers le miroir et constate qu'un vaisseau a éclaté dans son œil gauche, comme quand il pousse son don un peu trop fort. Pourtant, il le dirige seulement sur Magnus. Ça ne devrait pas lui faire cet effet… Soudain, une turbulence assez violente fait chuter l'appareil de plusieurs mètres. Les deux hommes perdent équilibre. Kaleb se rattrape au lavabo, Magnus tombe sur la cuvette. Dans l'avion, on entend un message invitant les passagers à regagner leur siège et à attacher leur ceinture. Les hôtesses et stewards vont et viennent dans l'appareil. Très vite, Kaleb capte que le pilote a fait un malaise. Y a-t-il un lien avec ce qu'il est en train de commettre ?

— Kaleb ! Kaleb ! Tu m'entends ? C'est Abigail, ouvre !

Hors de question qu'il déverrouille la porte tant qu'il ne saura pas ce que Magnus lui cache. Il sonde plus fort sa victime et décide de l'étouffer un peu pour qu'elle parle.

— Kaleb ! Mais qu'est-ce que tu fous, putain ?! C'est la panique ici, je sais que tu en es la cause !

Mais Magnus n'a rien à dire sur la colonie. Il jure, il sanglote. Et laisse enfin entrevoir ce qu'il s'évertuait à cacher et qui laisse Kaleb coi. L'empathe relâche aussitôt la pression. Rend ses yeux à l'aveugle d'un instant, lui tapote sur le dos comme si de rien n'était et ouvre enfin la porte. Dans le couloir, des hommes qui se tenaient la tête de douleur semblent aller mieux, comme par magie. Et devant l'entrée des toilettes, Abigail, rouge de colère, fulmine.

— Qu'est-ce que vous fabriquiez, là-dedans ? aboie-t-elle.

Kaleb s'approche de l'oreille du Suédois à bout de forces et lui chuchote, sous le regard exaspéré d'Abigail :

— Tu lui dis quoi que ce soit et tu finiras dans un état bien pire que ceux qui ont croisé ma route en Irlande… Et crois-moi, si Abigail savait ce que j'ai fait, elle n'oserait ni me parler sur ce ton, ni même m'approcher… Compris ?

Magnus saisit les deux menaces et opine du chef sans un mot. Il se force à sourire à la jeune fille et lui répond du ton le plus léger qu'il peut.

— Des trucs de mecs, tu ne peux pas comprendre…

Abigail doit bien se douter qu'il lui ment, mais c'est pour son bien. Il le fera aussi longtemps que nécessaire, le temps qu'il faudra pour l'arracher à l'emprise de ce dingue qui a choisi le Mal. Tant pis si Kaleb a découvert ses réelles motivations, et a compris qu'il était tombé sous le charme, lui aussi, de la jeune fille.

II

SUR LA PISTE DE L'EMPATHE

1.

Leur arrivée à Reykjavik est pour le moins déroutante.

Kaleb a beau avoir vécu dans pas mal d'endroits, c'est la première fois qu'il y voit comme en plein jour au beau milieu de la nuit. Pas de nouveau pouvoir à l'horizon, non. C'est juste qu'en été, le soleil ne se couche pas sous ces latitudes et qu'on a beau voir la lune dans le ciel, eh bien il fait jour. À se demander comment les gens ne deviennent pas fous en cette saison. Ça doit tout de même les inciter à dormir moins… Et le manque de sommeil a des effets ravageurs. À court terme, il fatigue ou au contraire rend euphorique. À long terme, cela altère forcément la santé. Peut-être la mutation dont « souffrent » les EDV est-elle liée à cela ? Entre autres…

Ils ont fait le trajet en taxi jusqu'au centre de la capitale, où ils ont trouvé un hôtel sans difficulté.

Ce sera leur dernière nuit dans le confort avant longtemps, puisqu'ils ont décidé de camper comme de simples touristes pendant leur périple jusqu'à la deuxième colonie. Tous trois ont la crainte d'arriver trop tard, une fois de plus. Mais aucun d'entre eux ne l'évoque, comme par superstition, pour éviter d'attirer le mauvais œil.

Les voyageurs, une fois leurs affaires déposées et leur douche prise, décident d'aller se balader un peu. Il fait trop clair pour dormir, pour en avoir envie ou besoin. Et ils sont de toute façon trop excités d'être enfin sur la terre de leurs ancêtres pour se contenter de faire comme tout le monde : tirer les rideaux et leur révérence.

Kaleb apprécie immédiatement cette ville. Les Islandais aiment la couleur, peut-être plus encore que les Irlandais. Sûrement, même. Partout, les façades sont bariolées de peintures qui vous pètent aux yeux et vous décolleraient presque la rétine. Dans la rue, il y a des murs recouverts de fresques sublimes qui pourraient avoir leur place dans un musée moderne. Loin de mépriser les graphes qui décorent leur capitale, les habitants semblent vouloir leur rendre hommage et se parent eux aussi d'arc-en-ciel. Ici, une petite fille à bonnet bigarré ressemblant à un lutin, là un couple chatoyant s'embrasse sur un muret tagué et s'y intègre si bien qu'on pourrait croire admirer un tableau vivant !

Les gens sont détendus, forts, fiers. Il flotte une ambiance de paix. On roule à vélo, on entoure les troncs d'arbres de cordelettes pastel pour les habiller de joie, on est fier de ses racines. On ne se méfie pas de son voisin et, quand on part de chez soi, de sa modeste demeure aux murs en tôle, on se contente d'accrocher un cadenas sur la poignée extérieure.

Les enseignes des boutiques rivalisent de créativité et d'illustrations qui semblent sortir tout droit de mangas vikings. Ici, les gens sont jeunes et cette jeunesse foisonne. Même les vieux ont l'air de flotter dans les airs. C'est une terre magique, surnaturelle. Sa terre. Oui, pour la première fois de sa vie, Kaleb a le coup de foudre pour un pays et se sent chez lui.

Ses deux compagnons semblent eux aussi sensibles aux bonnes vibrations de la ville. Magnus, son attirance pour Abigail percée à jour par Kaleb, s'est détendu et n'émet plus la moindre émotion qui pourrait alerter l'empathe sur ses intentions. Quant à la jeune succube, elle ne lâche pas ce dernier d'une semelle depuis l'incident dans l'avion. Elle craint sûrement qu'il récidive et n'a pas tout à fait tort : depuis, il ressent l'urgence d'utiliser son don, comme s'il était sur le point d'atteindre un niveau encore supérieur et qu'il lui fallait pratiquer plus intensivement pour cela.

Après qu'ils ont écumé quelques pubs et se sont laissés aller à leur enthousiasme, la fatigue commence peu à peu à se faire sentir.

— Je suis crevée, confesse Abigail. On devrait peut-être rentrer, non ? Demain la route sera longue...

— Oui, ce serait plus raisonnable. Moi aussi j'ai sommeil, enchérit Magnus en se levant du banc sur lequel ils sont assis.

— Qu'en dis-tu, Kaleb ?

— Je n'ai pas sommeil, ma belle. Mais allez-y. On se retrouve au petit déj.

— Il est déjà quatre heures du matin ! Tu devrais nous suivre, lui conseille Magnus.

— Non merci. Je reste encore un peu !

— Moi aussi, alors...

Le Suédois est surpris par la réponse d'Abigail. Pourquoi s'accrocher à ce taré ?

— Si tu es fatiguée, tu devrais...

— C'est bon, Magnus. Le jour où j'aurai besoin de tes conseils, je te demanderai, le coupe sèchement Abigail. Mais rentre, toi. Tu en as envie.

C'est plus un ordre qu'une suggestion. Le jeune homme aimerait protester, faire machine arrière, n'avoir pas exprimé trop hâtivement son intention de rentrer, mais c'est trop tard. Il ne peut plus revenir sur ce qu'il a dit, sans risquer de passer pour une carpette.

— Bon. Faites comme vous voulez, dit-il en haussant les épaules.

Le Suédois s'en va d'un pas faussement nonchalant qui ne trompe personne.

— Enfin seuls ! s'exclame Kaleb. Tu me voulais rien que pour toi, hein ?

Abigail s'apprête à lui sortir une pique bien sentie mais, en voyant le sourire bon enfant du garçon, se ravise. Il plaisante. Kaleb est irrésistible quand il fait de l'humour et arque un de ses sourcils au-dessus de ses yeux clairs. Ce mec a vraiment un charme fou. On a envie qu'il vous aime, envie de rire à ses blagues, envie qu'il vous regarde comme si vous étiez unique…

— Non, reprend-elle avec sérieux. Je voulais te donner ça.

Joignant le geste à la parole, elle dégrafe son pendentif et le lui donne.

— Fais-le, poursuit-elle.

Surpris, Kaleb saisit le bijou.

— Tu es sûre ? Je ne sais pas…

— Je ne suis pas mystique, Kaleb. Mais la coïncidence est trop forte pour que je ne croie pas en ce que j'ai lu. Tu es l'Élu dont parle le parchemin et tu découvres le symbole à graver dans ta chair en présence de la seule personne qui porte les cendres de notre volcan autour du cou. Ce n'est pas un hasard… Tu dois le faire.

— Facile à dire. Ce n'est pas toi qui prend un risque.

— Parce que tu crois que tu as quoi que ce soit à perdre ? Bergsson finira par avoir ta peau si tu ne fais rien. Tente au moins quelque chose. Si ce n'est pas pour toi, fais-le pour nous autres…

— Je me fiche des autres, tu le sais bien.

— Même de moi ?

Non, bien sûr. Pas d'elle. Kaleb effleure avec tendresse sa joue de ses doigts, ferme les yeux et s'imagine en train de l'aimer…

— Si j'accepte, tu me considéreras moins comme un salaud à abattre ?

— Oui.

— Alors va dormir. Je vais le faire. Il doit bien y avoir une boutique encore ouverte.

— Merci.

La jeune fille se lève et dépose un baiser à la commissure de ses lèvres. Elle a l'air reconnaissante, il la sent soulagée. Il frissonne.

Kaleb reste un long moment sur le banc rouge, décoré de petites fleurs par un tagueur d'humeur champêtre, puis se décide à marcher un peu et arpente les rues de la ville à la recherche d'un tatoueur, le pendentif d'Abigail bien rangé dans la poche intérieur de son cuir, tout contre son cœur.

Lorsqu'elle arrive à l'hôtel, une heure à peine après avoir quitté Magnus, Abigail est surprise de le voir dans le hall d'entrée.

— Tu n'es pas couché ?

— Je t'attendais. Je me doutais bien que tu ne tiendrais plus longtemps.

— Tu ne nous as pas espionnés en voyage astral, j'espère ? menace-t-elle.

— Non. Je te respecte, Abigail. Jamais je ne te ferais ça.

— Alors qu'est-ce que tu me veux ?

— Je veux te mettre en garde contre Kaleb. Ce n'est pas quelqu'un de bien. Pour arriver à ses fins, il n'hésite pas à faire du mal. D'ailleurs, toi et moi savons que c'est la voie qu'il a choisie, n'est-ce pas ?

— …

— Ton silence est éloquent. Qu'est-ce que tu fabriques avec ce mec, il est dangereux !

— Ce ne sont pas tes affaires, Magnus.

— Ça le devient s'il me met en danger aussi !

— Personne ne te retient.

— Tu serais prête à me demander de partir pour rester avec lui ?

— Oui.

— Je vois. Cependant je ne vous ferai pas ce plaisir. Moi aussi je veux retrouver mes semblables. Je ferai donc le chemin avec vous. Mais après, si tu te moques toujours de mon sort, alors je ne m'imposerai pas.

La jeune fille hausse les épaules et emprunte les escaliers jusqu'à sa chambre. Si le colonel savait qu'elle est prête à perdre un EDV de plus pour garder Kaleb près d'elle, il lui ferait passer un sale quart d'heure. Par réflexe, elle serre la mâchoire en se remémorant les corrections qu'il lui a déjà infligées. Arrivée dans sa chambre, elle s'écroule sur le lit, s'enroule dans la couette moelleuse et se déshabille allongée. À l'heure qu'il est, Kaleb doit être en train de se faire marquer du signe des EDV. Son cœur s'accélère. A-t-elle bien fait de lui lire le texte du manuscrit ? De l'encourager à s'injecter de la poussière de cendres sous la peau ? Et si, une fois ses pouvoirs décuplés, il devenait complètement incontrôlable, même par elle, au point de lui faire du mal, de la tuer ?

Après tout, s'il est vrai que l'homme noir qui lui parle dans ses rêves ne s'est jamais trompé, Abigail sait aussi que David Armstrong n'est pas forcément bien intentionné… A-t-elle seulement eu raison de l'écouter et d'encourager Kaleb à se faire tatouer, comme il le lui a demandé ?

2.

Souviens-toi de tes rêves, mon ami, toi, l'Élu.
Rappelle-toi la prophétie que je t'ai révélée.
Tu dois en passer par là et rester patient,
fais-moi confiance.

Bergsson a les yeux dans le vide, le regard vague des fous qui ont déserté leur corps pour des utopies plus belles que leur réalité. Pourtant, il ne voit rien de bien. Il n'y a pas de merveilleux dans sa vie, ni même d'espoir. Encore moins dans ses visions, quand s'y invite l'homme noir. L'image du visage desséché, buriné, parcheminé, quasi momifié de cet être à la peau brune persiste sur sa rétine. Bergsson peut bien fermer les paupières, lever les yeux au ciel, il ne distinguera rien d'autre que ce visage d'outre-tombe et ces yeux recouverts d'une peau blanche, aussi longtemps que David Armstrong le souhaitera.

Mais peu à peu, la vision se dissipe. Ce qu'il voit désormais ne le réjouit guère plus. Il se serait bien passé de tout ce merdier. Ça fait vingt-quatre heures qu'il a atterri en Irlande et il est déjà épuisé par l'ampleur de la tâche. Il a eu le temps de nettoyer Galway et Limerick, mais il lui reste encore Cork et Dublin. Nettoyer, c'est passer derrière Kaleb. Le colonel ignore quelle image de lui Helgusson tente de donner à Abigail pour la séduire – car il est évident que c'est ce qu'il doit chercher à faire – mais il mettrait sa main à couper qu'il lui a caché ses petites expéditions punitives pour ne pas l'effrayer. La majorité de ses victimes sont des femmes. Sûrement parce qu'il aime joindre l'utile à l'agréable. Au mieux, elles ont été dépouillées de quelques billets de banque et de leurs bijoux. Parfois se rappellent vaguement avoir servi d'objet sexuel le temps d'une nuit. Quand elles ont le moindre souvenir de leur rencontre avec Kaleb, Bergsson intervient pour la leur faire oublier. Il leur efface la mémoire aussi facilement que Kaleb la leur a souillé. Mais si ce dernier ne s'était contenté que de menus larcins, le colonel ne serait pas aussi dégoûté. Non, Kaleb a fait bien plus de dégâts que ça en Irlande. Bagarres au couteau qu'il a provoquées à la sortie de pubs entraînant des blessures irréversibles, accidents de voiture provoqués par une subite rage au volant, violences conjugales avec coma pour deux des victimes, suicides… La liste est longue. Ah ça. Il peut être charmant et jouer les jolis cœurs tant qu'il veut, il peut bien conter fleurette à Abigail et se faire passer pour un agneau en quête de rédemption. Mais il ne parviendra pas à le duper, lui.

Bergsson soupire. Non, il n'aime pas avoir à procéder à ce genre de décision s'agissant d'innocents ; pourtant, il va devoir trancher. Il prend le temps de regarder un peu mieux les lieux dans lesquels il se trouve, comme pour peser le pour et le contre une dernière fois. Qui habitait là ? Comment était-elle ? Quels étaient ses rêves ? Qu'aurait-elle souhaité si on avait commencé en lui racontant la fin ?

Ce sont les voisins de Niamh Murphy qui ont donné l'alerte aux services d'urgence. Comme ils ne l'avaient pas vue sortir de chez elle depuis les émeutes qui s'étaient déroulées dans sa rue, ils avaient cru qu'elle se terrait, terrorisée, bien que cela ne lui ressemblât pas. Ils avaient alors actionné la sonnette de l'entrée, celle qui tintait comme les cloches d'autrefois, et l'avaient trouvée là, affalée sur le canapé dans une posture incongrue. La même que celle dans laquelle l'avait laissée Kaleb, le jour où elle n'avait pas été en état de le saluer. Tête tombant sur une épaule, lèvres entrouvertes sur filet de bave gouttant sur sa poitrine par intermittence, bras repliés sur son corps : Niamh fixait avec effroi son poste de télé éteint comme s'il projetait des images de l'enfer. C'était, à n'en pas douter, l'œuvre de Kaleb. Que lui avait-elle fait pour qu'il la punisse ainsi ? en fasse un légume, elle qui, d'après les témoignages de ses proches, était la générosité faite femme ? Elle qui l'avait accueilli sous son toit comme un de ses enfants ? Pas forcément grand-chose. Peut-être l'avait-elle contrarié par une remarque indiscrète ou une remontrance trop appuyée. Peut-être avait-elle juste été la victime collatérale d'un accès de colère qu'il avait dû décharger pour ne pas qu'elle se retourne contre lui ? Toujours est-il qu'il lui avait fait bouillir la cervelle aussi sûrement que s'il lui avait fourré la tête dans un micro-ondes, et qu'elle ne serait plus jamais que cette invalide baveuse et vivant dans la terreur de visions qui finiraient par la tuer.

— Qu'aurais-tu préféré que je fasse, Niamh Murphy ?

Bien sûr, la femme ne répond pas. Alors Bergsson va sonder au plus profond d'elle. Rien. Il n'y a rien que du vide et de la peur. L'univers mental de Niamh n'est plus que désolation et supplices. Il arpente pourtant les dédales de ses ruines intérieures, à la recherche d'un noyau fondamental d'humanité, de conscience de soi qui pourrait l'éclairer sur la conduite à tenir. Et il trouve. Elle est là, recroquevillée sur elle-même, ployant sous un ciel noir de suie, sanglotant d'angoisse et de douleur, d'incompréhension aussi. Elle est prisonnière de ses peurs, incarcérée à jamais par un gamin qu'elle a cru pouvoir aider… « *Aidez-moi ! Faites-moi sortir de là, je vous en prie ! Je ne veux pas rester enfermée !* » Ce qui reste de son esprit s'accroche à lui de toutes ses forces, comme au Messie. Mais il ne peut pas la ramener à la réalité : son don n'est pas assez puissant. Il ne peut revenir chargé d'une autre âme. Semblant comprendre qu'il va l'abandonner à son sort, elle tente alors de le frapper, de le supplier, de le menacer… Mais elle n'a aucune prise sur lui. Il la quitte enfin, la laisse à son triste sort. Quand il revient, une larme coule sur la joue de la femme avachie dans le canapé défraîchi.

— Oui…, lui murmure-t-il.

Il passe lentement derrière elle, lui caresse la tête comme pour la consoler une dernière fois, puis attrape son menton d'une main, l'arrière de son crâne de l'autre, et tire d'un coup brusque. *Crac !* Un bruit sec, un bruit simple. Comme le clap de fin d'une vie généreuse qui aurait dû continuer. C'est pour ça que le colonel déteste Kaleb. Parce qu'il a toujours su qu'il était capable de ce genre d'horreur. C'est pour cette raison aussi qu'il faut supprimer les EDV. Instables, ils représentent un vrai danger et sa conscience lui interdit de s'en laver les mains, de laisser des innocents se faire tuer par ces monstres.

Sa première bataille contre le Mal perdue
C'est alors qu'il deviendra l'élu
Et des innocents sera le Sauveur,
En transperçant le démon d'une dague en plein cœur.

— Je sais, David, pas la peine de me répéter la prophétie, répond le colonel en palpant sa dague à travers son étui. Je connais ma mission.

— *Tu as bien fait d'ôter ce passage de la copie de parchemin qui était à Sherkin Island.*

— Oui. C'était une bonne idée, merci.

Car le morceau de parchemin découvert par les deux jeunes à Sherkin Island n'était qu'une grossière imitation de l'original qui évoque la prophétie. Le message au complet, lui, se présente ainsi :

Viendra le jour où naîtra un empathe
issu d'une grande dynastie
Des cendres du volcan à plusieurs reprises il sera arrosé
Pour sa mutation parfaite achever
Et au pouvoir ultime accéder,
Du symbole des fils du volcan il devra se marquer,
Sa terre dans la peau s'injecter.
Les frontières entre le Bien et le Mal seront effacées
Alors la prophétie pourra se réaliser :
Sa première bataille contre le Mal perdue
C'est alors qu'il deviendra l'Élu
Et des innocents sera le Sauveur,
En transperçant le démon d'une dague
en plein cœur.

Il deviendra arme absolue pour son ennemi
Le chef d'une nouvelle armée
Et la douleur de la perte apaisée
Libérera les innocents pour apurer la lignée.

Le message est sans équivoque. Il faut provoquer la mutation de Kaleb pour pouvoir fusionner avec lui en le blessant. La dague sera son vecteur. Alors le colonel pourra, via un transfert d'énergie, lui voler son pouvoir et le redistribuer à son armée le temps d'une ultime bataille, pour sauver l'espèce humaine – les innocents – du danger que représentent les EDV en les détruisant tous. Il se sait à la hauteur de la tâche et ne faillira pas.

De son côté, il a David Armstrong, qui hait autant les Sentinelles que lui les enfants du volcan. Tous deux ont conclu un pacte, il y a de ça fort longtemps. David aidera Bergsson à éliminer les EDV. Bergsson lui a promis en retour de supprimer le réseau SENTINEL à l'origine de la mort de sa sœur Mary Ann. Quand tout serait terminé, l'un se donnera la mort et l'autre restera dans son tombeau, jusqu'à la fin des temps…

— Tu es certain qu'ils ont trouvé le manuscrit ? demande-t-il à l'immortel.

— *Oui.*

— Abigail ne m'en a pas parlé ! s'énerve le colonel.

— *Parce que je suis venu la voir dans ses rêves, et que je lui ai soufflé de ne rien en dire… Ce qui est primordial, c'est qu'elle incite Kaleb à faire ce tatouage…*

— Elle le fera. Je la connais bien.

— *Tu lui as bien donné le pendentif comme je te l'avais demandé ?*

— Oui. J'ai monté toute une mise en scène avec un EDV pour qu'elle croie dur comme fer qu'il contient des cendres de Eyjafjöll.

— *Elle ne se doute de rien ?*

— Non.

Le colonel soupire d'un air las. Il n'aime pas cette partie du plan. Trop d'inconnues dans l'équation.

— *C'est une partie d'échecs, enchérit David Armstrong. Abigail n'est qu'un pion, tu le savais depuis le début, n'est-ce pas ?*

La voix de l'homme noir lui semble plus douce que d'habitude, plus traînante, harmonieuse, presque.

— Oui, bien sûr.

— *Ce qui m'importe, c'est toi. L'Élu.*

S'il savait ce que Bergsson attend, une chose est sûre : Kaleb n'irait pas se faire tatouer !

— *Ha ! Ha ! Ha ! C'est vrai !*

Armstrong éclate d'un rire curieux qui met le colonel mal à l'aise, malgré la joie que lui procure la perspective de voir Kaleb souffrir. Un rire double, à la voix comme défragmentée, à la manière des chants dysphoniques mongoles.

Un rire qui le fait douter, pour la première fois, de la santé mentale de l'homme noir.

3.

Il a choisi une boutique discrète, sans trop de fioritures. Il veut des puristes, des durs de durs. Un magasin qui sent la bière et la sueur, où il faut crier pour couvrir la musique et se faire entendre. Celle sur laquelle il a porté son choix est peinte en noir. Il a beau être presque quatre heures du matin, il y a encore des clients qui patientent. Une fille qui veut se faire tatouer une rose ensanglantée sur les reins, deux ou trois mecs bourrés qui regretteront d'être venus quand ils auront dessoûlé. Kaleb attend son tour, patiemment. Il laisse son esprit divaguer au rythme du death metal et fait tourner la petite capsule argentée d'Abigail entre ses deux doigts. Ce n'est pas très raisonnable de se faire tatouer avec une encre mélangée à de la cendre, ou plutôt à une substance dont il n'a pas vérifié la provenance. Mais ça fait bien longtemps qu'il ne cherche plus à se comporter en fils modèle.

L'évocation de sa filiation lui fait soudain penser à son père. L'espace d'un instant, son cœur se serre. Son père… Au fond, qu'est-ce qui fait un père, une mère ? Qu'est-ce qui vous prépare à autant de responsabilités ? Rien. Ça vous tombe dessus et vous faites comme vous pouvez. Le sien était encore si jeune quand il a accepté de l'élever seul… C'est beau, c'est un pari osé qu'il a relevé haut la main. Jamais Kaleb n'a manqué de quoi que ce soit ni n'a réalisé, avant aujourd'hui, tout ce à quoi Franck avait dû renoncer pour l'élever. Le temps passe si vite ! Il n'a jamais pris un moment pour essayer de comprendre les difficultés de l'homme qui l'a aimé plus que tout au monde, et maintenant, il est trop tard pour lui déclarer son amour. Son père, irréversiblement blessé par des Sentinelles, est devenu paraplégique à cause de lui et ne lui parlera plus jamais. Tout ce qui reste à Kaleb, c'est la possibilité de se connecter aux émotions de Franck afin de vérifier s'il ne se laisse pas mourir. Il ferme les yeux et se concentre sur son père. Colère, rancœur, sentiment d'avoir été trahi : il ne lui a rien pardonné. Tristesse, impuissance, résignation : le moral ne va pas fort. Pourtant, tout autour de lui Kaleb peut sentir des ondes de bienveillance. Le personnel soignant est aux petits soins afin de l'accompagner au mieux pendant sa rééducation. Rééducation. Rien que le mot file des frissons à Kaleb, le met en colère. Toute sa vie Franck a été éduqué. Fais ci, fais ça. Pas comme ci, pas comme ça. Tiens-toi droit, tiens la porte à la dame, la fourchette à gauche, la poignée de main à droite, essuie-toi les pieds en rentrant... Qu'est-ce qu'on lui dit, à présent qu'il faut le « rééduquer » ? Ne roule pas trop vite sur les trottoirs ? Essuie tes roues sur le paillasson ? On le reconditionne comme un vulgaire animal de cirque à qui on apprend un nouveau tour pour faire rire des cons qui ne voient pas sa souffrance. Et son père qui demeure insensible à cette petite kiné qui lui envoie tant de chaleur... Est-il mort à tout sentiment ? Kaleb a-t-il aussi privé Franck de son cœur ?

— Tu veux quoi ?

Kaleb sursaute, la connexion se rompt. Un viking d'au moins deux mètres, barbe fournie et tatouages plein les bras lui fait signe d'entrer dans le « cabinet ». Le jeune homme s'assied dans le fauteuil et regarde le gars finir de débarrasser ce qui reste de l'intervention précédente. Sur les murs, des photos de ses œuvres. Il est doué : le travail est fin, pour ce qu'il en voit. Les tatoueurs ont toujours la fâcheuse manie de prendre des clichés à peine leur travail terminé, ce qui donne toujours un rendu un peu bizarre, avec cette encre noire contourée de peau rouge.

— Je veux ça, dit-il en montrant le symbole du manuscrit.

— OK, je te le fais où ?

Kaleb n'a pas songé à l'emplacement, mais le cœur lui semble l'endroit idéal.

— Ici, répond-il en montrant son torse.

— Alors déshabille-toi.

— J'ai une requête un peu spéciale, poursuit Kaleb en ôtant son T-shirt.

— J't'écoute.

— J'aimerais que tu mélanges ça à l'encre, dit-il en lui tendant la capsule de cendres.

— C'est quoi ?

— Ça me regarde.

— Et si tu en crèves, c'est moi que ça regarde. C'est quoi ?

— Un peu des cendres de ma grand-mère. Je l'aimais beaucoup.

— Je ne suis pas autorisé à faire ça…

— Je te payerai en liquide, personne ne saura que je suis venu… Et puis, à mon accent tu peux déduire que je suis un étranger. Je partirai bientôt de ce pays…

— Et tu apportes des cendres avec toi pour te faire tatouer ici ? Tu me prends pour un…

Mais le gars n'a pas le temps de terminer sa phrase. Il n'a soudain plus envie de discuter, juste de réaliser ce tatouage avec de l'encre mélangée aux cendres que lui tend son client. Une envie irrépressible de le faire, sans discuter. Il prend donc la capsule sans protester, en verse le contenu dans la recharge qu'il accroche au pistolet, demande à Kaleb de bien se caler sur le siège et s'apprête à dessiner.

L'appareil fait un bruit de roulette dentaire. L'aiguille s'approche du torse de Kaleb et, l'espace d'un instant, il questionne ses motivations. Pourquoi fait-il cela ? Pour plaire à Abigail ? Pour acquérir un pouvoir inégalé ? Il ne sait plus. N'est pas sûr de ne pas faire une bêtise. Il pourrait encore arrêter, à ce stade. Quelque chose en lui lui hurle de s'enfuir tant qu'il le peut. Il doute, sa détermination vacille. Mais l'homme noir veille. Et lui parle, le rassure. *« Bien sûr que tu dois le faire. C'est ton destin, Kaleb ! »*

Alors il accepte l'aiguille qui se pose sur sa peau et commence à la perforer pour y déposer l'encre. Le liquide se mêle au sang de l'empathe. Le tatoueur essuie au fur et à mesure, concentré sur sa tâche.

— Ça va ? Ça ne fait pas mal, tu vois ?

— Ouais…

Mais Kaleb n'en mène pas large. Il n'est pourtant pas douillet, cependant, là, il ressent quelque chose qui lui semble anormalement douloureux pour un si petit tatouage. Il fera quoi ? Dans les cinq centimètres de long ? Pourtant, c'est une véritable torture. L'aiguille lui donne l'impression de lui déchiqueter la peau, l'encre d'être un acide qui ronge ses veines et vient dévorer son sang pour le remplacer par autre chose. Malgré lui, il contracte ses muscles, ses vaisseaux se dilatent, il a des spasmes. Le tatoueur fait alors une pause et le dévisage d'un air surpris.

— Putain, tu es livide ! Attends, j'ai du sucre.

— Non, c'est bon, proteste l'empathe.

— Je t'assure que non. J'en ai vu d'autres, comme toi, ne t'inquiète pas. Mais les tremblements et les sueurs froides, c'est le signe que tu vas tomber dans les pommes si je ne fais rien. Alors tu vas prendre ce sucre, aller t'aérer un peu et on continue après la pause. Ce n'est pas bon pour mon image si un grand gaillard comme toi s'écroule ici, tu piges ?

— Ouais.

Kaleb se passe une main nerveuse sur le front. En effet, il est trempé. Est-ce simplement le fait que sa peau soit ouverte par l'aiguille qui l'a affaibli comme ça ou bien l'encre qui lui joue des tours, l'empoisonne ? Et si tout ça n'était qu'un piège tendu par Abigail ? Non. Il n'y croit pas, c'est absurde. Il retourne dans le « cabinet » de l'artiste et lui assure que ça va mieux. Mais c'est faux. Il se sent extrêmement fébrile, il jurerait avoir au moins quarante de fièvre. Il a maintenant du mal à distinguer ce qui l'entoure : sa vision se brouille, les murs couverts de photos se troublent et disparaissent. Il ne voit plus que l'homme noir, l'homme sans âge qui le guide depuis qu'il a découvert son don, qui l'enjoint à être bon… À être bon ? En est-il si sûr ? Tout se mélange dans sa tête, il lutte pour rester conscient, en vain…

— *Oui, c'est cela… Laisse-toi faire, ton destin est en marche, Kaleb…*

— Quel destin ? bredouille le jeune homme.

— *Ton destin et ma vengeance,* croit-il entendre pour toute réponse.

Il aimerait demander des explications, courir après cette voix dans sa tête… Mais il se sent si faible, trop faible pour faire quoi que ce soit et finit par perdre connaissance.

Lorsqu'il se réveille, il met plusieurs minutes à comprendre où il est. Du bleu, il y a du bleu partout, c'est paradisiaque. Il fait chaud, très chaud et humide. Tout autour de lui, des rochers de lave noirs contrastent avec le turquoise du décor. Il est dans l'eau. Dans une eau délicieusement chaude et douce. Il regarde ses mains à travers, frotte ses doigts les uns contre les autres : il lui semble sentir une espèce de dépôt duveteux. Ça et l'odeur âcre flottant dans l'air lui donnent une indication supplémentaire : il est dans une de ces sources naturelles chaudes qui sont légion en Islande. Ces eaux sont particulièrement riches en soufre, ce qui leur donne une odeur d'œuf pourri pas très sexy mais leur confère des vertus avérées pour les problèmes de peau. Il doit être au Blue Lagoon, cette piscine géante naturelle à quelques miles de Reykjavik. Il ignore quelle heure il peut bien être et comment il est arrivé jusqu'ici. Peut-être le tatoueur lui a-t-il conseillé d'y passer pour favoriser la cicatrisation ? Kaleb inspecte son torse : un pansement recouvre le tatouage. Il a le sentiment de se réveiller alors qu'il jurerait ne pas avoir dormi. Se décidant à observer plus attentivement ce qui se passe autour de lui, Kaleb a soudain la certitude que son « absence » aura coûté cher aux autres baigneurs. Le silence cotonneux qui l'enveloppait jusqu'à présent se dissipe brutalement. Il entend désormais des sirènes, des cris stridents, des explications paniquées dans cette langue étrangère qu'il commence pourtant déjà à comprendre.

Les pompiers sont là, ainsi que des ambulanciers. Quelques corps sont allongés sur des civières. Que s'est-il passé ? Il n'en sait foutrement rien. Alors il tend un peu plus l'oreille pour essayer de reconstituer les faits.

— Mon mari s'est mis à hurler sans raison !

— Mon père a failli se noyer !

— Ma femme n'arrêtait pas de crier : « L'eau bout ! L'eau bout ! On va tous cuire ! »

Les pompiers semblent dubitatifs. L'un d'eux s'accroupit près du bassin et prend la température de l'eau.

— Tout me paraît normal !

— Et les cloques sur le corps de ma femme, vous trouvez ça normal ? Il y a eu un problème, je vous dis !

— Mais comment expliquez-vous que tous les baigneurs n'aient pas été touchés ?

— Je n'en sais rien, mais je compte bien porter plainte ! La police saura me répondre !

Des bribes lui reviennent peu à peu en mémoire. Il se revoit pousser ces stupides touristes au bord de la folie, les convaincre de se noyer ou encore d'être dans une casserole d'eau bouillante. Qu'est-ce qu'il a ri ! Comme c'était jouissif ! Kaleb laisse échapper un petit hoquet d'effroi. Il se lève prestement et sort du bassin. Putain, mais qu'est-ce qui lui arrive ? Il n'a jamais utilisé son don pendant une perte de conscience ! Et puis, pourquoi ce black-out ? Combien de temps a-t-il duré ? L'horloge extérieure indique qu'il est onze heures du matin. Qu'a-t-il fichu pendant six heures ? Où sont ses vêtements ? L'angoisse commence à monter. Il se dirige vers le vestiaire où une jeune hôtesse lui adresse le plus charmant des sourires.

— Vous allez mieux ? J'ai rangé vos vêtements ici, dit-elle en lui indiquant un casier.

— Merci. Oui ça, va.

Kaleb prend ses affaires et file dans le vestiaire des hommes, se dirige vers le miroir et contemple un instant son reflet. Il a une mine à faire peur. Ses iris semblent avoir encore éclairci et il peut distinguer quelques filets blancs dans sa chevelure noire. Comme à chaque fois qu'il pousse trop son don, ses yeux sont baignés de rouge. Il pose ses doigts sur le sparadrap qui recouvre son tatouage et tire dessus d'un coup sec.

Le résultat l'étonne. Il avait demandé un symbole d'environ cinq centimètres et le dessin fait bien le double ! Le résultat est plutôt chouette, mais il aurait juré que le tatoueur avait respecté sa demande… Il ne sait plus. Il n'est de toute manière pas en état de se poser trop de questions. Kaleb est épuisé, mort de faim comme s'il avait jeûné pendant des semaines. Il prend une douche à la hâte et se rhabille. Abi va encore faire la gueule… Un dernier regard au miroir… Il lui semble alors entendre une voix bizarre, lointaine, une voix double et malveillante lui répéter en boucle dans un rire insane : *« Ton destin est en marche Kaleb… Ton destin et ma vengeance… »*

4.

Tous les corps ont été placés dans des containers réfrigérés pour être « rapatriés » en Islande. SENTINEL a de gros moyens et ne se prive pas pour les utiliser. Le colonel Bergsson contemple le spectacle désolant. S'il n'avait pas l'ambition de revendre ces enfants du volcan au plus offrant, il aurait sûrement aimé en étudier un ou deux, voire les convertir pour sa milice personnelle. S'il avait dû les tuer, il s'y serait pris autrement qu'en les empoisonnant. Ça manque de style, de classe, de couilles. Kaleb le déçoit. Pourquoi s'y prendre ainsi ? Avec son pouvoir d'empathie, il peut pousser quelqu'un au suicide en quelques minutes. À moins qu'il ait testé sa force de persuasion et ait convaincu l'un des membres de cette colonie de verser du poison dans la nourriture, histoire de vérifier jusqu'où il pouvait conduire les gens. Oui, l'explication est plausible, mais pourquoi s'en prendre aux siens ? Ça ne tient pas debout ! Se sentait-il menacé par ceux de son espèce ? A-t-il eu peur de ne pas faire le poids s'ils se retournaient contre lui ? À distance, le colonel tente une incursion dans l'esprit de Kaleb… Rien. Il ne sent rien. Il n'arrive plus à le manipuler depuis son départ de Paris. Comme si quelqu'un lui avait fait prendre conscience de sa présence dans sa tête, et lui avait expliqué comment se libérer de son influence. Abigail ? Non, elle a besoin qu'il veille sur elle et puisse la protéger en cas d'attaque d'Helgusson. Alors qui ?

Son téléphone sonne, arrêtant là son questionnement. Powell.

— Vous êtes à Sherkin Island, mon cher colonel ?

— Affirmatif.

— Un vrai carnage à ce qu'on m'a rapporté.

— Je sais ce que vous pensez, mais vous vous trompez, grogna Bergsson.

— On le saura bien assez vite, mon vieux. Mais croyez-moi, si vous êtes à l'origine de cette perte, ce sera la cour martiale.

— Je ne trahirai jamais SENTINEL. C'est Helgusson qui a fait ça. Il n'a semé que mort et folie sur cette île.

— Oui, il a un formidable potentiel…

— Si vous le dites. Excusez-moi, j'ai un double appel. Abigail.

Ce n'est pas un mensonge. La jeune fille tente de le joindre. Il décroche rapidement.

— Colonel, j'ai perdu Kaleb.

— Quoi ? !

— J'ai perdu sa trace depuis douze heures, j'ignore où il est. Je suis inquiète.

— Comment est-ce possible ? Je vous ai pourtant demandé de ne pas le lâcher d'une semelle !

— Je sais…

L'assistante explique en quelques mots comment elle a convaincu Kaleb de se faire tatouer. Pour cela, elle doit avouer qu'elle a découvert un morceau de manuscrit et le lui avait caché. Elle s'attend à subir sa colère, se prépare, ferme les yeux comme si la foudre allait lui tomber dessus dans l'instant. Mais rien.

— Êtes-vous sûre que ce document n'est pas un faux ?

— Oui.

— Pourquoi n'en avez-vous pas parlé avant ?

— L'homme noir… Je l'ai vu en rêve. Il m'a conseillé d'attendre. Dit que vous comprendriez. Alors j'ai obéi.

C'est la meilleure explication qu'elle puisse lui donner. Elle sait qu'il croit en l'existence de cet homme et en sa clairvoyance.

Le colonel se détend. La version de la jeune fille correspond avec ce que lui a dit David Armstrong l'autre jour. Elle ne l'a donc pas trahi. Décidément,

Abigail est surprenante, pleine de ressources ! S'il en était capable, il lui dirait combien il se sent fier d'elle, à cet instant précis. Mais il y a plus important : Kaleb a disparu.

— Tu as fait ce qu'il fallait en l'incitant à utiliser les cendres… Je suis néanmoins surpris que tu lui aies donné si facilement ton pendentif, je te savais attachée à ce souvenir…

En effet, Abigail avait hérité de ce bijou il y a deux ans, d'un vieil EDV à bout de force, épuisé par les tortures et les humiliations. Il s'était pris d'affection pour elle et, avant de mourir, lui avait légué son seul bien en lui faisant promettre de ne jamais s'en séparer. Le colonel avait accepté qu'elle garde le cadeau, ce qui lui avait valu son extrême reconnaissance.

Ce qu'elle ignorait, c'est que toute cette histoire n'était qu'une mascarade, un stratagème monté de toutes pièces pour qu'elle soit attachée au pendentif au point de toujours le porter sur elle, et de l'avoir en sa possession le jour où elle découvrirait ce manuscrit avec Kaleb. Le plan de David Armstrong était redoutable…

— J'ai compris que le manuscrit parlait de vous, colonel. Et j'ai vu le rôle que je pouvais jouer pour vous aider, voilà tout.

— Pourtant, je sens que vous doutez, soldat. Votre voix est différente…

— J'ai peur de ce qu'il a pu faire hors de ma surveillance…

C'était vrai, mais il n'y a pas que ça. Elle semble distante, comme si elle avait pris du recul par rapport à SENTINEL et doutait de ses méthodes. Il a du mal à se l'avouer, mais le colonel Bergsson espère sincèrement qu'Abigail ne le trahisse pas. Il souhaite ne pas avoir à la supprimer…

— Tu sais, tout ce que j'ai fait, depuis ton enfance, c'était pour ton bien. Même si je t'ai paru sévère, parfois…

— Je sais, papa.

Elle sait aussi qu'il n'aime pas qu'elle le nomme ainsi. Mais le moment s'y prête, lui semble-t-il.

— Ce que tu m'as fait m'a rendue forte. Et j'aime ce que je suis devenue.

— Pas de familiarité, soldat.

— Oui, colonel. Colonel ?

— Oui, Abigail ?

— Fausse alerte ! J'aperçois Kaleb qui traverse le hall ! Il a l'air en piteux état…

— Alors courez le rejoindre et n'oubliez pas de me faire un rapport dès que possible.

— À vos ordres.

Bergsson raccroche. Autour de lui, ses troupes ont rassemblé tout ce qui pouvait être emporté au laboratoire pour y être étudié. Il s'imprègne encore un peu du reste des présences psychiques de sa fille adoptive et de ce petit-fils qu'il déteste, puis monte dans l'hélicoptère qui doit le conduire à l'aéroport. Dans quelques heures, il sera en Islande. Il n'y est pas retourné personnellement depuis la mort de Helga. Il n'en partira que quand elle sera vengée.

Ce monde est cruel pour les femmes, se dit-il. Et pour lui qui doit perdre celles qui comptent les unes après les autres. Son épouse, il y a des années de ça, puis sa fille. Et bientôt Abigail…

Du fond de son tombeau, l'homme noir entend Bergsson se lamenter sur le sort de la succube. Il est rare que le très fier colonel se laisse aller à ses émotions, comme cela. Le spectacle serait touchant s'il était encore capable de pleurer, mais David Armstrong n'a que faire des états d'âme du colonel. Il se moque encore plus du devenir de la rousse demoiselle. Elle n'est qu'un misérable pion sur l'échiquier de sa liberté.

Un rire malsain, qui tient plus du hoquet ou du râle du condamné que de la franche hilarité vient secouer sa poitrine décharnée. Le son sinistre se propage dans sa prison de pierre, et résonne si fort qu'il n'entend pas cette voix au loin qui lui chuchote en écho que les pions ne sont pas toujours ceux qu'on croit…

5.

L'horloge de l'hôtel affiche presque quinze heures. Le comité d'accueil qui l'attend dans le hall fait grise mine : Abigail et Magnus comptaient lever le camp aujourd'hui et sont sur le pied de guerre depuis ce matin. Bien que la jeune fille ait un air soucieux, les deux semblent reposés. Ils ont dormi, contrairement à lui. La fille raccroche à la hâte : elle parlait au colonel, c'est certain. Et rejoint le Suédois vers qui Kaleb se dirige.

— Où étais-tu passé ? Nous étions morts d'inquiétude !

— Vraiment, ma belle, tu te fais du souci pour moi, c'est gentil, plaisante mollement le jeune homme.

Il a l'air exténué. Les traits tirés, les yeux cernés, il sourit avec difficulté. Son regard las lui donne un air plus ténébreux que jamais. Il ressemble à un guerrier fourbu.

— Bien sûr, répond-elle. Je n'oublie pas que tu es pourchassé…

— Mais leur chasseur de prime est avec moi… C'est pour ça que tu t'angoisses ? Tu avais peur que je t'aie échappé ?

— Tu as dormi, au moins ? élude-t-elle.

— Non. Je suis crevé, il faut que je me repose.

— On est censés partir aujourd'hui et on a déjà pris beaucoup de retard ! s'insurge Magnus.

— Eh bien vas-y, si tu veux, mais moi je ne suis plus en état de rien, là. Alors je monte me coucher : je partirai demain. Qui m'aime me suive, conclue-t-il dans un clin d'œil pour Abigail.

Kaleb tourne les talons sans plus leur prêter d'attention. Ses pensées sont confuses, il se sent envahi par des émotions négatives qu'il est trop fatigué pour réussir à combattre. Il a des envies d'en découdre, d'agresser la terre entière, et surtout de fondre dans un sommeil réparateur comme on se coule dans la mort après une longue agonie. Il ne comprend pas d'où cela vient. N'est-il pas supposé être indifférent à tout ? Le manque de sommeil ne lui réussit pas. Alors il se déshabille à la hâte et se glisse dans ses draps en attendant Morphée. Il ne devrait pas tarder. Kaleb est si fatigué ! Et cette fichue lumière qui l'empêche de dormir ! Il se relève, tire les rideaux au maximum pour barrer le passage au plus petit rai de jour, se recouche, plaque le drap sur son visage pour augmenter l'obscurité, a trop chaud, repousse le drap, se met sur le côté, dos à la fenêtre… Mais rien n'y fait. Il est si crevé qu'il n'arrive pas à s'endormir. Surtout ne pas s'énerver, ça empirerait les choses.

Et ces pensées qui ne s'arrêtent pas ! Elles sont bruyantes, ses pensées. Envahissantes, ses émotions. Il a des images de corps ébouillantés qui lui reviennent, le sentiment de cramer de l'intérieur, comme ses victimes du Blue Lagoon. Quelque chose le brûle, bouillonne dans son sang, son cœur palpite, s'excite… Il a trop chaud. Alors il se relève et fait couler un bain d'eau fraîche pour abaisser la température de son corps, pour le mettre artificiellement dans les conditions physiologiques de l'endormissement, puisqu'il faut se débarrasser d'un degré ou deux pour que le cerveau envoie l'ordre au corps de se mettre au repos. Il grimace un peu en pénétrant dans la baignoire, mais il ferait n'importe quoi pour réussir à se laisser aller, ne serait-ce que quelques heures. Il ferme les yeux et tente de faire le vide, mais encore une fois, il se retrouve étouffant de chaleur, en tachycardie. Sa peau lui donne l'impression de frire, de cloquer. Son cœur menace de s'échapper, comme aimanté par le tatouage incandescent. Oui, c'est ça ! C'est le tatouage qui le brûle ainsi, qui va lui déchirer le torse pour en dévorer le cœur ! Il a chaud, si chaud… Est-ce pour cela que tous ces baigneurs emmenés par les pompiers ont cru cuire ? Kaleb rouvre les yeux. Partout, dans la salle de bains, une buée épaisse a recouvert les miroirs. Il n'y voit pas mieux que dans un hammam. Incrédule, il baisse lentement la tête et en sort plus vite qu'il ne faut pour le dire. L'eau est en train de bouillir à grosses bulles !

— Putain, c'est quoi ce bordel ?

Mais à peine a-t-il craché ça que l'hallucination se dissipe. Plus de brouillard, finie l'ébullition, aucune rougeur sur sa peau. Il a rêvé sans dormir, dans cet état d'entre-deux où les pires démons s'invitent parfois. Il a été victime de ce qu'il a fait subir aux autres. Comment ? Qui est derrière tout cela ? Tant qu'il n'aura pas compris d'où proviennent ces mirages, Kaleb décrète qu'il ne dormira pas. Trop risqué. Alors il prend sur lui, se lave à la hâte et descend au restaurant de l'hôtel.

— Quatre cafés bien serrés, s'il vous plaît !

— Avec ou sans aspartame ? demande une voix familière derrière lui.

— Décidément, Abi, tu es partout.

— Ça ne te fait pas plaisir de me voir ?

— Pas plus que ça.

— Merci pour l'accueil. T'as pas dormi ?

— Non.

Il aurait préféré rester seul. Il se sent vraiment mal, fatigué. Il a besoin de n'être parasité par personne pour se ressaisir. Mais comme un malheur n'arrive jamais seul, Magnus débarque à son tour et s'assied à sa table.

— Putain, mais vous avez pas d'idée pour vous distraire sans moi, là ?

— Eh, on ne t'a rien fait ! proteste Magnus.

— À part me coller quand je veux rester seul.

— Mais que tu le veuilles ou non, nous sommes un groupe, et si tu ne vas pas bien, il est de notre devoir…

— Épargne-moi tes grands discours, Blondie.

— Je t'ai déjà dit de ne pas m'appeler comme ça !

— Alors ta gueule.

Le Suédois lance un regard exaspéré à Abigail. Un regard plein de doute, aussi. Est-il bien raisonnable de continuer la route avec un type aussi instable que Kaleb ? Ne risque-t-il pas de les mettre en danger ? Magnus hésite. Quelque chose semble lui souffler qu'il ferait mieux de se tirer le plus loin de l'empathe, avant que tout ne dégénère et qu'il en fasse les frais, qu'il soit trop tard. Abigail lui rend son regard, lui tapote sur l'épaule d'une manière qui se veut rassurante. Comme pour l'apaiser : « Ça va aller, reste avec moi, s'il te plaît. » On sent bien que le gars est face à un choix cornélien : fuir et sauver sa peau, ou rester et gagner le cœur d'Abigail.

Mais Kaleb n'est dupe de rien et éclate d'un rire sarcastique.

— Vous êtes mignons, tous les deux, à jouer les victimes du grand méchant Kaleb, alors que c'est moi qui prends tous les risques !

— Quel risque prends-tu, s'énerve aussitôt Magnus, à part celui de NOUS mettre en danger ?

— Eh bien, tu n'as qu'à demander ce que ta copine m'a poussé à faire cette nuit !

— Je ne t'ai pas poussé ! Tu étais volontaire, il me semble.

— Eh bien il te semble mal, merde ! J'ai fait une connerie, j'en suis sûr. Et je ne peux pas revenir en arrière.

— Pourquoi tu dis que c'est une connerie ?

— Heu… attendez, de quoi vous parlez ? s'enquiert Magnus.

— Parce que je le sens, voilà pourquoi, répond Kaleb sans se soucier du Suédois.

— Hé, ho ! De quelle connerie vous parlez ? insiste le blond.

— Mais j'en aurai bientôt le cœur net !

— Ah oui ? Et comment ? demande Abigail.

— Je vais contacter Aaron !

— Aaron ? Tu veux dire « Survivor » ?

Cette fois-ci, Kaleb prête attention à Magnus.

— Tu le connais ? s'étonne-t-il.

— Je l'ai rencontré sur un forum. C'est lui, l'ami dont je parlais et qui m'a conseillé d'aller à Sherkin

Island ! Et pour une fois, je suis plutôt d'accord avec toi. S'il y a bien quelqu'un qui peut nous aider à y voir plus clair, c'est un précog !

— OK, alors allons-y !

Kaleb se lève promptement et se dirige vers l'ordinateur mis à la disposition des clients de l'hôtel.

— Maintenant ? s'étonne Magnus.

— T'as mieux à faire ?

— Non. Juste envie de pisser. Laisse-moi deux minutes. À moins que tu ne préfères le voir seul à seul.

— Non. Au contraire. Je veux qu'il vous voie et qu'il me dise ce qu'il pressent vous concernant. Je veux savoir qui sont mes ennemis, alors magne Magnus !

En attendant le retour du Suédois, Kaleb et Abigail prennent place devant l'écran.

— Je ne suis pas sûr d'arriver à le joindre… Il n'a pas répondu à mes derniers messages.

— Il est parfois un peu… parano, tu sais, répond Abigail.

— Oui. Je sais.

Comme pour étayer les propos de la jeune fille, le forum en question s'affiche sur l'écran. Survivor est bien connecté mais apparaît « occupé ». Sous son pseudo, une légende : *« Ce méchant Kaleb lâcherais Survivor ? »*

— Ça commence bien, commente Magnus en se glissant derrière l'empathe.

Kaleb soupire. Mais quelle mouche pique donc Aaron ? Qu'a-t-il vu de l'avenir qui lui fasse peur au point de ne plus vouloir l'aider ? Et puis, ça ne lui ressemble pas de faire des fautes aussi grossières. Aaron a certes toujours eu une façon un peu étrange de s'exprimer, en omettant les articles, mais de là à mettre un « s » à la place du « t » au conditionnel... Il doit être bien perturbé... Ça l'ennuie, ce message. Kaleb a de l'affection pour ce mec calfeutré chez lui, à l'intelligence vive et au visage tout en longueur. Le précog est revenu de loin, s'est échappé de SENTINEL grâce à son don, mais n'en est pas parti indemne. Plus jamais il ne pourra vivre libre. Une partie de lui est restée là-bas pour toujours... Le jeune homme désobéit à l'injonction du précog et fait une demande de connexion vidéo. L'application rame un moment, pendant ce qui lui semble une éternité. Abigail et Magnus paraissent tout aussi tendus que lui. Surprise. Un message indique que la connexion vidéo a été acceptée. Aaron a donc changé d'avis ! Pour la première fois depuis des heures, Kaleb ressent de la joie. Légère, certes, mais il est sincèrement content de revoir son vieux pote.

La connexion s'établit enfin.

Apparaît alors le précog. Ses culs de bouteille qui lui font des yeux minuscules, son long visage à la mâchoire étroite, son vieux col roulé tout bouloché et ses cheveux en pétard.

Et une balle entre les deux yeux.

Ça lui fait juste un petit trou rouge, comme chez certains hindous. Il devrait pourtant être au sol, renversé par l'impact. Mais il est là, assis dans son fauteuil, la tête bien droite, comme si quelqu'un l'y avait replacé pour qu'on le voie. Quelqu'un qui a accepté la connexion vidéo à sa place…

Et soudain un visage apparaît entre le jeune cadavre et l'écran. Un visage qui arrive par en haut, en position oblique. L'homme se penche pour sourire à la caméra. Les traits sont familiers, l'air mauvais.

Kaleb le reconnaît immédiatement alors qu'il ne l'a jamais vu.

— Bonjour, Kaleb ! ricane le colonel Bergsson.

6.

Tous les curseurs seront bientôt à leur maximum.

La haine de Bergsson pour les EDV, elle, est déjà à son paroxysme : le colonel est prêt à mettre sa folie mystique au service d'une cause à laquelle il n'a en vérité rien compris.

Et Kaleb Helgusson finira, quant à lui, par atteindre le stade ultime de son don, grâce au tatouage…

Du fin fond de son sarcophage, enfoui au cœur d'une forêt française, David Armstrong éclate d'un rire insane. Rire, c'est tout ce qu'il peut faire, et il ne s'en prive pas. Sa respiration sifflante résonne entre les pierres et lui apparaît comme la plus douce des musiques. S'il pouvait, il se taperait sur les cuisses, s'applaudirait lui-même. Mais il est coincé en position allongée depuis près de quatre siècles. Oui. Cela fait quatre cents ans qu'il n'a pas plié ses jambes ou utilisé ses bras. Il ne sait plus à quoi ses mains ressemblent. Elles doivent avoir l'air de vieilles pattes de poulet séchées et racornies. Son visage ne doit guère être en meilleur état. Il suffit de voir avec quel effroi le regardent les enfants du volcan auxquels il apparaît. Il s'imagine en momie décrépie, en créature aux muscles desséchés et à la peau rétractée, yeux voilés de ce que les gens prennent pour une cataracte mais n'est que la résultante de son incursion du côté du Mal, le jour où il a voulu tuer l'amant de sa sœur... Yeux exorbités et terrifiants qui doivent donner l'impression de pouvoir vous suivre et vous épier jusqu'en enfer.

Oui, David Armstrong rit à se faire éclater la cage thoracique, au risque de réduire ses côtes en poussière. Il rit, rit, et rigole encore. Il n'a que ça à faire en attendant que tous les pions soient alignés, en attendant sa libération. Enfin... quand il parle de libération, il sait bien qu'il ne s'agit pas d'une liberté physique. Son corps est désormais dans un tel état qu'il serait bien incapable d'en faire quoi que ce soit. Le voudrait-il encore ? Il ne sait pas. Son corps est délabré, son corps est rouillé. Il ressemble à un épouvantail décharné. Et puis, ce qu'il perçoit de l'extérieur ne lui plaît pas tant que ça. Tout va trop vite, tout est si bruyant. Tout est pollué, comme disent les gens de nos jours. Pollué de bruits, d'odeurs nauséabondes, de pensées obscènes. L'homme noir n'est plus de ce temps, il ne saurait pas s'y adapter. Lui préfère sa petite mort, sous les bois, à une vie gorgée de fureur. Mary Ann lui a fait une fleur, finalement, en l'enterrant ici. Il repose là, peinard, à observer les fous s'agiter et se détruire mutuellement. Quelque chose au fond de lui a beau lui souffler qu'avec son don, il aurait pu gouverner ce monde, être à la tête d'une nouvelle ère, d'une nouvelle humanité, que la prophétie peut aussi bien s'appliquer à lui, il ne le croit pas. Il ne le veut pas.

Sa première bataille contre le Mal perdue
C'est alors qu'il deviendra l'Élu
Et des innocents sera le Sauveur,
En transperçant le démon d'une dague en plein cœur.

« Tu as perdu une première fois contre le Mal, lui murmure la petite voix. C'est de ton destin qu'il s'agit, David. Tu le sais très bien ! »

— Non ! Je ne sais rien. Et je ne veux rien savoir ! proteste le vieil homme noir.

Tout ce qui lui importe c'est sa vengeance. Punir ceux qui ont tué sa chère Mary Ann en l'immolant par le feu, en lui infligeant la pire fin qui soit. David n'avait rien manqué de son agonie, il avait été le témoin de chacun de ses hurlements, avait ressenti la douleur au plus profond de son être. Le feu avide qui lèche, qui court partout sur le corps et qui dévore, implacable, brûle et fait souffrir. Les flammes qui grimpent jusqu'à vos narines et les font fondre, qui s'engouffrent dans votre gorge jusqu'à en étouffer les cris et la peau qui rissole, la chair dont les signaux aigus vous font appeler la mort de tous vos vœux. Il avait cru mourir avec elle ce jour-là. Il aurait préféré, plutôt que ressentir ce vide immense de la perte de l'être aimé, ce grand froid qui vous envahit à l'idée que la seule personne qui comptait vient de vous laisser.

— Noooooooon ! avait-il hurlé. Non !

Dans sa folie, il avait cru l'espace d'un instant pouvoir la rattraper, héberger son âme. Mais Mary Ann était bien morte. Elle n'existait plus que dans son souvenir et les discussions d'aliénés qu'il entretenait parfois avec son fantôme. Tout ça parce qu'elle avait eu le malheur de naître différente. Parce qu'on lui avait refusé de porter le deuil de l'homme qu'elle aimait et qu'éperdue de chagrin, elle n'avait trouvé d'autre option que de laisser éclater sa colère.

Ah, Mary Ann ! Sa douce, sa sœur bien-aimée ! Son adorable tortionnaire, sa jumelle magnifique, l'amour de sa vie ! Que n'aurait-il pas donné pour mourir à sa place ? Lui le guérisseur, l'immortel, se serait si volontiers sacrifié pour la pourvoyeuse de mort…

Mais SENTINEL avait tout gâché.

SENTINEL devait payer…

Et l'heure de la revanche a sonné. Elle sera à l'image de la terre qui lui sert de berceau : froide, humide, mortifère. Car depuis qu'il gît en son sein, la forêt qui abrite David Armstrong a bien changé. Jadis verdoyante, luxuriante, grouillante de vie elle est désormais devenue semblable à un marécage asséché. Des odeurs pestilentielles d'animaux en décomposition, de végétaux pourris se font le prolongement du souffle fétide du vieux sorcier. Le sol craquelé et rocailleux où grouille la seule vermine capable de survivre est à l'image de sa peau décrépie de pouilleux. Pas un chant d'oiseau, aucune empreinte de biche, nulle fleur. Ici tout n'est que putréfaction et paysage post-apocalyptique. Débarrassée du moindre de ses éléments vitaux, tous aspirés par le guérisseur qui n'en finit pas de se régénérer, la terre est devenu grise, délavée, couleur cendre. C'est une terre qui porte son empreinte, une terre que plus personne ne vient fouler, une terre maudite qui fait peur et qu'on évite.

La dernière visite qu'il ait reçue remonte à deux ans. Bergsson est venu, à sa demande expresse. Pas pour se recueillir, non, ni même chercher à le sortir de sa cage de pierre. Juste pour ramasser un peu de cette terre ignoble et la donner à Abigail. Parce que David Armstrong savait que le jour viendrait où l'empathe serait prêt. Et qu'une fois cette terre injectée en lui, il devienarait son serviteur, son joujou aussi puissant qu'une bombe atomique.

Comment en est-il venu à cette conclusion ? C'est assez flou. Il suppose, dans sa mégalomanie assumée, qu'il sait tout, qu'il sent tout, qu'il peut tout. Un peu comme ce fameux *Livre du volcan* qu'il prétend avoir tenu dans ses mains, dont il peut citer chaque paragraphe de mémoire, mais dont il ne parvient pas à se rappeler les circonstances dans lesquelles il se l'est procuré. Sa mémoire de quatre cents ans lui joue des tours. Il doute parfois de ses souvenirs et se demande s'il n'a pas rêvé, s'ils n'appartiennent pas à un autre que lui.

Tout cela est si confus !

Pourtant, plus que jamais il doit rester concentré, à présent que Kaleb Helgusson s'est fait tatouer. Même le symbole, bien évidemment, a sa signification. Et il prendra tout son sens dans quelques jours… Kaleb est le véhicule. Il en sera le pilote.

Oui, David Armstrong peut se féliciter d'avoir pensé à tout, d'avoir tout prévu dans son plan machiavélique. Sauf, peut-être, la passagère…

7.

— Kaleb, ouvre, c'est moi !

Abigail tambourine à la porte de sa chambre depuis dix bonnes minutes, mais le jeune homme s'obstine à ne pas ouvrir. Il ne veut, ne peut voir personne et surtout pas elle. Aaron est mort. Aaron qui ne représentait aucun danger pour qui que ce soit, avec ses pouvoirs affaiblis et sa peur du monde extérieur. Pourquoi le supprimer ? Pourquoi s'en prendre à lui ? Kaleb se souvient de leur premier contact et de la vive intelligence du jeune précog. Il avait morflé à SENTINEL, mais avait tenu bon, s'était reconstruit à sa façon en s'enfermant dans un bunker hyperconnecté. Il était Survivor, un petit gars qui, selon ses dires, n'était vraiment pas ce que l'on pouvait appeler un beau gosse mais dont l'esprit et la bienveillance supplantaient tout le reste. Pourquoi alors le colonel s'en était-il pris à lui ? La réponse était évidente, Kaleb l'avait sentie dans le regard cruel de ce vieux fou : pour l'atteindre, lui. La mort de ce pauvre Aaron n'avait d'autre but que de le faire souffrir, de lui faire passer le message – si besoin était – que SENTINEL demeurait toujours à ses trousses, de même que lorsqu'ils avaient tué Robin ou brisé le dos de son père.

Combien d'innocents seraient encore sacrifiés sur l'autel de la folie meurtrière de ce colonel ? Et pourquoi Kaleb avait-il eu l'impression que cet homme, cet inconnu pourtant si familier, faisait de sa traque une affaire personnelle ?

— Kaleb, ouvre-moi, je t'en supplie !

Abigail ne compte pas le laisser tranquille. Ne peut-elle pas juste comprendre qu'il veut rester seul ? Seul avec sa douleur, celle de voir tous les gens qui comptent pour lui disparaître les uns après les autres, par sa faute ? De sa mère morte en le mettant au monde, à ce pauvre garçon qui n'avait rien demandé, en passant par son père ? Kaleb a désormais le sentiment de semer la mort partout autour de lui, de n'être plus qu'un champ de ruines, d'arpenter un cimetière comme d'autres traversent une vie de plaisir et d'insouciance. L'injustice de sa situation lui saute alors au visage. Il ne mérite pas de vivre, ou alors devra accepter à tout jamais cette culpabilité qui le ronge à petit feu comme une punition encore trop douce.

— Qu'est-ce que tu me veux, à la fin !? hurle-t-il en ouvrant la porte de sa chambre.

Surprise par la réaction violente de l'empathe, la jeune fille ne sait maintenant que répondre, elle se contente de rester bouche bée, en attendant de reprendre une contenance.

— T'as perdu ta langue ?

— Tu n'es pas obligé d'être agressif avec moi !

— Et toi, de me coller comme un petit toutou !

— Je m'inquiète pour toi, Kaleb. Tu n'as pas dit un mot depuis…

— Depuis que mon pote s'est fait buter par ton colonel ?

— Oui…, répond-elle en baissant la tête. Je suis désolée, vraiment…

— Menteuse ! Vous n'étiez même pas amis ! Aaron se méfiait de toi, il me l'avait dit !

— Parce qu'il connaissait mon don et ma véritable identité. Mais ce n'est pas moi qui l'ai tué !

— Non, mais tu savais sûrement que Bergsson allait le faire.

— Je te jure que non !

Abigail a crié. Tout son corps est tendu comme un arc. Elle dit la vérité : elle ignorait le sort que le colonel réservait à Aaron. Kaleb le sent, et cela le rassure.

— Va-t'en, s'il te plaît, se radoucit-il. Je ne serai pas de bonne compagnie, ce soir.

— Parce que ça t'arrive de l'être ? plaisante-t-elle gentiment, en refermant la porte derrière eux.

— Les filles ne se plaignent jamais...

— Évidemment, tu les influences !

— Pas toutes. Tu crois que j'ai besoin d'utiliser mon don pour plaire ?

Kaleb s'est rapproché d'Abigail. Soudain, elle n'est plus aussi sûre d'avoir fait le bon choix en venant dans sa chambre. Il se tient là, debout face à elle, si fort et si désemparé à la fois qu'il en devient désarmant, touchant. Il a pourtant une mine affreuse. Yeux cernés aux vaisseaux éclatés, barbe de trois jours, T-shirt débraillé. Mais elle est déjà hypnotisée par la grâce féline qui se dégage de lui, ce côté prédateur prêt à fondre sur elle qui la fascine et l'excite. Sa faim... Elle repense à sa faim de contact, de chaleur humaine, à ce don qui réclame d'être nourri, de pouvoir s'exprimer. Alors elle ne bouge pas d'un iota, pour tester jusqu'où elle peut tenir, résister, comme quand on se tient au bord d'un précipice afin de vérifier si on va sauter, ne rien faire ou partir en courant.

— Non, bien sûr...

Il s'approche davantage, dangereusement. Malgré elle, Abigail passe une main dans la chevelure sombre de Kaleb, est surprise d'y découvrir quelques fils blancs. Elle arrête son geste.

— Tu as refait du mal depuis qu'on se connaît ? demande-t-elle, tremblante.

Kaleb lâche un long soupir, semble peser le pour et le contre avant de répondre. Il serre les mâchoires, dans une mimique qui lui fait penser au colonel. Ils se ressemblent…

— J'ai perdu conscience après le tatouage. Il est possible que oui…

— Et avant ?

— Non.

Impossible de savoir s'il ment. D'ailleurs le veut-elle ? Ne préfère-t-elle pas se convaincre qu'il peut se maîtriser ? Qu'elle peut le contrôler ? Il lui a pris maintenant la main, l'embrasse doucement.

— Je te fais peur ?

Abigail secoue la tête très fort, comme le font les enfants. Autant pour lui dire que, non, elle n'a pas peur de lui, que pour s'en convaincre. Afin de tenter de chasser aussi le trouble qui monte en elle et qu'elle a peur de ne pas pouvoir réfréner. Il se dégage de lui quelque chose de tellement viril, il paraît si sûr de lui…

— J'ai envie de toi, Abi…

— Tu oublies notre pacte de non-séduction…, proteste-t-elle. Tu te souviens de ce qu'il s'est passé à Cork ?

— Nous étions en guerre, ma belle. Et là, je n'ai aucune envie de me battre avec toi. Juste de te faire l'amour. Toi aussi tu en as envie, non ?

Bien sûr qu'elle en a envie. Qu'elle en crève depuis des jours de le côtoyer, de le frôler sans pouvoir fusionner avec lui ! Tout en elle l'appelle, de toutes ses forces. En elle et au-delà, comme si c'était leur destin de s'accoupler, comme si c'était la clé... Mais il est si puissant ! Ne risque-t-il pas de la consumer ?

— Je ne sais pas, articule-t-elle péniblement.

Il a plongé ses yeux dans les siens. Elle ne voit plus rien. L'univers autour d'eux n'existe plus. Son esprit a beau essayer encore de lutter, son corps a pris les commandes. Malgré elle, Abigail se sent attirée comme par un aimant, son bassin se rapproche inexorablement de celui du jeune homme, leurs lèvres s'effleurent. Lutter, lutter encore. Mais non. Il ne faut pas lutter, au contraire. Son don prend subitement le relais, violent, indomptable. Alors elle se plaque tout à fait contre lui et se laisse enfin aller. Il la saisit par la taille, les hanches, les fesses. Elle déchire son T-shirt plus qu'elle ne lui ôte, s'attaque à la ceinture, dégrafe le jean, se déshabille dans l'urgence, la frénésie. Le barrage a sauté. L'élastique qui lui retenait les cheveux aussi. Elle est presque nue, resplendissante avec cette chevelure rousse qui la nimbe de feu, ses yeux brillent d'un éclat impérieux. Kaleb a envie de se perdre dans son regard, de fondre en elle et se brûler. Il lui mordille le cou, le lèche, s'attarde sur ses oreilles et lui arrache des petits cris, puis prend sa bouche entre ses dents, ses lèvres et y glisse sa langue. Abigail lui rend son baiser avec une fougue incroyable, il s'embrassent à en oublier de respirer, se dévorent enfin.

— Prends-moi ! Maintenant ! ordonne-t-elle.

— Tu es à moi, répond-il, en transe.

Kaleb arrache la petite culotte d'Abigail, le dernier rempart entre eux, morceau d'étoffe dérisoire, si léger et excitant. Il lui attrape la tête à deux mains, s'enivre de son parfum, de l'odeur de sa peau, de ses cheveux, de son haleine. Il voudrait embrasser chaque parcelle de son corps.

— Viens ! Je ne peux plus attendre ! crie-t-elle d'une voix rauque.

Elle est brûlante, passe une jambe autour de ses fesses, le presse de la pénétrer, sans autre préliminaires. Il est comme fou, a le sentiment que s'il ne le fait pas immédiatement, il explosera. Alors il plonge en elle, d'un baiser profond, d'un coup de rein sauvage. Il la pénètre et la fait crier, a le sentiment délicieux de la déchirer, de la fendre en deux. Deuxième coup de boutoir, elle crie plus fort encore, d'une voix rauque. Lui fait-il mal ? Non, elle aime ça. Il peut le lire dans son regard. Alors il se déchaîne et perd la tête, la possède comme un sauvage, comme on se bat. Ils tombent sur le sol, il l'écartèle et la pilonne. Elle lutte avec lui au corps à corps, cherche à avoir le dessus, le mord, lui impose un rythme effréné. Il a envie de la baiser à fond, de la baiser à mort. Si profond qu'ils fusionneront. Si violemment qu'ils en crèveront. Il a le sentiment que sa température corporelle augmente avec celle de la jeune fille. Ils vont bouillir, cramer. Il la regarde, elle semble avoir perdu le contrôle, pourtant, quelque chose dans son regard brille étrangement, c'est de l'ordre de la satisfaction. Comme ces prédateurs qui sont en train de torturer leur proie. Soudain, une alarme se déclenche dans sa tête. Abigail est devenue mante religieuse, et l'aspire encore et encore, veut lui pomper sa force vitale, le vider de son essence. Alors il lui renvoie la sensation et elle suffoque. Ils recommencent à se battre, à se confronter, se mesurer. Non ! Il ne veut pas de ça avec elle. Il doit inverser la vapeur…

— Arrête !

— Encore ! Plus fort ! gémit-elle.

Elle a perdu toute notion de la réalité.

— Non ! Arrête !

Il s'arrache à son emprise. Abigail paraît décontenancée, puis se met à cracher des insultes. Elle ressemble à une furie, à un démon ! D'ailleurs, le succube n'en est-il pas un ?

— Prends-moi, pauvre type ! Tu n'as pas le droit d'arrêter ! Je vais en crever, si tu arrêtes ! hurle-t-elle, démente.

— Doucement, doucement…, murmure-t-il à son oreille.

Elle se débat, essaie de grimper sur lui, de prendre le dessus, mais il est plus fort, la maintient un instant au sol, bras au-dessus de la tête.

— Pas comme ça… Je ne veux pas juste baiser avec toi, Abigail.

— Tu veux quoi alors ?

— Te faire l'amour.

Il l'embrasse doucement sur les lèvres, elle détourne la tête comme s'il la trahissait, mais il insiste, relâche sa prise, la caresse doucement, l'effleure de ses doigts, de sa bouche. Malgré elle, la jeune fille réagit, ondule, vibre, se laisse de nouveau emporter par ce rythme qu'elle ne connaît pas mais dont la musique la berce et l'emmène si loin… Loin de SENTINEL, de cette chambre d'hôtel et de toute la laideur qui l'étouffe. Il l'aime. Kaleb l'aime. Il a beau s'en défendre, elle sait qu'il est amoureux. Et ça lui plaît, ça l'apaise. Oui, c'est là qu'est la clé… Dans l'amour…

Le rythme devient différent, plus lent, plus ample, mais tout aussi profond. Ils sont à nouveau connectés, se regardent dans les yeux, tout est décuplé. Kaleb ignorait qu'il était possible de ressentir les choses aussi fort. Son cœur bat la chamade, le tatouage semble s'embraser, s'étirer, s'enrouler autour de son corps et continuer de pousser comme un végétal infernal, une ronce délicieuse qui serait là pour sceller leur union en leur trouant la peau. Les deux amants roulent l'un sur l'autre, Abigail se fait amazone et le chevauche en le caressant. Elle touche le symbole runique… Une décharge la fait sursauter. Le tatouage se propage jusqu'à ses doigts, sa main tout entière, son corps à la peau laiteuse est désormais bardé de noir. Il voudrait la prévenir, la mettre en garde mais il n'arrive pas à parler : les ronces enserrent sa gorge. Et elle ne peut pas le voir : les yeux d'Abigail sont, semble-t-il, révulsés. Tout blancs, comme ceux de l'homme noir qui hante si souvent les rêves éveillés de Kaleb. D'ailleurs, derrière les cris et les halètements ne l'entend-il pas lui répéter que « la mort est la clé » ? Non…, ce soir ce n'est pas la mort, mais l'amour… Kaleb décide de rester sourd à cette voix étrange qu'il ne reconnaît plus tout à fait..

Vient l'acmé, l'apogée, l'orgasme balayant tout sur son passage, comme une vague de plaisir qui les secoue en chœur dans un ultime spasme. Ils se tiennent les mains, entrelacent leurs doigts et s'embrassent hors d'haleine. Abigail retombe sur son torse, épuisée, et demeure ainsi de longues minutes, à se recharger un peu au contact de son amoureux, puis roule sur le côté. Il tourne la tête vers elle et lui sourit. Pas d'arrière-pensée, pas d'empathe déconnecté de ses émotions. Il l'a observée pendant qu'il lui faisait l'amour. Il sait tout d'elle, même ce qu'elle ignore… Il l'aime. Et à cet instant, il sait que tout va changer. La jeune fille glisse entre inconscience et sommeil, exténuée de l’avoir aimé si fort et bascule sur le dos. Sa main droite sur le cœur.

Dans la chambre d’à côté, leur voisin n’a rien perdu de l’intensité de leurs ébats. Et il n’aime pas du tout ce qu’il a entendu. Car à son corps défendant, il en crève de jalousie. Mais son heure viendra, il le sait. Lui aussi la possédera, quand bien même devrait-il la forcer. En attendant, Magnus s’empare du téléphone de sa chambre, compose le numéro et lâche juste ces quelques mots :

— C’est fait, colonel, ils viennent de consommer.

Et raccroche.

Kaleb aurait pu ressentir sa trahison s’il n’était pas shooté par les hormones de l’amour. Il aurait pu aussi capter sa peur d’être surpris si ce qu’il vient de découvrir ne l’effrayait pas plus encore… La main de la jeune fille a glissé de son sein. En relief, à l’emplacement exact du sien, apparaît le tatouage de Kaleb en surimpression, comme une scarification qu’on viendrait d’imprimer dans sa chair.

Abigail bat des paupières, va ouvrir les yeux. Soudain Kaleb se souvient de son regard blanc, révulsé, quand ils faisaient l’amour. Et si c’était le signe que le Mal a commencé à la contaminer ?

Il attend alors, une boule au ventre, qu’elle ouvre grand les yeux.

8.

Kaleb n'a toujours pas dormi. Il se sent dans un état second, à la fois ultravigilant, alerte et en même temps incroyablement fatigué. C'est pour ça qu'il a tenu à prendre un vol intérieur afin de rejoindre Akureyri. De là-bas, ils trouveront bien un moyen de gagner Husavik où, selon Abigail, les EDV d'Islande se cachent.

Bien sûr, Magnus avait encore protesté. Mais la perspective de devoir conduire pendant des heures sur des routes si accidentées que rouler à plus de cinquante kilomètres-heure était inenvisageable avait aussi refroidi Abigail, qui s'était ralliée à Kaleb.

— Je ne suis pas convaincu, avait argumenté Magnus. On va se faire remarquer plus facilement en prenant l'avion !

— Je te rappelle que SENTINEL est à nos trousses, avait insisté Kaleb. Nous avons tout intérêt à nous déplacer rapidement : je sens que Bergsson se rapproche et ce qu'il a fait à Aaron est un avertissement plutôt clair, il me semble...

— Kaleb n'a pas tort, nous devons retrouver les autres le plus vite possible, avait enchéri Abigail.

— Évidemment que tu es de son côté !

— Qu'est-ce que tu entends par là ?

— Oh, pas besoin de faire un dessin, c'est bon, je ne suis pas stupide !

Mais malgré son désaccord, le Suédois avait fini par prendre son billet comme les autres et était monté dans le petit coucou avec eux.

L'atterrissage a eu quelque chose de magique. L'aéroport d'Akureyri se trouve dans un fjörd et vous donne l'impression de vous poser sur la mer. Après avoir pris un solide déjeuner dans la petite ville touristique, les trois EDV se sont mis à la recherche d'une voiture à louer pour rouler jusqu'à leur destination. Hélas, Akureyri est victime de son succès. Deuxième ville d'Islande, foisonnant de musées et d'artistes en tous genres, elle est prise d'assaut chaque année : il n'y avait plus aucun véhicule disponible. C'est comme ça qu'ils se sont retrouvés à marcher le long de la route principale qui fait le tour du pays, en espérant qu'une bonne âme daigne les ramasser en chemin.

— Délicieuse idée, de prendre l'avion, railla Magnus. C'est sûr qu'on va aller beaucoup plus vite que si on avait loué directement une voiture à Reykjavik !

— Oh ça va, la ferme !

Aujourd'hui, Abigail n'est pas à prendre avec des pincettes. Depuis qu'ils sont partis, Kaleb lui bat froid. C'est à peine s'il l'a embrassée au réveil et il ne lui a pas dit plus de dix mots depuis. Fait-il partie de ces garçons qu'une fille n'intéresse plus une fois qu'ils l'ont mise dans leur lit ? Lui a-t-elle fait peur ? Regrette-t-il d'avoir couché avec elle ? Depuis des heures, cent vingt mille questions se bousculent dans sa tête et elle a beau chercher une réponse dans le regard sombre du jeune homme, il reste indéchiffrable.

Elle s'agace, s'impatiente, sent la colère monter, envisage toutes les hypothèses possibles, sauf celle de l'avoir déçu.

Et pourtant. Kaleb a du mal à cacher sa déception, du moins le croit-il. Quand Abigail a ouvert les yeux, la nuit dernière, après leurs ébats, il a craint de les découvrir blancs. La dépigmentation d'une partie du corps de la jeune fille aurait été le signe qu'amoureuse, elle s'était imprégnée de lui. Mais ses iris demeuraient exactement de la même teinte émeraude que la veille. Elle s'était vite rendormie, repue et confiante. Il l'avait alors examinée sous toutes les coutures, mais absolument rien ne trahissait une quelconque imprégnation. Non. Abigail n'était pas amoureuse de lui. Elle avait juste eu une déferlante de désir qu'elle avait satisfait, rien de plus.

Ce matin, elle s'est réveillée et lui a souri telle une fille amoureuse. Il aurait pu tout accepter d'elle si elle l'avait été. Mais ce n'était pas le cas. Alors depuis, il l'évite comme on fuit une vérité qui fait trop mal. Qu'avait-il cru ? Qu'une fille comme elle pouvait lui trouver un réel intérêt ? S'émouvoir de ses pensées, de ses troubles, partager ses sentiments ? Quel imbécile !

S'il y a bien une personne indigne d'être aimée, c'est lui.

Pour sa part, Abigail ne semble pas regretter leur nuit. Elle recherche le contact, lui sourit bêtement, n'évoque même pas les scarifications qui jalonnent désormais sa poitrine, comme si rien de tout ça n'était anormal, comme si tout allait bien ! Mais rien ne va bien, non. Rien. Kaleb suit une fille à la séduction démoniaque dans une nature hostile, est poursuivi par un psychopathe à la tête d'une armée, et son dernier véritable soutien a été tué d'une balle entre les deux yeux.

— Tu penses à Aaron ? demande la jeune fille comme si elle avait lu dans ses pensées.

Elle trottine à côté de lui. Il est clair qu'il ne voulait pas être rattrapé, cherchait à s'isoler au pas de course sur le bitume, mais elle doit tenter un contact, ne serait-ce que pour comprendre sa distance.

— On ne peut rien te cacher.

— Je sais que tu l'aimais bien… Mais bon, manifestement ce n'était pas réciproque.

— Je t'interdis de dire ça !

— Kaleb, réveille-toi ! Ce n'est pas parce que Bergsson l'a tué qu'Aaron a soudain toutes les qualités ! Ce mec était paranoïaque et le dernier message qu'il t'a envoyé n'était pas franchement amical !

Sur ce point, elle a raison. « *Ce méchant Kaleb lâcherait Survivor ?* » n'était pas des plus sympas. Ça ressemblait tellement peu au précog. Bien sûr, Aaron avait toujours eu une façon curieuse de s'exprimer, mais de là à faire une faute d'orthographe aussi triviale… Non, vraiment tout partait en vrille, dans cette histoire.

Deux heures qu'ils marchent. À peine ont-ils quitté la ville, que les paysages islandais leur ont explosé la rétine, entre champs de lave à perte de vue conférant à la terre l'aspect d'une peau brune et craquelée, recouverte de verrues mousseuses – comme celle de l'homme noir – et fjörds majestueux donnant l'impression d'être le découvreur d'une île sauvage et inviolée. Les routes sont instables, cabossées, poussiéreuses. Il arrive aux trois voyageurs de préférer marcher sur la mousse, plus douce sous leurs pieds, sans pour autant trop s'éloigner de la ceinture mal goudronnée au cas où une voiture passerait.

— Je m'attendais à voir plus d'arbres ou des forêts, s'étonne Magnus.

— Nous ne sommes pas en Suède, ici, répond Abigail. Les arbres sont rares et si jeunes, si minuscules, qu'un proverbe islandais dit : « Si tu te perds dans une forêt : lève-toi. »

— De vrais rigolos, maugrée le jeune homme.

Tiens, tiens... Où est donc passé la bonne humeur habituelle du beach boy scandinave ? Bien sûr, elle sonnait faux continuellement, mais Kaleb se demande pourquoi il a renoncé à une attitude qu'il s'efforçait d'afficher avec tant d'énergie. Ce revirement soudain l'intrigue, l'inquiète. Ce type cache quelque chose, Kaleb en mettrait sa main à couper. Il peut sentir sa jalousie grandissante depuis qu'il a passé la nuit avec Abigail, mais il n'y a pas que ça. Le fait qu'ils aient pris l'avion l'a vraiment contrarié, a contrarié ses « plans », c'est tout ce que Kaleb parvient à capter, mais il a bien l'intention d'en avoir le cœur net dès que possible.

— Hé ! regardez ! s'exclame Abigail.

Derrière eux, un camion s'approche dans un nuage de poussière. Aussitôt Kaleb se concentre sur le conducteur et, sans même lui laisser une opportunité de les aider spontanément, le pousse à s'arrêter sur le bas-côté et à les prendre en stop. Le chauffeur se dirige vers l'est de l'île, mais il peut les déposer à Hverir Námafjáll. De ce spot, il ne leur restera alors plus que quelques heures de marche pour rejoindre leur destination.

— Tu devrais aimer Hverir, lance Abigail en se tournant vers Kaleb.

Le jeune homme ne répond pas. Il a préféré se mettre à l'arrière de la cabine du camion. De là, il peut garder un œil sur le chauffeur, comme sur ses compagnons de route. Il éprouve le désarroi d'Abigail : elle se sent vide et abandonnée. Elle ne comprend pas pourquoi il lui en veut. Mais lui en veut-il vraiment ? Même la plus belle fille du monde ne peut donner que ce qu'elle a… Et puis, c'est aussi bien pour elle de la tenir à distance.

Parce qu'il ne veut pas que les choses se terminent mal, entre eux.

Parce qu'il préférerait qu'elle s'en aille et renonce à une relation amoureuse avec lui. Car s'ils devaient se mesurer un jour, elle n'en sortirait pas indemne et qu'il ne veut pas lui faire de mal… Oui, il se soucie sincèrement d'elle et si, pour la protéger, il doit la rejeter de toutes ses forces, alors il le fera et tant mieux si elle se trompe quand elle pense l'aimer.

Tant mieux pour elle.

Mais Abigail ne l'entend pas de cette oreille. La faim de lui gonfle et gronde en elle, furieuse, impérieuse, désireuse d'en imposer et de prendre encore, de se repaître de Kaleb. Si elle a aimé faire l'amour avec lui, ce qu'elle veut c'est quelque chose de plus sauvage encore, de plus absolu. Elle refuse d'abdiquer son pouvoir de succube, de s'abandonner entre ses bras. Non, elle veut se nourrir de son énergie vitale, la sentir couler en elle et la redistribuer encore et encore, pour qu'à chaque fois elle devienne encore plus forte. Le cœur de la jeune fille s'accélère. Elle devrait tâcher de penser à autre chose, comme elle s'y efforce depuis qu'elle est consciente du trouble que lui inspire Kaleb, mais elle n'y arrive pas. Le savoir si près et si loin à la fois, être imprégnée encore de son odeur, de la douceur de sa peau, se souvenir de ses mains caressant son corps, la met à la torture. Elle a le sentiment que sa sensibilité est décuplée. D'ailleurs, est-ce une impression ou bien la température de la cabine a augmenté ?

— Fait chaud. Je vais ouvrir un peu, dit le chauffeur en abaissant une fenêtre.

Ce n'est pas une impression. Abigail croise le regard de Kaleb dans le rétroviseur. Il n'est pas dupe et a compris ce qui se passait. Il tente de faire diversion en sifflotant mais ne trompe personne. Magnus, pris dans les mailles de leur désir, se rapproche malgré lui de la jeune fille, lui frôle la cuisse. Ce geste agace l'empathe qui lui envoie une petite pique pour le calmer.

— Aaaah !

— Qu'est-ce qu'il y a Magnus ? s'enquiert Abigail.

— Une migraine… Ah ! j'ai mal, putain !

Plié en deux sur la banquette passager, le type se tient les tempes. Kaleb est surpris, il avait pourtant envoyé la dose minimale. C'est douillet un Suédois ! Abigail le fusille du regard. Elle a compris... Dieu qu'elle est belle quand elle est en colère !

Lorsque, quelques heures plus tard, le convoi s'arrête à Hverir, Kaleb comprend pourquoi Abigail pensait que le site lui plairait. C'est un des lieux les plus actifs d'Islande, des plus dépaysants aussi. Ici, on comprend pourquoi l'activité volcanique a façonné à ce point l'organisation de la vie et le caractère des Islandais. À peine ont-ils posé le pied sur le sol écarlate, qu'ils sont saisis par la forte odeur de soufre qui se dégage du lieu. Des touristes arpentent le terrain, appareil photo dans une main, l'autre devant leur nez pour se protéger des effluves d'œuf pourri qui ont pourtant déjà imprégné tous leurs vêtements. La faute aux solfatares, sortes de petits volcans plats qui dégagent de la vapeur d'eau contenant du dioxyde de soufre, du sulfure d'hydrogène et bien d'autres gaz jaillissant du sol à une vitesse incroyable, dans un sifflement qui rend impossible toute discussion à proximité. Autour des solfatares, d'impressionnantes fumerolles crachent leur brouillard et, un peu partout, des marmites de boue charrient sédiments et eau bouillante. Les sédiments sont souvent de l'argile décomposée par de l'acide sulfurique. La température de la boue d'acide peut ainsi monter jusqu'à deux cents degrés. Les sentiers pour se balader entre ces phénomènes fascinants ont été balisés de cordelettes dérisoires, que certains touristes n'hésitent pas à enjamber pour obtenir des clichés encore plus impressionnants.

— Ils sont complètement inconscients ! s'écrie Abigail. À certains endroits, la croûte terrestre ne mesure que quelques millimètres et en dessous, c'est le bain d'acide sulfurique assuré !

— On pourrait faire disparaître un corps très aisément, ici, enchérit Kaleb en regardant Magnus d'un air sarcastique.

— Il y a trop de touristes qui traînent autour pour ça…, se défend son rival.

— Il suffirait d'attendre la nuit, réplique Kaleb.

— Hé ! Pourquoi tu me balances ça ? C'est des menaces, hein ? Je t'ai fait quelque chose ?

— Je n'en sais rien… Pourquoi, tu te sens visé ?

— Allez, laisse tomber, fous-moi la paix, OK ?

Magnus s'éloigne en râlant à l'autre bout du site. Il a les nerfs en pelote entre son désir grandissant pour la succube qui l'obsède, et cette migraine aiguë qui ne le lâche pas.

Quant à Abigail, elle semble tellement émerveillée de voir tous ces phénomènes en vrai, qu'elle a raté la dispute des deux garçons pour ses faveurs. Pourtant, quelque chose au fond d'elle se sent exalté… Kaleb perçoit son excitation. Cette fille aux cheveux de feu est aussi sulfureuse que la terre sur laquelle elle se tient. Il sait qu'elle se trouve belle et puissante, au milieu des failles béantes et du brasier islandais. Soudain, elle croise son regard, ses yeux lui lancent des éclairs de feu qui l'embrasent littéralement. Aussitôt, il a chaud, son cœur palpite et le brûle sous le tatouage. En miroir, la jeune fille touche sa poitrine, à l'emplacement exact de la scarification et lui sourit. Elle s'approche alors de lui et lui prend la main, le tire fermement jusqu'aux autocars de touristes et l'invite à monter dans l'un d'eux. Incapable de résister à l'attraction qu'elle exerce sur lui, Kaleb la suit sans une once d'hésitation.

Cette fois, c'est sûr, forte des vibrations telluriques avec lesquelles elle se sent tellement en phase, aucun doute n'est possible : son don va exploser ici, et avec lui.

— Oui, Kaleb, lui murmure-t-elle comme dans un rêve, aujourd'hui, c'est moi qui vais te posséder.

9.

Combien d'horreurs un homme peut-il supporter avant de vaciller ? Qu'est-ce qui le fait tenir debout malgré tout, malgré le dégoût et l'ampleur de sa tâche ? Qu'est-ce qui nourrit sa détermination ? Ses convictions profondes, son orgueil, la combinaison des deux qui l'incite à toujours plus de mégalomanie ? Karl Bergsson s'interroge. Jamais il ne s'avouera qu'il doute, parce qu'il ne s'y autorise plus depuis des décennies, et pourtant... Pourtant à ce moment précis, il ne sait plus très bien.

Il se souvient parfaitement, comme si c'était hier, ce matin, en ce moment même, quand il a basculé. Quand il est devenu cette machine humaine mue par la froide détermination d'exterminer tous les siens.

Karl Bergsson avait toujours été un homme de devoir, de sacrifice, ce qu'on appelle un bourreau de travail entièrement dévoué à la cause de SENTINEL, préférant s'y consacrer plutôt que de passer du temps avec sa famille. Ce qui devait arriver arriva : sa femme partit avec leur fille et le laissa seul avec un travail qui avait désormais perdu de son sens. Il s'en était tellement voulu de n'avoir su comprendre, en dépit de son empathie, à quel point ses deux amours s'étaient senties délaissées, qu'il avait décidé d'inhiber son propre don et n'accomplissait plus ses missions que mécaniquement. Parce que quand le cœur souffre, la raison et le corps prennent le relais, quitte à vous transformer en un pathétique automate. Mais il n'était pas encore une machine à tuer, non. C'est la naissance du monstre qui avait fait de lui ce qu'il était.

Kaleb avait littéralement déchiré le cœur de Helga en venant au monde. Le nouveau-né avait à peine quelques minutes de vie qu'il était déjà capable de rendre les soldats qui passaient par cet étage à moitié fous, de faire subir mille tortures à l'esprit de la jeune femme dont le cerveau n'avait su résister aux dizaines d'attaques qu'il avait provoquées. Mû par la douleur de voir agoniser sa fille et peut-être aussi par une inavouable blessure d'orgueil, celle de réaliser qu'il ne serait jamais aussi puissant que cet avorton, Bergsson avait été pris d'une haine tenace dont il s'ignorait capable. Et, bien que son don soit inhibé depuis de nombreuses années, sa rage fut si féroce qu'elle annula l'effet de l'antidote et lui restitua son pouvoir. Tout ce qui compta alors fut de tuer l'enfant. Le Bien, le Mal... La question ne se posait plus en ces termes. Lorsque la personne que vous aimez plus que tout au monde vient d'être tuée, alors seule compte la vengeance. Et lui qui avait toujours mis un point d'honneur à être du « bon côté de la barrière » la sauta sans vergogne et laissa toute la noirceur dont il était capable l'envahir. Sa colère fut si forte qu'il eut l'impression que son cerveau allait exploser, ses tendons rompre, ses artères se déchirer. Il la dirigea vers celui que Helga avait voulu prénommer Kaleb, amplifiant la peur du bébé, s'insinuant à travers la fontanelle, s'emparant de son cerveau malléable pour le convaincre d'arrêter de respirer. L'enfant paniqua, pleura de plus belle et, au lieu de prendre les injonctions de son grand-père à son compte, les redistribua alentour dans un réflexe d'auto-défense qui prit le colonel de court, commençant à tuer le personnel soignant tout autour. L'homme saisit alors un scalpel pour lui trancher la gorge, mais encore une fois, l'enfant à peine né l'obligea à retourner l'arme contre lui et à se l'enfoncer dans le ventre. Bergsson perdit connaissance en même temps que ses illusions.

À son réveil, on lui apprit que le bébé avait été enlevé. Le colonel découvrit aussi que son corps portait désormais les stigmates de son incursion dans le Mal, ainsi que de son combat contre le petit empathe. Ses yeux avaient partiellement changé de couleur. De brun, les iris et les pupilles étaient devenus d'un bleu si pâle qu'ils semblaient blancs, mais seulement sur la moitié externe de chaque œil, lui conférant un regard si dérangeant qu'il en était insoutenable. Et son ventre avait été si profondément entaillé qu'il en garderait une cicatrice toute sa vie. Afin d'éviter une enquête, il prétendit être tombé sur le scalpel et s'être blessé par accident, mais se jura qu'un jour, il tuerait Kaleb de ses propres mains.

Les années avaient passé, son don – qu'il avait cessé d'inhiber – n'avait ni progressé ni régressé. Pourtant, beaucoup de choses avaient changé. À commencer par cette communication qui s'était instauré entre l'homme noir et lui. La mystérieuse apparition le guidait, le conseillait, lui avait révélé des passages du *Livre du volcan*… D'abord sceptique, Bergsson s'était laissé séduire par les promesses de celui qu'il avait fini par identifier comme David Armstrong. Au point de se croire investi d'une mission dépassant la vengeance personnelle. De se convaincre que tous les siens devraient mourir de sa main, au prix d'une sinistre alliance avec un mort vivant flirtant régulièrement avec la folie.

Car oui, David Armstrong était souvent borderline. De plus en plus, d'ailleurs. Son discours devenait confus, ponctué d'un rire insane et sa voix, changeante et multiple, laissait imaginer qu'il souffrait d'un désordre de la personnalité. Pouvait-il encore lui faire confiance ? Qu'est-ce qui lui prouvait que cette histoire de mission et d'Élu n'était pas juste le fruit pourri d'un cerveau détraqué par un enfermement de quatre cents ans ? Rien. Bergsson avait tellement eu envie qu'on lui raconte une belle histoire, tellement eu envie d'y croire qu'il avait peut-être gobé n'importe quoi. Et si le don de la plupart des EDV se révélait trop inoffensif pour mériter qu'on s'y attarde, celui de Kaleb, en revanche, demeurait la priorité. Le colonel commençait à croire qu'il avait perdu son temps jusque-là, comme s'il s'était acharné à vouloir s'occuper de ceux qui allaient devenir nazis, les années précédant l'avènement d'Hitler, plutôt que de supprimer le dictateur avant qu'il n'accède au pouvoir…

Car il ne s'agit ni plus ni moins que d'arrêter le Mal à l'état pur avant qu'il ne soit à l'apogée de ses capacités. Qu'en a-t-il à faire, au fond, d'être l'Élu d'un monde qui ne saura jamais qu'il l'a sauvé ?

Bergsson a refermé le rapport qu'il lisait depuis vingt bonnes minutes. Il soupire, se prend la tête entre les mains, comme si c'était l'horreur de trop. Il a beau entendre au loin la voix singulière de David Armstrong, il la muselle et la fait taire. De même que supprimer Niamh Murphy l'a plus ébranlé qu'il ne veut bien se l'avouer, le récit circonstancié du massacre du Blue Lagoon remet en doute ce qu'il n'a jamais songé questionner depuis des années. Le bien-fondé de ses actions.

Kaleb Helgusson est le diable.

Le garçon doit redevenir et rester son unique cible, quand bien même est-il sa chair et son sang.

Aucun des baigneurs du Blue Lagoon n'est ressorti indemne de son passage dans les eaux phosphorescentes. Certains ont eu une réaction immédiate, ont cru se noyer ou brûler, au point de somatiser et de se retrouver avec de l'eau dans les poumons ou des cloques sur la peau. Les autres, dont on pouvait croire qu'ils n'avaient pas été touchés par la force de suggestion de Kaleb, ont eux aussi payé le prix fort, quelques heures plus tard. Ici, une femme s'était mise à boire frénétiquement des litres d'eau, sans s'arrêter, malgré son ventre qui se dilatait, la douleur, la peur. Son besoin de boire irrépressible finissant par lui faire éclater l'estomac. Là, un homme s'était enfermé dans une chambre froide pour tenter de faire descendre sa fièvre et combattre son impression de brûler de l'intérieur : il était mort gelé, des gouttes de sueur figées sur son front. Là encore, un enfant avait plongé la main dans une casserole d'eau bouillante, se croyant à la piscine. Un enfant, bon sang ! Comment ce monstre avait-il pu s'en prendre à un gamin ?

— *Tu as bien cherché à tuer ton petit-fils à sa naissance, répondit l'homme noir.*

— C'est différent ! Il était mauvais ! Mais dans cette affaire, quelle est l'excuse de Kaleb ? Pourquoi a-t-il commis ce massacre ?

— *Ça fait partie du processus. L'idée est que la terre qu'il s'est fait injecter finisse de détruire son humanité, sa volonté, pour que le don s'exprime pleinement et lui permette de fusionner avec l'univers, de devenir plus puissant qu'une bombe atomique.*

Pour Bergsson, c'est une certitude, il doit détruire Kaleb. Et que ce soit d'une dague en plein cœur ou non, ce n'est pas le fond du problème.

— *Non ! Tu dois procéder comme je te l'ordonne !*

Mais le colonel décide qu'il n'a pas d'ordre à recevoir de ce vieux fou qui ne l'a que trop caressé dans le sens du poil pour le faire patienter. Le combat de David Armstrong n'est pas le sien. Qu'il se débrouille avec SENTINEL, lui va s'occuper de Kaleb.

— *Tu vas le regretter ! menace l'homme noir.*

Mais Karl Bergsson ne l'écoute plus. Cela fait vingt ans qu'il n'a pas été aussi près, physiquement, de son petit-fils.

10.

— Je vais te baiser…, lui souffle-t-elle d'une voix rauque.

Les deux jeunes amants se sont réfugiés dans un autocar. N'importe qui pourrait les apercevoir de l'extérieur et assister à leurs ébats mais ils s'en fichent. Seul compte le désir…

— Ne parle pas comme ça, Abigail…

— Je parle comme je veux. Viens !

Kaleb n'aime pas ce qu'il ressent. Vraiment pas. Cette désagréable impression de n'être qu'un jouet sexuel, d'être interchangeable avec le premier mâle venu pourvu qu'il ait envie d'elle… Et qui ne voudrait pas la posséder ?

— On n'est pas obligés de faire comme ça…

Pourtant, c'est ce qu'il impose à toutes les filles avec qui il couche, d'habitude, mais passer de

« l'autre côté », a fortiori avec une fille comme Abigail, ça le dérange...

— Me dis pas que ça ne t'excite pas ! le défie-t-elle.

— Pas du tout, ment-il, je te trouve à la limite du vulgaire.

Vexée, Abigail lui décoche alors une baffe magistrale. Se faisant l'écho de sa colère, Kaleb la lui rend avec autant de force.

— Salaud !

La succube enragée se jette sur lui, prête à en découdre. Mais si elle a réussi à l'avoir par surprise, la première fois qu'ils se sont vus dans le pub, cette fois-ci elle n'aura pas le dessus. Tout se déroule très vite : il attrape ses poignets au vol, les colle dans son dos et la plaque face au pare-brise arrière de l'autocar.

— Tu veux vraiment que ça se passe comme ça ? demande-t-il en resserrant sa prise.

— Ouais, répond-elle d'une voix enrouée.

— Alors, tant pis pour toi...

Et Kaleb lui mord sauvagement la nuque, comme le font les chats qui s'accouplent. Elle crie, de douleur et d'excitation à la fois, pendant qu'il baisse son pantalon et la fine culotte sans ménagement. Puis il déboutonne sa braguette, penche la fille en avant, et la pénètre violemment, comme on poignarde un ennemi. Elle crie, serre les poings, le supplie d'arrêter, de continuer, de la laisser s'enfuir, de venir toujours plus loin, plus fort… Ils deviennent enragés, enfiévrés, de véritables bêtes sauvages prêtes à se livrer un combat d'amour à mort. Il sent la colère monter en lui, irrépressible, en même temps qu'une excitation malsaine qui pourrait bien le tuer tant elle est intense. Elle pleure, elle rit, elle exulte comme quand on remporte une grande victoire. Plus il la possède et plus elle se sent vivante et libre, pleine d'énergie et de puissance. Il n'y a qu'une chose qui puisse faire cet effet-là à une succube : qu'un homme vraiment amoureux s'accouple avec elle…

— Oui, c'est ça ! Viole-moi ! l'encourage-t-elle.

— C'est toi qui me viole, Abigail, rectifie-t-il.

Et tandis qu'ils s'affrontent, se déchirent autant qu'ils se mettent en transe, derrière une des fenêtres, aussi excité qu'un voyeur en proie au fantasme d'un succube et d'un empathe puisse l'être, Magnus les observe. Il sait bien que c'est lui qui a précipité les choses, que sans sa présence, ils auraient pu continuer leur pacte de non-séduction. Car il leur a menti sur son don, comme le colonel le lui avait ordonné. Il ne connaît rien aux voyages astraux et serait bien en peine de leur faire une démonstration ! Lui, son truc, c'est d'amplifier le pouvoir des autres, de le rendre si fort, si impérieux que l'EDV ne peut résister et est obligé de l'utiliser. Ça ne lui est d'aucune utilité, mais SENTINEL affectionne particulièrement les gens comme lui, qui servent de révélateur des EDV qui voudraient se cacher, comme une espèce de sérum de vérité. Bergsson y a vu aussi un intérêt tout personnel car, pour une raison qui lui échappe, Magnus sait que le colonel veut pousser Kaleb dans ses retranchements. Mais en observant l'énergie qui se dégage de ces deux corps qui s'aiment, le Suédois réalise que s'ils découvrent sa trahison, ils ne feront qu'une bouchée de lui… L'évidence lui saute aux yeux : il est ridicule avec son don, comparé au pouvoir des amants. Le colonel, non content de l'avoir torturé pendant des mois après sa capture, l'a donc envoyé au casse-pipe : il n'est qu'un pion qui sera sacrifié dès qu'il n'aura plus son utilité. Et son petit doigt lui souffle que c'est pour bientôt. Alors pourquoi continuer de trahir ces deux-là ? Ils sont si forts qu'ils pourraient résister au colonel et peut-être même le sauver… Oui ! Il va leur dire la vérité.

Les ébats viennent de cesser. Kaleb et Abigail se rhabillent sans un mot, essoufflés, épuisés.

— Il faut que je vous annonce quelque chose ! s'écrie Magnus qui vient de monter dans le véhicule.

— Merde ! Ça fait longtemps que tu es là ? s'offusque Abigail.

— Non… Mais ce n'est pas le plus important…

— Ah non ? demande Kaleb, agaçé. Et c'est quoi le plus important ?

— C'est…

Mais Magnus ignore encore à quel point il a été conditionné pendant sa douloureuse conversion à SENTINEL. Le vieil empathe a placé quelque chose en lui, pour l'empêcher de le trahir.

— C'est..., reprend-il.

— Accouche ! C'est quoi ?

— Il est là.

— Mais de qui tu parles, bordel ?

— Le colonel, il... il a laissé un message pour vous...

— Quoi ? Tu l'as vu ? panique la jeune fille. Où ça ?

— Là-bas, montre-t-il du doigt, dans un mouvement saccadé.

Magnus descend du bus et les invite à le suivre. Les amants hésitent. Et s'il s'agissait d'un piège ?

— Il y a trop de témoins pour qu'il tente quoi que ce soit, déclare Kaleb avec aplomb.

— Je ne sais pas, répond Abigail, méfiante.

— Fais ce que tu veux, moi je le suis.

Elle lui emboîte donc le pas. Le Suédois marche rapidement et se dirige vers le site où les touristes sont agglutinés. Il finit par s'arrêter devant une marmite de boue bouillonnante, se tourne vers eux et leur adresse un sourire.

— *Kaleb ! J'arrive !* lâche-t-il alors d'une voix étrange.

La stupeur ne laisse pas aux deux jeunes gens le temps de réagir. Magnus a déjà enjambé la cordelette. À peine a-t-il posé un pied sur la terre fumante que celle-ci se craquelle et qu'il s'enfonce jusqu'au genou. Une femme, qui prenait une photo souvenir, se met aussitôt à hurler d'un cri strident.

— Arrête ! lui ordonne Kaleb en utilisant toute sa force de conviction.

Mais c'est trop tard, Magnus vient d'entrer dans la marmite, avec son moignon de jambe déjà rongée par l'acide. Il s'enfonce maintenant dans les gros bouillons qui lui font fondre la peau. Il crie de douleur, se passe une main sur le visage, qui reste collée sur sa joue, il panique, arrache sa paume avec l'énergie du désespoir. La moitié de son visage vient avec la main, ne laissant que des lambeaux de chair fumante à la place de la pommette. Il se trouve désormais immergé jusqu'au nez. Il est déjà mort. Ses yeux sont opacifiés, son front disparaît peu à peu. Enfin, on ne voit plus ses cheveux...

Tout autour, les gens se sont mis à hurler, à vomir, à pleurer. Certains se sont évanouis, d'autres, hystériques, partent en courant comme pour se tenir le plus loin possible de cette vision d'horreur et ne pas s'en souvenir.

Abigail est médusée. Tremblante de la tête aux pieds, elle se tient de l'autre côté de la cordelette et fixe, muette, le tombeau bruyant de leur compagnon d'infortune.

— Il arrive.

— …

— Abigail ! Viens, on doit partir, je te dis… Il est là !

— Quoi ? Qui ?

— Le colonel. Je le sens. Il est là, je te dis, il faut qu'on s'en aille !

— Je… ne peux pas.

— Mais si tu peux !

— Non… je t'assure.

— Mais pourquoi ?

— Parce que je suis très en colère…

11.

L'appel de la colère. Kaleb ne sait y résister, parce que c'est si bon de se laisser aller. Il aimerait ordonner à Abigail de se calmer, de ne pas le tenter, parce que si elle laisse la colère la submerger le jeune homme ne pourra s'empêcher de s'en servir, de l'amplifier, de s'en faire le relais, aussi sûrement qu'elle s'est nourrie de son énergie sexuelle dans l'autocar, s'est imprégnée de lui…

Mais il ne dit rien. Il assiste, fasciné, à la montée du dégoût et de la haine chez sa compagne. Et il aime ça. Il plonge en elle et s'imbibe de ses sentiments les plus noirs, les décuple, se les approprie. Au passage, il fait une incursion dans ce qui sert de moteur au don de la jeune fille, parle à ses pulsions les plus primitives. Durant de longues secondes, ils se regardent droit dans les yeux, puis, tournant la tête en un mouvement parfaitement synchrone, aperçoivent enfin, à l'autre bout du terrain, la silhouette tant redoutée avancer vers eux.

Le colonel Bergsson est là.

Et il paraît plus que déterminé à accomplir sa sinistre mission…

— Je ne le laisserai pas faire, lance Abigail d'une voix étrangement calme.

— Moi non plus.

Ils se prennent par la main. Kaleb sent aussitôt un frisson le parcourir. Son tatouage se rappelle à lui et semble s'enrouler de nouveau autour de son corps, le connecter à Abigail et se propager sur sa peau claire. Que donnent l'empathie et la capacité de voler l'énergie de quelqu'un, quand on les combine ? Jusqu'ici, la succube n'était capable d'aspirer la force vitale de ses proies qu'en ayant une relation sexuelle avec elles, mais l'urgence d'une situation désespérée, la peur, la colère, ou l'amour pour un EDV maléfique surpuissant… tout cela peut contribuer à faire évoluer le don plus rapidement. Le jeune homme sent que son amie gagne en puissance, qu'elle n'est pas là pour être gentille. Il se demande l'espace d'un instant s'il se serait trompé, si elle n'est pas amoureuse finalement, mais quelque chose au fond de lui répond par la négative.

Kaleb sert de caisse de résonnance à Abigail, et c'est lui qui va instrumentaliser la succube pour servir sa colère… Pour que se déploie leur vengeance.

Les touristes qui tentaient péniblement de se relever après leur évanouissement retombent lourdement sur le sol. Les femmes arrêtent de hurler, les hommes de s'agiter, les enfants de pleurer. Tous s'écroulent les uns après les autres comme un jeu de dominos. Seul le colonel reste debout et s'avance d'un pas lent, un pas de prédateur, vers les deux amants. Son sourire demeure figé en une grimace ignoble. Il ne va faire qu'une bouchée de Kaleb. Il intime en silence à Abigail de s'éloigner, mais il ne parvient pas à trouver sa fréquence. Alors il insiste, force. Rien n'y fait. Kaleb l'a imprégnée, le colonel en a désormais la preuve. Tant pis pour elle si elle se met en travers de son chemin. Il marche sans hâte, parmi les individus gisant sur la croûte sèche de terre rouge. Il y a bien une soixantaine de corps inanimés. Soudain, l'un d'eux commence à bouger. Le touriste convulse, se relève. Il est bientôt imité par deux autres, dix autres, puis par tous les visiteurs qui s'étaient effondrés quelques minutes auparavant. Ils se tiennent debout, mais leurs yeux sont vides. Ils remuent les lèvres mais de leur gorge ne sort aucun son. Ils s'avancent vers le colonel en des mouvements saccadés qui les font, au mieux, ressembler à des insomniaques, au pire, à des zombies. Bergsson s'arrête et les dévisage, horrifié. Hommes, femmes, enfants. Ils ne sont pas tombés dans les pommes ! Ils ne viennent pas de se réveiller ! Ils sont tous morts en même temps, sur le coup. Et ils ne se sont relevés que sur ordre des deux amants qui se tiennent la main ! Leurs dons combinés permettent donc de prendre la vie et de la réinsuffler artificiellement, de commander aux morts comme à de simples marionnettes ! Encore un mythe, celui des morts-vivants, qui puise sa source dans les pouvoirs contre nature des enfants du volcan… Mais Bergsson n'a pas de temps à perdre en réflexions d'ordre historique. Ces « zombies » n'ont qu'une cible et c'est bien lui ! Il n'a d'autre choix que de battre en retraite, le plus loin possible des marmites d'acide… Il n'a, pour sa part, aucune envie de connaître le même sort que celui qu'il a imposé à Magnus, cet imbécile qui était sur le point de le trahir. Le vieil EDV déteste s'enfuir comme un lâche, mais il est le seul à pouvoir arrêter Kaleb et le détruire, alors ce n'est que partie remise, son heure viendra.

Il court, bondit au-dessus des cratères fumants et finit par échapper assez aisément à l'armée de zombies qui progresse avec lenteur. Il rejoint sa jeep en maugréant sans remarquer la camionnette stationnée juste à côté. Au moment d'ouvrir la portière, il sent une main ferme se poser sur son épaule. Deux soldats de SENTINEL se tiennent derrière lui. Il se retourne, a juste le temps d'entendre :

— Sur commandement express de la hiérarchie, vous êtes, colonel Bergsson, en état d'arrestation.

Il s'apprête aussitôt à se défendre, mais une des Sentinelles asperge son visage de gel lacrymogène, lui assène un violent coup de matraque à la tempe et le jette, sans ménagement, dans la camionnette qui démarre sur les chapeaux de roue. Direction la cour martiale.

Lorsqu'il recouvre ses esprits, Bergsson est dans une geôle de cinq mètres carrés. Bon sang, mais que fait-il là ? Il crie, hurle même, exige des explications, que quelqu'un vienne. Un gardien finit par lui répondre :

— Doucement !

— Qu'est-ce qu'il se passe ? C'est quoi ce bordel, soldat ?

— Je ne suis pas autorisé à vous le dire, colonel.

Mais le maton tient son supérieur en très haute estime. Il est évident que cela le rend malade de le voir enfermé comme un vulgaire prisonnier. Bergsson pousse alors un peu son esprit.

— Dis-moi ce que je fais là.

— Vous êtes ici sur ordre de Powell, colonel.

— Je m'en doutais. Que me reproche-t-il ?

— Mutinerie : vous avez tué un précog et êtes soupçonné d'avoir détourné des EDV pour mener votre propre armée contre SENTINEL.

Ces chefs d'accusation sont aberrants ! Il n'y a pas plus dévoué que lui… Pourquoi Powell lui fait-il ce coup-là, maintenant ? Il a pourtant besoin de ses dons pour essayer de maîtriser Kaleb.

— *Tu n'as pas maîtrisé grand-chose, à Hverir...*, souffle David Armstrong.

— Parce que Kaleb a combiné son don à celui d'Abigail ! s'emporte Karl en frappant le mur humide.

— *Peut-être... Mais je t'avais prévenu que ce n'était pas le meilleur moment pour attaquer Kaleb.*

— C'est toi qui est derrière tout ça ? Comment est-ce possible ? Powell est naturellement immunisé contre nos dons !

— *Mais pas les précogs dont il s'entoure... Et puis, il ne demandait qu'à être convaincu.*

— Je veux sortir d'ici ! éructe le vieil EDV.

— *On verra quand tu seras revenu à la raison...*

L'intonation de David Armstrong monte dans les aigus tandis qu'il repart dans ce détestable éclat de rire qui n'est que trop familier à Bergsson. Mais cette fois-ci, la voix qu'il entend n'est pas double, comme lors de leurs dernières discussions. Non. La voix mue, se transforme, devient autre, complètement différente. Une voix de femme.

La voix de Mary Ann Armstrong.

12.

C'est Abigail qui a repris le contrôle la première.

— Kaleb, c'est bon, il est parti !

Mais Kaleb est aux prises avec ses démons et, comme d'habitude, il aime ça. Il se tient debout, tendu comme un arc face à son armée de morts, bras levés en marionnettiste tout-puissant. Abigail devrait être effrayée par son pouvoir et sa folie, mais ce n'est pas le cas. Au contraire, il la fascine. Il n'est jamais aussi beau que lorsqu'il s'adonne au Mal, qu'il vibre de toute sa colère et que la moindre de ses émotions devient aussi sombre que l'encre de son tatouage.

La jeune fille regarde machinalement le torse de Kaleb. Il porte un T-shirt noir dont quelques fils sont décousus à l'encolure et s'agitent sur sa peau glabre. Un millimètre après l'autre, les fils courent et s'étirent vers le cou. Surprise par ce qui doit être une hallucination, elle s'approche. Ce ne sont pas des fils, mais bien le tatouage de Kaleb qui semble avoir pris vie ! Non, c'est impossible ! Elle écarquille les yeux, les ferme, se les frotte, observe à nouveau… Pas de doute. Cette chose qu'il s'est injectée chez le tatoueur croît dans ses veines, suit le chemin de ses vaisseaux et se propage sur sa peau comme l'empreinte du Mal. Par réflexe, Abigail porte la main à sa poitrine, là où le symbole runique s'est gravé en négatif de celui de son amant. Au toucher, il n'a pas grandi. Convaincue que l'encre a une influence sur l'empathe, elle effleure alors son torse du doigt. Kaleb sursaute. Et elle se prend une violente décharge électrique.

— Kaleb, partons, je t'en prie !

— Je ne peux pas, il faut que ça sorte ! hurle-t-il.

— Mais il n'y a plus personne à tuer !

— Alors va-t'en avant que je te fasse du mal, Abi…

— Je ne partirai pas sans toi ! J'ai besoin de toi !

Elle aussi a crié. Il n'en revient pas de la force avec laquelle elle a protesté. Oui, il sent qu'en effet, elle a besoin de lui. Serait-il important à ses yeux ? Sa colère le dévore, mais Abigail l'émeut, si fine et fragile dans ce cimetière qu'ils viennent de bâtir, cette désolation qu'ils ont semée. Que fera-t-elle sans lui ? Leur relation est allée beaucoup trop loin pour que le colonel épargne la jeune fille, désormais. Il l'a senti quand ce dément s'approchait. Elle n'a plus que lui, à présent. Il n'a pas le droit de la laisser ici, maintenant, comme ça… Il sent la rage diminuer peu à peu. Sa respiration se calme. Son cœur revient vers elle.

— OK. Allons au parking, le premier qui trouve une clé sur le contact d'une voiture appelle l'autre…

— D'accord, répond-elle, soulagée.

Elle l'embrasse sur les lèvres et part en courant. Kaleb se dit qu'il ne sait décidément pas où il va avec cette fille, mais la destination finale pourrait être la mort qu'il accepterait, pourvu qu'elle survive. Hagard, le jeune homme parcourt le parking. Évidemment, toutes les portières sont fermées. Les gens sont si méfiants, de nos jours !

Il s'apprête à rejoindre Abigail quand il perçoit un mouvement : un autocar a bougé et se dirige lentement vers la sortie. Fou d'espoir, il se lance à sa poursuite avec force grands gestes. Il crie :

— Arrêtez-vous ! Attendez, s'il vous plaît !

Il ignore s'il lui reste assez d'énergie pour pousser un peu l'esprit du conducteur mais tente sa chance. « *Arrête-toi !* » Le véhicule s'immobilise. Essoufflé, Kaleb se précipite et tape sur la portière du plat de la main, pour que le chauffeur lui ouvre. Le gars a l'air complètement paniqué.

— Me faites pas de mal ! crie-t-il à travers la vitre.

— Aidez-nous, s'il vous plaît ! On est comme vous !

L'homme hésite quelques secondes, puis actionne le bouton d'ouverture de la portière. Il semble surpris de l'avoir fait.

— Je suis avec ma copine, reprend Kaleb, tout ce qu'on veut c'est partir d'ici !

— Moi aussi, je veux partir.

Le conducteur ne semble pas agressif, juste effrayé par le carnage qui s'est déroulé sous ses yeux. Kaleb ne ressent rien de négatif émanant de lui. Il grimpe à bord. L'autocar est vide…

— Elle est là-bas ! s'écrie-t-il en la montrant du doigt à l'autre bout du parking.

L'homme roule doucement jusqu'à elle. Abigail sourit à Kaleb qu'elle aperçoit à travers le pare-brise et monte à son tour dans le véhicule.

— Bonjour, mademoiselle, lance l'homme.

Il a l'air un peu piteux, comme s'il cherchait à s'excuser des circonstances de leur rencontre. Elle ne répond pas. Abigail a encore beaucoup de colère et de violence en elle, et surtout de la peur. Kaleb n'avait pas saisi à quel point elle pouvait être terrorisée avant cet instant.

— Ne t'inquiète pas, ça va aller. On se casse d'ici, n'est-ce pas ? demande-t-il au chauffeur.

— Oui. Vous alliez où, vous ?

— Husavik, vous connaissez ? On doit rejoindre des amis par là-bas.

— Et comment que je connais ! On peut y aller ensemble, si vous voulez.

Kaleb est surpris de la facilité avec laquelle cet homme s'est mis à son service. Il doit y a avoir des individus plus réceptifs à l'empathie que d'autres.

— Mais vous n'avez pas une famille à rejoindre ?

— Non, je faisais un circuit avec un groupe de touristes, mais ils sont tous...

Kaleb pousse un peu l'esprit du conducteur pour effacer la terreur et éviter qu'il se pose des questions sur ce qu'il a vu.

— J'ai besoin de penser à autre chose, poursuit-il.

— Alors vous êtes des nôtres.

L'homme paraît reconnaissant. Il rajuste ses petites lunettes rondes et se racle la gorge. Passe la troisième et s'engage sur la route. Abigail n'a toujours pas décroché un mot. Elle se contente de regarder la route, le regard dans le vague.

Le trajet se déroule calmement. L'homme a mis la radio et parvient même à chantonner un peu. Les deux jeunes se laissent bercer par le ronronnement du moteur et s'endorment, épuisés.

— Hum, hum...

C'est Abigail qui se réveille la première.

— On est arrivés à Husavik, lui annonce le conducteur. Tu connais l'itinéraire pour rejoindre vos amis ?

Elle opine du chef, toujours maussade, mais s'avance vers l'homme, saisit le GPS et y tape les coordonnées. Une heure plus tard, ils atteignent enfin leur destination. Une grande bâtisse au toit bleu s'offre à leur regard. C'est un spot touristique. Quelques personnes mangent en terrasse, d'autres réservent des excursions pour la journée. L'autocar s'immobilise. À peine sont-ils descendus que cinq têtes se tournent vers eux, de concert. Kaleb comprend immédiatement qu'il s'agit d'EDV. Il éprouve un sentiment de familiarité si fort que pour la première fois depuis longtemps il sourit comme un enfant.

Abigail semble plus réservée et hésite à marcher dans leur direction. Notant son trouble, le chauffeur la saisit par la taille et lui chuchote quelque chose à l'oreille. Il rayonne. Kaleb se demande ce qui peut bien le mettre dans cet état, mais est trop pressé de rencontrer les siens pour vraiment s'en soucier. Il le laisse donc avec Abigail et part à la rencontre du groupe qui s'est soudé pour les accueillir.

— Soyez les bienvenus ! lui lance celui qui semble être le leader du groupe. Je suppose que vous avez fait un long voyage pour venir jusqu'ici, mais un ami précog nous avait prévenus de votre arrivée... Je me présente : Glenn. Et voici William, Hannah et Samuel, et Faroudja. William est un dompteur, Hannah est conteuse, son frère Samuel, un révélateur, et Farou, empathe comme toi. Tu connais tous ces dons ?

— Non, et je ne sais pas non plus comment tu connais le mien.

— L'ami précog...

— Un dompteur communique avec n'importe quel animal et s'en fait obéir, raconte William.

— Une conteuse crée des hallucinations individuelles et collectives, et peut t'endormir en te parlant, poursuit Hannah.

— Un révélateur voit le vrai visage des gens : quand il te fixe, tes traits bougent et créent un autre visage ; ton vrai visage, explique Samuel.

— Et tu sais ce qu'est un empathe, sourit Faroudja.

— Quel est ton don, à toi ? demande Kaleb en se tournant vers Glenn.

— Je suis synesthète. Je combine mes sens à volonté. Très pratique pour les messages codés ou pour se faire un son et lumière en écoutant de la musique...

Devant l'air surpris de Kaleb, il explique qu'il voit aussi les sons en couleurs, les lettres en sons, etc.

— Nous savions que vous alliez venir. En revanche je ne connais pas vos noms.

— Je suis Kaleb. Et elle, c'est Abigail.

— Aussi belle que son don pouvait le laisser présager...

Kaleb ressent aussitôt une violente pointe de jalousie. Faroudja manque s'étrangler.

— Eh ! Doucement, proteste-t-elle gentiment.

Glenn éclate de rire.

— À croire qu'il n'est pas complètement perdu, l'empathe le plus dangereux que la terre ait porté ! Puisqu'il peut encore être jaloux..., plaisante-t-il.

Renonçant à lui demander d'où il tient cette information, Kaleb fait signe à ses deux compagnons de route de le rejoindre.

— Et qui est ce type ?

— Il est bizarre, non ? demande Faroudja. Je ne sens rien provenant de lui...

— Il vient d'assister à des événements plutôt traumatisants, c'est pour ça, je pense.

Les deux autres s'approchent. Abigail vient se coller contre son petit ami et lui prend la main, comme pour chercher sa protection.

— Au fait, je ne sais pas comment tu t'appelles, demande Kaleb à son chauffeur.

— Ah oui, suis-je bête ! répond l'homme avec un sourire radieux. Je m'appelle Martin. Martin Powell.

III

TOUT CONTRE L'EMPATHE

1.

— Merci pour tout, Martin. Mais nous sommes à présent entre de bonnes mains et nous allons pouvoir te laisser repartir !

Si Kaleb est reconnaissant à Powell de les avoir aidés, il faut désormais que ce dernier s'en aille. Les touristes ont quitté le site et il veut pouvoir parler à ses semblables sans témoin gênant. Il serait trop dangereux qu'un individu « normal » ait connaissance de l'existence des EDV. Ils ne seront donc pas libres de discuter tant qu'il sera là. Martin aspire bruyamment son thé chaud et pose la tasse sur la table de la terrasse, d'un air contrarié C'est fou, mais Kaleb ne sent absolument rien de ses émotions. Peut-être n'en a-t-il pas ? Ou alors, il est si fatigué qu'il n'a plus la force de pénétrer un esprit. Ce serait possible après le carnage de Hverir…

Il essaie néanmoins de le « pousser » pour qu'il accepte sans faire d'histoire.

— C'est que... je suis très fatigué par la route, proteste l'homme. Je comptais vous demander l'hospitalité, dit-il en se tournant vers Glenn. Bien sûr, j'ai de quoi vous dédommager...

Kaleb est surpris. C'est bien la première fois que quelqu'un lui résiste. Alors il insiste un peu.

— Je crains qu'il n'y ait pas assez de lits pour tout le monde...

— Oh, ce n'est pas grave ! Je dormirai dans le bus... Je vous demande juste l'autorisation de rester avec vous. Je ne me sens pas de repartir seul, comme ça. Je suis sûr que vous pouvez comprendre...

Martin s'est tourné vers Abigail et la fixe intensément. Gênée, elle baisse les yeux mais enchaîne :

— C'est vrai. Il ne nous dérange pas et c'est la moindre des choses : il nous a bien tirés d'affaire.

Semblant reconnaissant, Powell attrape la jeune fille par les épaules et l'attire doucement à lui. Elle se raidit aussitôt à son contact. Kaleb capte son malaise et s'étonne qu'elle ait néanmoins appuyé sa proposition.

— Je suppose qu'on peut, en effet, vous offrir un bon repas, convient Glenn. Nous aurons tout le loisir de discuter après, Kaleb.

La perspective de manger apaise un peu le jeune homme. Il réalise qu'il est mort de faim depuis qu'il a combiné son don à celui d'Abigail. Ressent-elle cela aussi ou bien a-t-elle envie d'autre chose que de nourriture pour combler son déficit énergétique ? Le petit groupe se met bientôt à table et partage une nourriture simple mais copieuse. Kaleb se régale de pain brun légèrement sucré, d'un gratin de pommes de terre qu'il sale plus que de raison, de vin et d'une délicieuse tarte aux pommes.

— Tu devrais goûter ce merveilleux poisson, lui propose Powell. Je n'en ai jamais mangé d'aussi frais, ni d'aussi bien préparé, je crois.

— La cuisinière vous remercie, rosit Faroudja.

— Tu peux me tutoyer, tu sais ! Et tous mes compliments : tu cuisines divinement.

— Je ne mange pas de poisson, répond Kaleb. Je suis végétarien.

— Pourquoi ? s'étonne Faroudja.

— Pour des raisons qui pourraient bien t'apparaître évidentes un jour. Disons, par « sensibilité » si tu vois ce que je veux dire ?

— Ah ? Oui, je peux imaginer, mais ça m'ennuierait de ne plus pouvoir manger de viande. J'aime tellement ça !

— Au contraire, quand tu comprendras comme moi la souffrance animale, c'est en manger qui te posera problème.

— Tu es vraiment un curieux personnage ! Tout en paradoxe, s'exclame Powell qui a l'air fasciné.

— Pourquoi dis-tu ça ? s'étonne Kaleb. Tu ne me connais pas.

— C'est vrai, mais tu as plutôt l'air d'un dur, d'un mec qui ne fait pas de sentiment… Je me trompe ?

— Non, en effet.

— Voilà. Je trouve ce que tu viens de dire sur le végétarisme assez surprenant. Si tu étais aussi dur que tu parais, tu ne t'arrêterais pas à ça…

Ce n'est pas faux. Kaleb ne sait quoi répondre. Pourquoi n'a-t-il pas coupé ses émotions vis-à-vis de la maltraitance animale ? C'est un mystère. Au même titre que ce qui l'a poussé à calmer sa colère, à Hverir. Comment diable a-t-il réussi à revenir d'un état aussi grisant, juste pour assurer la protection d'Abigail ? Mais il a beau faire semblant de se poser la question, il connaît déjà la réponse. Parce qu'elle a réussit à se frayer un chemin jusqu'à son cœur qui n'avait pas tout à fait cessé de battre. Oui, il aurait pu manger du poisson ce soir, sans pour autant verser la moindre larme. Oui, il aurait pu planter la jeune fille à Hverir, la laisser partir seule et se faire rattraper par le colonel. Mais il n'a pas pu. Parce qu'il n'est pas tout à fait foutu, pas mauvais à cent pour cent. Abigail le rend meilleur…

Son amour est son salut, il en est maintenant convaincu.

— Hé ! C'est marrant ! Tu as rougi ! plaisante Faroudja.

— Et comment vous êtes-vous tous rencontrés ? demande Powell d'un air innocent.

Chacun se regarde un peu gêné. La jeune empathe dévisage Samuel avec insistance, d'un air de dire : « *Essaie de le sonder, toi. Moi je ne capte rien.* » Le révélateur fixe un instant l'inconnu et fait un signe de dénégation à la jeune fille. Lui non plus n'arrive pas à percevoir quoi que ce soit émanant de lui. Tous commencent soudain à stresser. Ils n'ont jamais entendu parler des Sentinelles originelles, qui étaient naturellement immunisées contre les enfants du volcan afin de les contrôler, mais tous trouvent ça louche et ont hâte que leur mystérieux invité aille dormir dans son autocar.

— Grâce à un ami commun, finit par répondre Glenn d'un ton qu'il veut désinvolte. Un vieux Black, ajoute-t-il à l'intention de Kaleb.

Le jeune homme comprend à qui Glenn fait référence et demeure un instant interdit. Eux aussi ont des visions de l'homme noir !

Le reste du dîner se déroule dans une ambiance faussement détendue. Seule Abigail ne fait aucun effort pour s'intégrer. Depuis qu'elle est montée dans l'autocar, elle s'obstine à rester mutique.

— Ça ne va pas ? s'inquiète Kaleb alors qu'ils débarrassent la table.

— Qu'est-ce que ça peut te faire ? aboie-t-elle.

— Hé ! Du calme. Je me renseigne, c'est tout... C'est à cause de ce qu'il s'est passé avec Magnus et les touristes ?

— Laisse tomber.

— Non, je ne laisserai pas tomber ! J'aime bien savoir pourquoi ma copine fait la gueule.

— Ta copine ? Ah ouais, ça y est, je suis ta copine maintenant ? Merci de m'en informer parce que avant qu'on recouche ensemble ce n'était pas très clair. J'avais même l'impression du contraire, tu vois.

— Quoi ? C'est ça le problème ? Tu t'es sentie négligée alors tu te venges ? Putain, t'es bien une gonzesse, toi !

— N'importe quoi. Ton nombrilisme te perdra, vraiment. J'ai autre chose à faire que pleurer sur un mec comme toi.

— Ouais, bah, le mec comme moi, il t'encourage à être un peu plus avenante. Au cas où tu n'aurais pas remarqué, on est invités, ici. Et ces gens sont peut-être notre seule chance de nous en sortir vivants.

— Ah ouais et comment ?

— Je suis convaincu que l'homme noir a un plan. Il ne nous a pas tous réunis en Islande pour rien, chuchote-t-il pour éviter que Powell ne l'entende.

— Tu fais ce que tu veux. Moi je ne fais confiance à personne. Et surtout pas à des EDV.

Abigail tourne les talons et part s'isoler dans une chambre.

Martin Powell la regarde partir. Il semble la dévorer du regard. Comme tous les hommes…

— Je vais aller me coucher aussi, lance-t-il à ses hôtes. Je vous remercie pour ce bon repas.

Il rejoint son véhicule en se frottant les mains. Désormais, même s'il est contraint de partir demain, il connaîtra les moindres faits et gestes des EDV de cette colonie. C'est fou comme ces gamins peuvent être naïfs. Ils l'ont laissé seul si longtemps qu'il aurait pu poser cent caméras et micros espions. Mais quelques-uns suffiront, se dit-il en refermant les portes automatiques de l'autocar. Il jette un coup d'œil à l'extérieur : personne. Il éteint alors les lumières et ouvre la porte des fausses toilettes du véhicule. À l'intérieur, tout un système de surveillance ultraperfectionné. Ne lui reste qu'à se brancher sur la bonne fréquence, et il ne perdra pas une miette des conversations de ses petits protégés...

Kaleb s'est enfoncé dans les coussins moelleux du canapé défoncé. Il se sent si fatigué ! Il n'a toujours pas réussi à faire une vraie nuit depuis l'incident du Blue Lagoon et la microsieste dans l'autocar ne l'a pas reposé. Il se frotte les yeux et bâille à s'en décrocher la mâchoire.

— Tu devrais peut-être aller te coucher, lui suggère Faroudja. On a le temps de discuter...

— Ça ne servirait à rien. Je ne dors plus, en ce moment...

— Oui, je te sens très confus... Mais je n'arrive pas à pénétrer ton esprit, comme s'il était entouré d'un nuage noir très dense...

— Tu es à quel stade de l'évolution de ton don ? demande-t-il.

— Au tout début. Tu as raison, c'est sans doute pour ça. Je n'ai que quinze ans…

Kaleb est surpris par la jeunesse de la fille. Et de ses convives en général. Hormis Glenn, tous ont son âge ou sont plus jeunes que lui. William est un jeune homme à l'allure très douce, d'une vingtaine d'années, aux cheveux et aux yeux clairs. Si clairs que Kaleb se demande s'il n'a pas dépigmenté, signe qu'il serait passé du mauvais côté de la barrière. Semblant lire dans ses pensées, le garçon lui sourit en caressant le raven qu'il a apprivoisé.

— En effet, on peut être appelé à faire des choses dont on ne sera pas fier, pour sauver sa peau et les siens. Mais je suis né avec cette carnation. Je ne fais du mal qu'à ceux qui s'en prennent à moi, ou à ceux que j'aime, animaux inclus…

— Mais tu arrives vraiment à communiquer avec eux ?

— Oui, répond-il de sa voix légèrement perchée. Je les aime et les comprend tellement que ça en devient naturel. C'est au-delà des mots, une forme d'amour si pure, si entière qu'elle emporte tout sur son passage. Il n'y a jamais de calcul avec les animaux. Seuls comptent les actes et le respect.

— Et tu leur fais faire ce que tu veux ?

— Je peux leur demander tout ce que je veux. Mais ils ne l'acceptent que si pour cela ils ne se mettent pas en danger. L'instinct de survie des animaux est plus développé que le nôtre. Bien qu'il puisse arriver qu'un animal choisisse de se sacrifier pour son aimé. Que ce soit son petit, son partenaire, ou son humain… Mais je ne demanderai jamais ça à un animal, ajoute-t-il en déposant un baiser sur la tête du raven.

L'oiseau lui rend son baiser en lui mordillant l'oreille. Ces deux-là sont complices au-delà des mots, c'est évident.

Hannah et Samuel viennent s'asseoir à côté de l'empathe.

Sam a seize ans. Sa sœur, dix-neuf. Ils sont aussi bruns l'un que l'autre et leurs grands yeux noisette pétillent d'intelligence.

— J'ai du mal à saisir en quoi consiste ton don, demande Kaleb au garçon.

— Je suis ce qu'on appelle un révélateur. En me concentrant, je vois la beauté ou la laideur intérieure des gens. Elle se matérialise au point que leurs traits se transforment… Mon don a commencé à évoluer. Il arrive aussi que les personnes deviennent incapables de mentir en ma présence.

— Et moi, j'ai le pouvoir d'endormir qui je veux, le coupe sa sœur. Au sens propre, comme au figuré. Je peux te construire n'importe quel univers mental auquel tu croiras dur comme fer. Si tu veux, je t'envoie te reposer sur une île paradisiaque, cette nuit.

— Je te le recommande, enchérit Samuel. Surtout si tu as du mal à te laisser aller en ce moment…

Le front plissé par les doutes, Kaleb pèse un temps le pour et le contre. Mais après tout, que risque-t-il ? Il accepte donc la proposition de la jeune fille qui le met aussitôt en situation :

— Détends-toi. Tu es sur une île tropicale, Kaleb, commence-t-elle à décrire d'une voix monocorde. Face à toi, une mer turquoise et limpide dans laquelle nagent des milliers de poissons multicolores. Sous tes pieds, un sable blanc, si fin qu'on dirait de la poudre de riz. Il n'y a pas d'autre bruit alentour que celui des vagues, qui te berce, et le chant des oiseaux qui te met du baume au cœur. Tu as repéré l'endroit idéal pour te reposer : tu t'allonges sur le sable, un verre de jus de fruits frais à la main que tu sirotes avec une paille…

Kaleb a vite oublié la voix de Hannah. La pièce autour de lui et chacun des habitants de la colonie ont disparu. Il n'est même plus en Islande. Il se sent incroyablement bien et détendu, loin de toute angoisse. Le soleil tape fort, la mer est accueillante. Le jeune homme décide alors d'ôter son jean et son T-shirt pour aller se baigner. Il s'avance doucement vers l'eau claire. Mais le sable lui brûle la plante des pieds, devient si chaud qu'il ne peut que sautiller. Puis, la plage semble se rallonger au fur et à mesure qu'il court. Ses pieds le font souffrir, le soleil lui rougit la peau. Vite ! Plonger. Il arrive enfin dans l'eau, mais loin de le rafraîchir, la mer l'ébouillante. C'est une mer à cent degrés, une mer de feu, une mer d'acide. Sa peau cloque et éclate. Il hurle de douleur.

— Kaleb, réveille-toi ! Kaleb !

Soudain, une pluie glacée s'abat sur lui et vient apaiser la douleur. Kaleb ouvre des yeux ahuris. Il se découvre dans une cabine de douche, à moitié nu, sous un torrent d'eau froide. Il reste un long moment hébété.

— Qu'est-ce qu'il s'est passé ?

Les autres le dévisagent, médusés. C'est Glenn qui prend la parole. Son visage est écarlate, comme celui de tous les autres EDV présents.

— Le conte de Hannah a été corrompu… Le rêve s'est transformé en cauchemar où tu brûlais, manifestement. Et tu as transmis tes sensations à chacun de nous ici présent. On t'a mis sous la douche en catastrophe, c'était ça ou on cramait tous !

Kaleb essaie de se relever, titube, retombe, prend appui sur les parois de la cabine et fait un pas hors du bac. Instinctivement, les autres reculent, effrayés.

— Je suis désolé, vraiment. Je… Ça doit être le manque de sommeil, ça me tape sur les nerfs, je me contrôle moins bien… Mais ça va, là, je vous assure, vous n'avez rien à craindre.

— Ce n'est pas ça, Kaleb, répond Faroudja d'une voix tremblante. Tu devrais plutôt te regarder dans le miroir…

— Oh mon Dieu ! s'écrie le jeune homme, épouvanté.

Depuis son autocar, Martin Powell vient de se brancher sur la caméra de la salle d'eau et sourit de bon cœur.

— Excellent ! s'exclame-t-il. Excellent !

Kaleb demeure pétrifié devant son reflet. Le tatouage s'est étendu à tout son torse, telles des ronces de ténèbres, et ses iris sont devenus aussi blancs que le reste de l'œil, ne laissant plus que la pupille, noyée dans un enchevêtrement de vaisseaux éclatés.

2.

Dans sa cellule sans meuble, le colonel se morfond. Powell ne perd rien pour attendre. Dès qu'il sera sorti de ce trou, Bergsson se jure de lui faire bouffer la poussière. Ce connard va comprendre qui est le plus fort.

— *Oui, c'est bien ! Ne te laisse pas faire, tu es l'Élu,* dit la femme.

— *Ton destin est de conduire une armée contre* SENTINEL *! De sauver les innocents, Karl,* poursuit David Armstrong.

— Je n'ai pas de destin ! proteste le colonel.

A-t-il rêvé cette autre voix ? Devient-il fou ?

— *Ne dis pas de sottise ! Pourquoi crois-tu que tu as été choisi ?* reprend la voix féminine.

— Mais qui êtes-vous à la fin ? Où est passé David ?

— *David dort...*

— Qui êtes-vous ? insiste-t-il.

— *Tu n'as toujours pas compris, Karl ? Je suis celle qui n'a jamais tenu de journal ni laissé une seule trace exploitable par nos ennemis de* SENTINEL. *Je suis une femme, Karl.* LA *femme. Brimée, broyée par une société qui n'en finit pas de nous dominer et de nous punir, une société qui nous fait porter toutes ses fautes, nous accuse de tous les péchés du monde quand nous avons un peu de caractère ou prenons du pouvoir. Je suis celle qu'on a immolée parce qu'elle avait trop de chagrin et aucun droit d'être en colère, celle que les tiens ont traquée comme une bête des années durant. Je suis celle qui va renaître de ses cendres, Karl. Je suis Mary Ann Armstrong.*

— Mais c'est impossible ! Vous êtes morte ! J'ai lu les rapports de l'époque !

— *Tout n'y a pas été consigné, voyons*, ricane-t-elle.

— David est-il au courant de votre... présence ? se risque le colonel.

— *Disons qu'il doit s'en douter...*

Semblant avoir entendu la question de Bergsson, David Armstrong refait à son tour surface. C'est la première fois que les jumeaux cohabitent en même temps dans la conscience du vieil homme noir. La première fois que David Armstrong réalise qu'il n'est pas fou, que la voix féminine qu'il croit entendre dans sa tête depuis des siècles est celle de sa sœur. Et Bergsson assiste à ces retrouvailles ahurissantes, médusé.

— *Mary Ann, c'est bien toi ?*

— *Oui, David.*

— *Je… Je n'ose… Je suis si heureux !*

— *Moi aussi, mon frère, moi aussi.*

— Vous avez… fusionné ? demande le colonel, ébahi.

— *C'est cela,* répond la femme, de très loin, comme si elle cherchait à se cacher, consciente d'avoir déjà trop parlé.

— Mais c'est incroyable ! David, vous ne vous doutiez de rien ?

— *Je crois que je l'ai toujours su, du moins senti,* répond le frère d'une voix faiblarde. *Mais pourquoi m'avoir caché ta présence, ma bien-aimée jumelle ?*

— *Parce que notre heure n'était pas venue, mon frère. Et parce que j'ai mis du temps à ne plus te haïr…*

— *Je suis tellement désolé, Mary Ann ! Pas un jour n'est passé sans que je regrette de t'avoir fait tant de mal, d'avoir voulu te souiller de mon amour contre nature, d'avoir osé toucher à l'homme que tu aimais !*

— *Je sais, je sais David. Mais c'est du passé maintenant et nous devons penser à notre avenir.*

— *Mais quel avenir ? Je suis enfermé dans le tombeau que tu m'as choisi depuis trop longtemps… Et je suis devenu ton urne funéraire à mon tour…*

— C'est impossible, répète le colonel qui a l'impression de perdre la raison.

Non, il ne peut pas assister à ça. Il devient fou, c'est sûr. Il a toujours su que la réclusion pourrait l'anéantir…

— *Rien n'est impossible aux enfants du volcan,* le coupe sèchement Mary Ann. *Tu le saurais si tu avais vraiment lu le livre...*

Pour étayer sa saillie, Mary Ann lui envoie une vague de souvenirs.

Il se retrouve aussitôt projeté à l'heure de son agonie, en 1665, à l'époque de la grande peste de Londres. Mary Ann avait semé la mort partout où elle avait pu, en proie à un chagrin tel qu'elle en devint incontrôlable. Au terme d'une traque sans merci, le réseau SENTINEL parvint enfin à la localiser et à la coincer dans une boulangerie londonienne. Les sentant approcher, la femme commença à leur insuffler les premiers symptômes de la maladie. Alors, pour sauver leur peau autant que pour en finir avec la pestilence, les soldats à ses trousses mirent le feu à son dernier refuge.

Elle toussa, suffoqua, hurla quand elle vit les flammes s'approcher de son corps décharné. Au loin, dans les tréfonds de son esprit enfiévré, elle entendit son frère pleurer avec elle, souffrir des mêmes tourments, l'appeler, la supplier de le rejoindre. Son frère haï, son frère honni, qu'elle avait relégué aux oubliettes pour l'éternité, lui proposait son tombeau comme dernier refuge.

Sa fierté la poussa à refuser, mais quand elle vit sa dernière seconde arriver, elle ne put se résoudre à capituler et, par un miracle qu'elle mit deux siècles à s'expliquer, son âme fut littéralement aspirée par ce lien, ce tunnel insondable qui l'unissait à son jumeau, et se fondit en lui, dans un des recoins secrets de son cerveau.

Elle était restée longtemps en sommeil, comme s'il lui avait fallu revivre l'état embryonnaire de fusion, d'existence indifférenciée au sein d'une matrice mortifère, d'un ventre primordial. Puis, peu à peu, la conscience lui était revenue. Elle se réveillait par intermittence, à chaque fois que…

Le souvenir s'interrompt.

— À chaque fois que quoi ? demande le colonel, fasciné.

— *Rien,* dit-elle. *Ce qui importe, c'est que se réalise la prophétie. Et tu as un rôle à jouer…*

— Et David ?

— *Quoi, David ?*

— Eh bien, ce qu'il souhaitait, c'était réaliser la prophétie pour venger votre funeste destin… Mais puisque vous êtes là, ça n'est plus d'actualité !

— *Disons qu'il ne voyait qu'une infime potentialité de la réalisation de la prophétie, je me charge de lui ouvrir de nouveaux horizons !*

— Mais pourquoi vous manifester seulement maintenant ? Après quatre cents ans !

— *Parce que, jusque-là, les conditions n'étaient pas réunies, Karl. Mais à présent tout va pouvoir se dérouler au mieux. Le meilleur nous attend, mon ami.*

— Je ne vous crois pas. Vous êtes la créature la plus vile que la terre ait portée ! Je n'adhère pas à vos prétendues bonnes intentions !

— *Ah, mais tant que vous jouez le rôle qu'on vous attribue, le reste m'importe guère !*

— Et si je refuse ?

— *Je ne crois pas que vous passerez à côté de l'opportunité de marquer l'histoire des EDV… Ni de celle de tuer celui que vous haïssez tant, une fois que je n'en aurai plus besoin…*

— Besoin pour quoi ? Vous voulez en faire votre complice, qu'il détruise tout pour vous ?

— *Ha ! Ha ! Ha ! Mais vous n'avez rien saisi, mon bon ami. C'est tout le contraire !*

— *Tout le contraire,* reprend David Armstrong en écho au rire démoniaque de sa sœur.

3.

Powell n'ira pas se coucher tant que tous les EDV ne seront pas endormis. Pour l'instant, ils débriefent l'incident de la soirée.

— Vous croyez qu'il dort ? demande William.

— Pas sûr. À ce qu'il a dit, il est insomniaque, répond Glenn.

— Je croyais qu'il était en couple avec Abigail… Alors pourquoi ne partagent-ils pas la même chambre ? demande Samuel.

— Pourquoi ? t'es intéressé ? Elle est un peu vieille pour toi, non ? le taquine sa sœur.

— Pff, t'es bête !

— Il sont en froid, je crois. Querelle d'amoureux, je suppose, reprend Glenn.

— On la comprend, réplique Sam. Il est plutôt flippant, ce mec !

Dans l'autocar, Martin Powell se réjouit de ce qu'il entend. Il préfère imaginer la torride Abigail seule dans son lit, plutôt que dans les bras de ce bellâtre. Ah ! La tête qu'elle a fait en le voyant au volant de l'autocar tout à l'heure ! Ça aurait mérité une photo. Il a lu toute la crainte qu'il lui inspirait, du respect aussi… Normal, ce genre de fille n'aime que les forts. Bien sûr, il a pris un risque. Car même si Kaleb ne pouvait l'influencer, il aurait pu le tuer à mains nues sans difficultés. Mais elle a eu peur pour son chéri, il faut croire, et ne l'a pas dénoncé. Sa réputation d'écorcheur fait des merveilles : c'est son péché mignon, de dépecer ses victimes vivantes… Alors forcément, on y réfléchit à deux fois avant de se le mettre à dos. Il n'a peut-être pas de don hors du commun, mais Powell n'en est pas moins puissant… Et il ne demande qu'à lui faire goûter à sa puissance, à la torride succube. Dieu qu'elle l'excite avec son air grave et ses petits seins qui sautillent quand elle marche… Mais il saura être patient… Ou prendre le taureau par les cornes, s'il le faut… Mais pour l'instant, il doit rester concentré sur la conversation de ses petits protégés. Quelle belle brochette ! De quoi ramasser un sacré pactole. Powell focalise son attention sur les écrans, et les épie à la manière d'un entomologiste.

— Je ne sais pas, poursuit Hannah, je ne la sens pas vraiment cette fille. Je n'arrive pas à la cerner.

— C'est vrai qu'elle est plutôt insondable, confirme Faroudja. Tu en penses quoi, Sam ?

— Elle est fuyante. Son visage se dérobe toujours à mes investigations, je ne sais rien d'elle.

— Je pense qu'elle est juste traumatisée, reprend la jeune Kabyle. Cette fille a peur, c'est tout, et ça peut se comprendre. Et puis, si j'avais son don, moi aussi j'éviterais les contacts. Ça doit être horrible de susciter le désir, sans pouvoir choisir qui vous veut. Elle doit avoir peur d'être violée en permanence…

Martin Powell esquisse un sourire pervers.

— Tu parles, elle n'attend que ça…, murmure-t-il derrière ses écrans.

Il ne lui a pas fallu longtemps pour obtenir des informations sur les EDV présents. Les fichiers de SENTINEL sont redoutablement bien renseignés.

Faroudja M. : 15 ans, 1,60 m. Nationalité britannique. Empathe sans grande envergure. Elle vivait à Manchester quand son don s'est déclaré. Être arrosée par les cendres d'Eyjafjöll n'a pas changé grand-chose à son intensité. Curieuse de ce monde qu'elle découvrait à travers ses yeux d'empathe, elle a fini par faire une mauvaise rencontre. Traumatisée, elle a cherché du réconfort auprès de ses parents, mais son frère, se sentant déshonoré, l'a mise à la porte. Elle a atterri en Islande grâce à ses visions de l'homme noir.

Convoitée par la Palestine pour espionner Israël.

William S. : 19 ans. Nationalité autrichienne. 1,80 m, blond foncé, yeux clairs. Excellent élève et musicien accompli. A fait des années de conservatoire. Enfant solitaire, il s'est toujours entouré d'animaux avec lesquels il a tissé des liens privilégiés. Quand son don s'est révélé, il est passé au niveau supérieur, tant en musique, dont il se sert parfois pour communiquer avec eux, que dans son amour et son besoin de contact avec les animaux. C'est un dompteur, capable de se faire obéir d'un tigre comme d'un moineau. Ses parents le croient parti faire le tour du monde. A choisi l'Islande à cause de sa vision de l'homme noir.

Convoité par les États-Unis, pour expérience sur les aliénés.

Hannah H. : 19 ans. 1,70 m, nationalité française. Brune aux yeux noisette. Conteuse à fort potentiel. Niveau 2 probablement atteint. Est capable de créer des hallucinations collectives. Orpheline, elle élève seule son jeune frère depuis un an. Lorsqu'elle a découvert leur don, elle a choisi de quitter leur lieu de résidence où ils n'avaient que trop attiré l'attention. Traumatisée par les déportations qui ont décimé leur famille, elle a préféré se retirer en Islande avec son frère - sur les conseils de l'homme noir - pour éviter d'être parqués comme des bêtes curieuses si on les découvrait.

Convoitée par les États-Unis pour abrutir les masses.

Samuel H. : 15 ans, 1,88 m, nationalité française. Révélateur au don moins développé que sa sœur mais beaucoup plus rare. Détecte les menteurs.

Convoité par Israël pour mener les interrogatoires des prisonniers palestiniens.

Glenn T. : 26 ans, 1,79 m, nationalité écossaise. Synesthète de niveau 2. Peintre en bâtiment, il exposait des toiles en parallèle dans des galeries de Glasgow. Son sens de la couleur en faisait un artiste atypique, mais son don a tout gâché. La peinture s'est mise à crisser si fort sur ses toiles qu'il en a développé des migraines terribles, l'obligeant à cesser de peindre. Arrivé en premier sur les lieux, il a préparé la venue des autres après avoir eu une vision de l'homme noir. Il possède un solide réseau d'amis EDV et était très proche de la communauté de Sherkin Island.

Convoité par la Chine pour cryptage et décryptage de messages sensibles.

Les EDV se monnayaient quelques centaines de milliers de dollars pour les plus faibles et les enchères pouvaient monter jusqu'à des dizaines de millions pour les plus puissants...

— Moi, celui qui m'inquiète, c'est Kaleb, reprit William. Le vrai danger vient de lui. Vous l'avez tous vu comme moi ! Ce mec peut nous atteindre personnellement !

— Il a eu une dure journée et le manque de sommeil taperait sur les nerfs de n'importe qui, tempère Glenn.

— Et alors quoi ? Imagine qu'il s'endorme et fasse un cauchemar. Il va tous nous crever ?

— On a besoin de lui, vous le savez !

— C'est ce que je pensais aussi, poursuit Hannah. Mais tu as vu aussi cette chose sur son corps ? Qu'est-ce que c'est ? Ce n'est pas bon du tout, je le sens pas !

— Moi non plus, poursuit Samuel. Et ses yeux ? Il a dépigmenté, Glenn. Tu sais, comme nous tous, ce que ça veut dire ! Il est mau-vais, dit-il en détachant bien les syllabes.

— Bon, il me semblait qu'on était d'accord pour les accueillir… C'est ce que voulait Aaron… Et moi je lui ai toujours fait confiance !

— Aaron ? Vous connaissiez Aaron ?

Les cinq amis sursautent comme un seul homme. Aucun d'entre eux n'a entendu Kaleb sortir de sa chambre. C'est Glenn qui se ressaisit le premier.

— Oui…, il nous avait prévenus de ta venue. Il voulait qu'on reste ensemble parce que selon lui, à nous tous, on pouvait triompher de nos ennemis.

Il y a énormément de tristesse dans sa voix. Un sentiment de solitude, aussi. Kaleb comprend que Glenn est au courant du décès du jeune précog.

— Je l'aimais bien, répond Kaleb. Moi aussi je lui faisais confiance, même si…

— Même si quoi ?

— À la fin, il ne voulait plus me parler. Peut-être parce qu'il pensait, comme vous, que je pouvais lui faire du mal…

Un silence gêné s'abat sur le groupe. Hannah et Faroudja baissent la tête, honteuses. William s'abîme dans la contemplation de son corbeau, et Samuel sent les larmes lui monter aux yeux. Kaleb réprime un petit sourire. Ils n'ont pas volé ce sentiment de culpabilité qu'il vient de leur insuffler !

— Pire, poursuit le jeune homme, il m'a explicitement repoussé dans un message des plus bizarres…

— Comment ça ? demande le synesthète.

— Eh bien, sous son pseudo, dans le tchat, il y avait une légende. Un truc pas très sympa et curieusement rédigé. Avec une grosse faute, qui plus est !

— Tu te souviens de ce message ?

— Évidemment, pourquoi ?

— Fais voir, se contente de répondre son hôte.

Martin Powell tend l'oreille et rive davantage ses yeux cruels à son écran de surveillance. Il est aux aguets, son attention entièrement mobilisée par la discussion des EDV. Soudain, on frappe à la portière de l'autocar. Il fait un bond et se cogne la tête dans l'habitacle exigu des toilettes. Il jure, hésite, décide d'aller voir qui ose l'importuner. Il ouvre la portière et s'apprête à incendier l'inconscient qui le dérange, mais se ravise en découvrant sa visiteuse nocturne : Abigail.

— Qu'est-ce que tu fous là ?

— Vous n'êtes pas content de me voir ?

— Ça ne répond pas à ma question.

— Je n'arrivais pas à dormir… J'ai trop faim.

— T'as qu'à te faire un sandwich, je fais pas restau.

Martin Powell parle avec l'assurance vulgaire des hommes qui croient pouvoir tout obtenir. Abigail ne relève pas, prend sur elle et continue, comme si de rien n'était, tout en montant dans l'autocar.

— Je ne parle pas de ce genre de faim…

— Et ton petit copain ? Il ne fait plus l'affaire ?

— Il préfère bavarder avec ses nouveaux amis…

— Je suis immunisé, tu le sais… Ça ne va pas te nourrir des masses.

— Je m'en fiche, vous me donnerez autre chose en échange.

— Quoi ?

— Bergsson va revenir. J'ai besoin de votre protection.

À ce moment précis, Powell est le roi du pétrole. Pas un instant il ne doute. Il n'est pourtant ni de prime jeunesse, ni irrésistible. Mais il est convaincu que sa démarche est sincère.

— Je peux te donner plus encore.

— Quoi donc ?

— Si tu restes avec moi, je t'offre SENTINEL.

— Je ne comprends pas.

— Tu deviens ma femme et on règne sur SENTINEL comme jamais personne ne l'a fait auparavant.

Pour toute réponse, Abigail fait glisser sa chemise de nuit jusqu'au sol, se colle à lui langoureusement et lui donne un long baiser.

4.

Oh non. Mary Ann Armstrong n'avait jamais eu l'intention que Kaleb devienne son bras armé ! Car si la mort est la clé – *Dauðinn er lykillinn* – il n'était ici question que de celle de l'empathe. Le passeur d'âmes, ce n'était pas lui. Il ne serait que l'amplificateur, dont le don devait fusionner avec celui de l'Élue pour permettre à son plan de se réaliser et à la prophétie millénaire de se concrétiser.

L'Élue, oui. Comment aurait-ce pu ne pas être une femme ? Comment faire confiance à un homme ? Impossible. Les hommes sont si peu fiables ! Il ne pouvait être question d'un Élu. Alors, année après année, un siècle après l'autre, Mary Ann avait attendu que le monde lui offre sa vengeance sur un plateau, en la personne de la deuxième femme la plus puissante qu'il ait jamais portée après elle : Abigail.

La première fois qu'elle a pris contact avec la jeune fille, c'était à sa sortie de la geôle dans laquelle l'avait consignée le colonel. Abigail frappée, Abigail humiliée, mais Abigail désinhibée ! Bergsson s'était enfin décidé à cesser le traitement qui avait empêchée Mary Ann de sentir la présence sur cette terre de cette succube formidable. Elle s'était pourtant révélée en captivité. À sa sortie, sa nature n'avait pas attendu une heure pour s'exprimer, sous la douche de sa petite chambre et, lorsque la rousse s'était endormie, honteuse et confuse, jurant obéissance absolue et éternelle à son tortionnaire, Mary Ann avait commencé à s'immiscer dans ses pensées.

— *Tu as tort de t'en remettre à un homme. C'est lui qui a besoin de toi, pas l'inverse…*

Bien sûr, Abigail avait d'abord rejeté une telle idée. On ne se libère pas de presque vingt ans de conditionnement comme ça… Mais Mary Ann ne l'avait plus lâchée d'une semelle. Quand Abigail brisa son miroir et se coupa les doigts avec un éclat, elle fut là, dans son sang, dans sa douleur. Quand elle donna son premier baiser à un soldat, Abigail sut qu'elle était observée, par une entité autrement plus bienveillante que les caméras de surveillance. Enfin, quand elle fit l'amour avec lui, et que son don put enfin éclater au grand jour, Mary Ann parvint enfin à lui parler. À lui expliquer son plan, à le lui faire accepter. Si Bergsson avait été un peu moins autocentré, il aurait compris que la nouvelle sérénité de son assistante, son assurance n'étaient pas uniquement la conséquence de son don. Non. Abigail n'était plus seule et cela faisait toute la différence. Parce que, enfin, la succube avait trouvé une oreille pour écouter sa frustration, sa colère, son sentiment d'impuissance. Abigail avait toujours évolué dans un monde d'hommes et n'avait cessé de s'en vouloir d'être une femme, de s'obliger à se comporter en mec, d'être dure, brute de décoffrage pour n'offrir aucune prise aux comportements machistes des soldats, pour ne pas être continuellement dévalorisée par son père adoptif. Mais quoi qu'elle fasse, ce n'était jamais assez. Elle ne resterait qu'une femme, une subordonnée. Même son don révélé, au mieux elle deviendrait la putain de Kaleb, son appât consentant et soumis tant son conditionnement était réussi.

Mais Abigail étouffait dans ce rôle. Depuis qu'elle côtoyait les membres de l'organisation, elle ne rêvait que de prendre leur place, accéder au pouvoir suprême, mener SENTINEL avec plus de cervelle que de testostérone, pour une fois. Mais on ne la laisserait jamais faire. Alors, si elle n'avait aucun espoir d'accéder à son besoin de puissance ici, elle le ferait par d'autres moyens, ailleurs, grâce à Mary Ann.

Le plus difficile, lorsqu'elle apprit de la voix qu'elle était l'Élue, fut de continuer à jouer le parfait sous-fifre, d'afficher un air dévoué devant le colonel, de prétendre s'en convaincre.

— *Tu devras aussi faire illusion avec Kaleb. Et ce sera autrement plus compliqué que de berner Bergsson. Tu devras croire à ton personnage, brouiller tes émotions, lui faire perdre la tête pour qu'il ne fasse pas tomber la tienne. J'ai confiance, tu peux y arriver. Je sais quel sang charrient tes veines.*

Et pour cause. Ce que Mary Ann avait refusé d'avouer au colonel, la raison qui faisait qu'elle se réveillait par intermittence depuis quatre cents ans et lui faisait croire à l'immortalité demeurait pourtant si évidente, à ses yeux. Sûrement parce qu'elle était une femme.

Elle avait aimé passionnément un homme, du temps de sa jeunesse. Et il l'avait aimée en retour. L'amour soulève des montagnes et rend tout possible. L'amour qu'un homme vous porte peut suffire à vous faire renoncer à ce que vous recelez de pire ; c'est comme ça qu'elle avait réussi à repousser la tentation du Mal, pendant toutes leurs années de vie commune. L'amour que vous ressentez pour un enfant est plus fort encore et vous lie à lui par-delà la mort.

Non, leur union n'était pas restée stérile. Mary Ann en portait le fruit en son sein, depuis plusieurs semaines, quand David avait tenté de tuer son rival. C'est pour ça qu'elle était devenue folle de rage.

Comment son jumeau pouvait-il prétendre prendre la place d'un amant alors qu'elle était pleine de son amour et s'apprêtait à le concrétiser en donnant la vie ?

Oui, elle, Mary Ann Armstrong, la pourvoyeuse de peste et de mort allait mettre un enfant au monde ! Et c'est ce qu'elle fit. Mais à peine sa fille était-elle née, qu'elle développa la crainte irrationnelle que le fruit de ses entrailles lui ressemble et finisse par s'en prendre à son père, comme elle-même l'avait fait des années auparavant. Alors, malgré cet amour infini qu'elle ressentait pour ce bébé, elle décida de l'abandonner, pour protéger celui qu'elle aimait. Pour expier aussi, peut-être, le Mal qu'elle avait fait à l'homme qui l'avait élevée comme son propre enfant. Elle ne perdit néanmoins jamais la trace de la petite. Cette dernière fut rapidement adoptée par un couple d'honnêtes bourgeois et mena une vie douce et sans heurts. Jamais elle ne développa de don, mais Mary Ann ne s'en voulut pas pour autant de l'avoir abandonnée. Elle avait mesuré les risques et avait préféré ne pas en prendre, voilà tout.

Ce n'est que cent cinquante ans plus tard qu'elle fut tirée de sa torpeur par un de ses descendants doté d'un pouvoir. Le premier après dix générations de latence. Mary Ann communiqua un peu avec lui, mais elle le trouva benêt et préféra se rendormir.

Un quart de siècle plus tard, son sang se réveilla à la révélation d'une jeune médium de sa lignée qui lui retranscrit le *Livre du volcan* et lui fit part de la prophétie, avant de la révéler aussi à son frère. Mary Ann avait besoin que David sache, qu'il ne se mette pas définitivement en sommeil pour l'aider à se libérer le moment venu. C'est pourquoi elle lui parlait parfois, en rêve, alors même qu'il croyait devenir fou et délirer... C'est même elle qui réquisitionna une autre de ses descendantes, médium elle aussi, vingt-cinq ans plus tard pour qu'elle retranscrive les mémoires de son mégalomane de frère. Ainsi se crut-il important et trouva-t-il bon de contacter un maximum d'EDV pour lui prêter main-forte dans la croisade qu'il voulait mener contre SENTINEL, et qui servirait ses desseins personnels.

Les décades étaient passées, alternant phases de sommeil et d'éveil au rythme mou des aléas de la génétique. Parfois, elle avait eu l'espoir d'avoir découvert enfin celle qui saurait trouver la clé et être la gardienne de sa renaissance, mais à chaque fois elle avait été déçue. C'était comme si le don s'était déclaré si fort à travers son frère et elle qu'il ne pouvait plus s'exprimer que sous sa forme la plus bénigne chez toutes les générations suivantes. Elle en avait presque perdu l'espoir de sortir de sa prison de chair momifiée.

Et un jour, le miracle s'était accompli.

Abigail s'était révélée. Une fille de sa famille, de son sang, de sa trempe.

Une fille si forte qu'elle a été capable d'endurer un entraînement militaire qui avait mis des dizaines d'hommes à genoux.

Si forte, qu'elle a su manœuvrer pour que Kaleb se tatoue avec la terre de leur cimetière.

Si forte qu'elle s'est nourrie du Mal en lui et l'a encouragé en lui donnant l'impression du contraire.

Parce que quand ils se sont rencontrés, Kaleb aurait pu rebasculer du bon côté et échapper aux grands projets de Mary Ann. Mais à présent qu'il portait le symbole du calice, il ferait selon sa volonté et lui permettrait de se réincarner enfin…

— *Oui, je vais revenir !*

— *Nous allons revenir, corrige David. Où tu iras, j'irai, mon aimée…*

Mary Ann n'a pas le temps de répondre. Une déflagration la fait sursauter. Le temps d'une nouvelle incursion dans les pensées de Bergsson et les jumeaux Armstrong constatent que le colonel vient de s'évader.

5.

Dans la pénombre de l'autocar, Martin Powell remonte sa braguette d'un air satisfait. Il n'est pas déçu. Il la regarde, encore allongée sur une rangée de fauteuils, alanguie sur le flanc gauche, comme une belle pouliche sauvage qui ne sera désormais plus que pour lui. Abigail paraît si pâle dans la nuit, un rayon de lune éclaire son corps complètement épilé. Elle est si douce ! Sa peau si fine ! Il a aimé la prendre comme on éduque une gamine à l'amour, être professeur, dominateur, admirateur de sa resplendissante féminité. Elle est belle et sauvage, avec sa crinière épaisse et bouclée qui lui tombe jusqu'au bas des reins, ses petits seins haut perchés, ses fesses bien fermes et ses hanches épanouies. Et tout ça est à lui désormais ! Ce joli petit lot lui appartient. Elle a beau être puissante, elle peut bien avoir couché avec d'autres hommes avant lui, il sera son dernier amant. Son mari, son maître. Tant pis si la différence d'âge fait jaser, tant mieux si on l'envie. Après tout, il ne l'a pas violée ! C'est elle qui est venue jusqu'à lui parce qu'ils sont de la même trempe et qu'elle aime le pouvoir autant que lui. On se reconnaît, entre prédateurs…

Abigail pensait que ce serait plus difficile que ça. Elle n'avait jamais couché avec un homme qu'elle ne désirait pas jusque-là. Mais Martin Powell n'est pas n'importe qui. C'est l'homme qui tire toutes les ficelles à SENTINEL et qu'elle continuera à appeler Monsieur tant qu'il le lui demandera. Si le voir sur le parking de Hverir l'a d'abord terrorisée, Abigail a vite compris qu'il n'était pas venu que pour capturer les EDV de Husavik. Il était là pour elle, mû par une fascination et une pulsion qu'il ne parvenait plus à contrôler. Il la voulait, elle que Bergsson appelait « soldat ». Powell l'avait appelée Abigail comme on nomme son animal domestique, mais il l'avait fait avec les yeux qui brillent d'admiration. La jeune fille a de l'ambition. D'abord, elle a pensé pouvoir obtenir un poste de commandement dans SENTINEL, à force de loyauté et de discipline. Puis elle a compris qu'elle ne serait jamais rien d'autre qu'une anonyme parmi les troufions, une enfant du volcan destinée à servir de putain ou d'appât pour Kaleb Helgusson. Alors elle a nourri d'autres désirs et a décidé de ne se fermer aucune porte…

Elle a Kaleb de son côté.

Elle a Mary Ann dans sa tête.

Mais si jamais aucun des deux ne pouvait l'extraire de sa condition, alors lui resterait Powell. Le raisonnement était aussi simple que ça.

Elle se rhabille lentement, en prenant soin de lui faire voir encore un peu de chair, pour qu'il n'oublie pas la chance immense qu'il a qu'elle se soit donnée à lui. Elle se sait si belle, avec ou sans don, qu'elle ne songe pas un instant à cacher la cicatrice qui lui barre le cœur. Pire, elle a eu même l'impression que ça l'excitait qu'elle soit scarifiée. Au point que Powell caresse les boursouflures, les lèche.

— Je vais devoir retourner dans ma chambre. Kaleb ne doit se douter de rien…

— Reste sage, surtout, lui dit-il en posant un baiser sur son front.

Abigail frissonne. Ce baiser n'a rien de bienveillant. C'est juste une façon de marquer son territoire, de montrer son ascendant. Elle n'est pas dupe. Est-elle prête à quitter une vie passée à obéir pour une autre où elle ne s'appartiendrait pas plus ? Elle évitera autant que possible, misant sur toutes les possibilités qui se présenteront à elle. Mais si aucune n'aboutit, alors oui, elle fera le sacrifice de sa liberté au bénéfice d'un peu de pouvoir. La jeune fille termine d'enfiler ses chaussures quand un cri la fait sursauter.

— Vous avez entendu ?

— Non, quoi ? demande Powell.

Abigail s'élance hors du véhicule, enjambe la fenêtre de sa chambre pour ne pas qu'on la surprenne à rentrer par la porte, traverse la pièce et se précipite dans la salle à manger. C'est Faroudja qui a crié. Kaleb et Glenn sont debout et se font face, poings serrés, prêts à bondir l'un sur l'autre.

— Que se passe-t-il ? demande-t-elle.

— Vas-y, répète ce que tu as dit devant Abigail ! gronde Kaleb.

— Ça ne me pose aucun problème, crache Glenn. J'ai dit que je ne la sentais pas. Je veux qu'elle s'en aille d'ici : elle est avec Bergsson.

— C'est faux ! s'écrie la jeune fille. Je me suis libérée de son emprise !

Le cœur d'Abigail accélère dangereusement. Que pourrait-elle si tous les EDV présents s'en prenaient soudain à elle ? Kaleb serait-il en mesure de la défendre ?

— C'est elle ou nous, reprend le synesthète.

— Tu parles au nom des autres maintenant ?

— Les autres sont d'accord avec moi.

Kaleb prend une grande inspiration et tourne la tête vers Abigail. Horrifiée, elle constate que ses iris ont disparu. Ils sont blancs ! Il est en train de basculer vers la noirceur la plus totale, c'est sûr ! Deux trois mouvements de tête, il semble gêné à l'encolure, par le T-shirt tout entier, comme s'il le démangeait. D'un geste rageur, l'empathe ôte alors son vêtement. Le tatouage occupe quasiment tout le torse, a commencé à empiéter sur ses épaules, à remonter le long du cou, à manger le dos du jeune homme. L'encre semble plus noire que jamais et donne maintenant l'impression de palpiter sous la peau de Kaleb, de se mouvoir et respirer comme un serpent à plusieurs têtes. Sa colère monte, c'est certain. Il semble cependant hésiter. Peut-il encore éviter l'affrontement ?

— Non, tu ne peux pas, lui murmure-t-elle tout bas. Vas-y, défends-moi.

— Écoutez, reprend Kaleb, on peut discuter, non ?

— Je ne crois pas, répond le synesthète.

— Tu vois, chuchote Abigail, ils vont s'en prendre à nous si tu ne fais rien…

Il va avoir besoin d'elle. Alors, comme la succube l'a fait à Hverir, elle dirige son pouvoir vers lui et vient nourrir de son énergie vitale la colère de l'empathe. Kaleb commence à être agité de violents spasmes. C'est plus qu'il ne peut contenir, il va devoir faire sortir la rage qui enfle en lui…

— Vas-y ! Vas-y ! l'encourage-t-elle.

Kaleb pousse alors un cri de bête qui déchire la nuit trop claire. Et en à peine deux secondes, tous les EDV présents se mettent à hurler à leur tour. C'est Faroudja qui s'effondre la première en pleurant. « Je ne peux pas supporter toute cette misère, non, je ne peux pas ! » Kaleb a décuplé son don et l'a branchée sur toutes les horreurs de ce monde. Elle sanglote, suffoque. C'est plus qu'elle ne peut tolérer et son cerveau finit par céder à une dizaine d'attaques, comme Niamh Murphy avant elle.

Vient le tour des frère et sœur. Hannah et Samuel se regardent désormais comme s'ils ne se connaissaient pas, le visage déformé par la haine. Chacun a pris le visage de l'ennemi juré, du tortionnaire de leurs grands-parents. Ils se sont transformés en nazis qu'il faut éliminer coûte que coûte. Ils prennent alors le cou haï dans leurs doigts juvéniles et serrent, serrent. S'étranglant l'un l'autre, jusqu'à ce que la langue sorte, que les yeux soient exorbités, que les ongles s'enfoncent dans une chair qui n'est plus soulevée par le moindre souffle.

William, lui, court dans la maison en se protégeant le visage de ses bras. Son corbeau l'attaque sans raison. Du moins c'est ce qu'il croit, car il bat des mains dans le vide : l'oiseau n'est pas là. Ce n'est pas lui qui lui crève les yeux, pas lui qui lui arrache les joues et lui dévore la trachée, mais un agresseur fantôme qui n'existe que dans sa tête mais le terrifie au point que son cœur lâche.

Reste Glenn. Le meilleur pour la fin. Comment pourrait-il se défendre avec son don ridicule ? Abigail sourit d'un air mauvais. Le jeune Écossais vient de plaquer les mains contre ses oreilles et se plie en deux de douleur. « Arrêtez ce bruit par pitié, arrêtez ! » Mais évidemment il est le seul à l'entendre.

Chacun des EDV est torturé par son propre don. Quelle meilleure porte d'entrée dans la tête de ces arrogants ? se félicite Abigail. Glenn hurle, du sang s'échappe de ses oreilles et coule entre ses doigts, le long de ses bras. Il finit par s'effondrer à terre et se recroqueville en position fœtale. Un filet rouge sort aussi de sa bouche, il convulse et s'immobilise. Il est mort.

Un véritable carnage. Comment tout cela a-t-il commencé déjà ? Ah oui, Glenn a dit à Kaleb qu'il se méfiait d'elle. Voilà. Il ne faut pas toucher à la petite amie de l'empathe ou bien c'est à ses risques et périls ! Après tout, elle n'est pas n'importe qui. Elle est l'Élue.

« Je suis l'Élue, ils méritent tous de crever. Je suis l'Élue, je m'en sortirai. Je les tuerai tous s'il le faut. » Abigail se répète ces mots comme une litanie, sous le regard horrifié des enfants du volcan qui l'entourent. Elle est la seule à vivre ce règlement de comptes qui s'est terminé en bain de sang.

— Tu t'es vraiment surpassée, Hannah, la félicite Glenn. Créer une hallucination de cette puissance avec autant de réalisme, c'est un tour de force !

— Merci… Mais c'était la seule solution, non ?

Oui. Quand Kaleb avait retranscrit à Glenn le statut étrange d'Aaron sur le tchat, celui-ci avait immédiatement compris qu'il y avait un message codé là-dessous. *Ce méchant Kaleb lâcherais Survivor ?*

Non seulement la phrase avait peu de sens et semblait bien puérile, mais en plus la faute grossière au conditionnel ne ressemblait pas au Aaron méticuleux qu'ils connaissaient.

— Évidemment..., avait commenté Glenn, fier de lui. C'est une anagramme !

— Tu veux dire que si on remet les lettres dans le bon ordre on obtient une autre phrase, c'est ça ?

— Absolument !

— Mais je suis nul à ce jeu-là !

— Pas moi, Kaleb, pas moi...

Le message secret n'avait étonnamment que peu surpris les EDV. Même Kaleb parut recevoir une confirmation plus qu'une révélation.

En quelques coups de crayon, « Ce méchant Kaleb lâcherais Survivor ? » devint « Abi ? Le Mal. Cherche sa survivante à Cork ». Aaron avait tout prévu de longue date. Sa propre mort et le fait que la succube devienne maléfique. Alors, comme ils avaient confiance dans les prédictions d'Aaron, les nouveaux amis de Kaleb se mirent tous très rapidement d'accord avec lui pour qu'il reparte en Irlande, à la recherche de cette mystérieuse survivante. Une fois qu'il l'aurait trouvée, il reviendrait alors avec elle et ils s'atteleraient à leur plan de destruction de SENTINEL...

« Je suis toute-puissante ! Je suis l'Élue de la prophétie ! »

— Pourquoi répète-t-elle ça en boucle ? demande Faroudja.

— C'est à cause de moi, répond Samuel. Elle ne peut s'empêcher de dire ce qui l'obsède. Comme elle est dans son délire, elle n'emploie aucune de ses défenses habituelles pour cacher son vrai visage dans la réalité…

— On va pouvoir la garder combien de temps dans cette transe ? demande William, inquiet.

— Encore une heure ou deux, pas plus, s'excuse Hannah.

— C'est déjà énorme. Ça laissera suffisamment d'avance à Kaleb.

— Et qu'est-ce qu'on fera d'elle, après ?

Mais Glenn n'a pas le temps de répondre. Martin Powell vient de faire irruption dans la maison : il a compris ce qu'il se passait et est bien décidé à réveiller Abigail de son cauchemar.

6.

Cette fois-ci, Kaleb a préféré le bateau, se disant qu'il y avait moins de risques de se faire attraper dans un port que dans un terminal bardé de barrières de sécurité.

Comment retrouver une femme dont on ne sait rien, dans une ville au final peu familière ? C'est la question que se pose Kaleb depuis qu'il a quitté son pays volcanique. Ou du moins, qu'il se posait. Car sa conscience est en train de se dissoudre. Il se sent de moins en moins en prise avec la réalité, a le curieux sentiment d'évoluer dans un rêve où plus rien n'a de sens, où les gens qu'il croise ne sont que des coquilles vides interchangeables. Peu surprenant, quand on sait qu'il n'a pas dormi depuis des jours. Il n'y arrive tout simplement plus. Le tatouage l'en empêche, c'est désormais une certitude. Cette chose a pris possession de lui. Elle le draine de ce qui fait son essence pour le remplacer par des pensées qui ne sont pas les siennes mais qui s'imposent à lui avec toujours plus de force et l'obsèdent.

L'homme noir lui apparaît chaque jour plus nettement. Le voit-il dans ses rêves ou bien lui tient-il la main à chacun de ses pas ? Kaleb l'ignore. Il aimerait juste aller en paix, sans être parasité par ces injonctions aberrantes : « *Tu dois retourner en Islande ! Ta place est auprès d'Abigail !* » ; ou par ses pulsions maléfiques qui n'en finissent pas de croître en lui. Dans ses rares éclairs de lucidité, il se dit que les deux sont peut-être liés et se méfie de la bienveillance apparente de son guide à la peau sombre. « *Tu es l'Élu. Ne doute pas de moi, Kaleb. Je suis la voix de ton destin : la prophétie doit se concrétiser à travers toi.* » Grâce à Abigail, Kaleb sait que cette prophétie est extraite du *Livre du volcan*, le livre qui explique tout du passé de ses enfants et sait tout de leur avenir. Mythe ou réalité, il aimerait en avoir le cœur net, le trouver et le lire afin de savoir pourquoi il va être sacrifié. Car il ne se fait pas d'illusion. Si SENTINEL ne le tue pas, alors ce sera ce tatouage qui lui ronge la peau et bouffe ce qui lui restait d'âme.

Si seulement il pouvait dormir, si seulement il pouvait faire cesser les hallucinations qui le tourmentent sans arrêt, ces images de charnier, cette faim de détruire, cette voix d'outre-tombe ! Si seulement il n'avait pas toutes ces absences qui rendent ses recherches d'autant plus difficiles ! Parce qu'il est retourné en Irlande dans un but bien précis : localiser une inconnue dont il ignore tout. Et, depuis trois jours qu'il a débarqué à Cork, il n'a trouvé personne, ne sait pas à qui demander. Il espérait qu'elle vienne jusqu'à lui, mais il est toujours aussi seul. C'est peut-être bête, mais il la voudrait ridée comme une grand-mère et douce comme une mère. Oui, il aimerait tellement pouvoir poser la tête sur les genoux d'une femme, et s'endormir comme ça, pendant qu'elle lui caresserait les cheveux en l'appelant « mon petit ». L'enfance lui paraît si loin. Il donnerait n'importe quoi pour revenir à l'insouciance et au sentiment délicieux que la vie ne peut que lui sourire…

Il croit bien avoir écumé tout Cork. Enfin, toute la ville. Il ne sait plus où chercher, le comté est vaste et si c'est ce qu'entendait Aaron, autant chercher une aiguille dans une botte de trèfle géante. Sa « survivante ». Ça veut dire quoi, d'abord ? Le mot « survivante » induit qu'Abigail aurait tenté de la tuer ? Pourquoi ? Comment ? Et comment savoir où et quand cela c'est produit ? La seule tuerie dont il ait eu vent et dont il ne soit pas à l'origine est celle de Sherkin Island. Mais ils ont découvert ensemble le carnage. Et puis c'était l'œuvre du colonel. En outre Abigail semblait bouleversée…

L'œuvre du colonel. Comment peut-il en être si sûr ? Il n'était parvenu à cette conclusion que parce que Abigail l'en avait convaincu ! Il se remémore un instant leur échange sur les lieux :

« C'est de ma faute...

— Ne dis pas ça.

— Si. Je te dis que c'est de ma faute !

Mais elle savait bien que ce n'était pas vrai. D'ailleurs, la culpabilité qu'elle ressentait était aussi factice que les arguments qu'elle cherchait à lui opposer. Mais on ne sort pas indemne d'années de conditionnement par un colonel fou à lier.

— Tu sais bien que non, au fond de toi. N'est-ce pas ?

Abigail demeura un instant interdite. De nouveau Kaleb sentit la peur fondre sur elle... »

Elle avait prétendu qu'elle avait mis Bergsson, malgré elle, sur la piste de la colonie, elle avait même feint la culpabilité. Culpabilité que Kaleb avait d'ailleurs identifiée comme factice, mais qu'il avait mise sur le compte de ses années de conditionnement par SENTINEL ! Quand il lui avait assuré que ses remords étaient infondés, et qu'elle le savait pertinemment, elle avait ressenti une forme de terreur. Ce n'était rien d'autre que la peur qu'il la perce à jour ! Et pour être sûre de ne pas être démasquée, elle avait, pour la première fois, consenti à se rapprocher de lui physiquement, histoire de dissiper les soupçons qu'il aurait pu avoir...

De même, quand Magnus avait commencé à bouger parmi les cadavres, Kaleb avait à nouveau senti de la terreur chez elle ! Elle ignorait alors qu'il était un émissaire de Bergsson et avait craint qu'il soit un vrai survivant, capable de la confondre !

Oui, c'est elle qui avait décimé la colonie. Mais pour quelles raisons ? Et comment a-t-elle réussi à museler ses doutes ? À faire en sorte que, bien qu'il sente la vérité à son propos, il refuse de la regarder en face ? Kaleb aimerait bien trouver une réponse à toutes ses questions, mais son cerveau est en ébullition. Il n'arrive pas à se concentrer plus de deux minutes, a déjà oublié à quoi il devait réfléchir. Tout ce qu'il sait, au fond de lui, c'est qu'il lui faut retourner à Sherkin Island et… et il ne sait pas, il ne sait plus. Il doit juste attraper un bus pour Baltimore.

Lorsqu'il quitte la ville portuaire, il laisse derrière lui une bagarre de pub en train de dégénérer. Sur le bateau, un couple se dispute. L'homme tente d'étrangler sa femme, un autre les sépare et lui allonge un coup de poing, l'épouse s'en prend à son défenseur à coups de genoux dans les parties. Partout où il passe, Kaleb sème désormais le chaos. La lumière du jour lui fait mal aux yeux, une migraine épouvantable lui donne envie de se taper la tête contre les murs et il a le sentiment que son tatouage est une corde incandescente qui se resserre sur lui comme un étau et le comprimera jusqu'à le faire étouffer.

— Salope ! crache-t-il en se remémorant que c'est Abigail qui l'a poussé à se faire tatouer.

Qu'y avait-il dans ces cendres ? S'il la tenait entre ses mains, il… il… il lui ferait l'amour. C'est idiot, il le sait, mais il n'arrive pas à la haïr. Il la désire si fort, il a tellement voulu croire qu'elle le rendrait meilleur. Comment renoncer à ce qu'on a pensé pouvoir posséder un jour et qui pour la première fois depuis des mois vous avait redonné de l'espoir ? On ne peut pas haïr quelqu'un qui vous a fait ressentir ces choses-là.

Oui, le Mal coule dans les veines de la jeune fille. Et alors ? Il coule bien dans les siennes aussi. Pourquoi chercher à combattre leur propre nature ? Pourquoi ne pas l'accepter, tout simplement, et faire en fonction de ce qu'ils peuvent ? Et quand bien même ils décimeraient des milliers de personnes, à la manière de Bonnie et Clyde des temps modernes, serait-ce condamnable ? L'humanité est de toute façon si abjecte…

Kaleb est arrivé sur les lieux du carnage de Sherkin Island. Il n'y a plus rien. Le site a été nettoyé – sûrement par SENTINEL. Alors il s'assied, s'allonge dans l'herbe humide et ferme les yeux, laisse les ténèbres l'envahir un peu plus. Il est si fatigué… Les heures passent. Il s'obstine à garder les paupières scellées, bien que Morphée le snobe toujours. Quand soudain, une émotion étrangère vient lui chatouiller le cœur. Kaleb rouvre les yeux. Penchée prudemment au-dessus de lui : une femme. Mais à peine a-t-il bougé qu'elle se met à détaler.

7.

Il doit la rattraper ! Il se lève d'un bond, du moins il essaie mais il se sent trop faible. Son corps le trahit à cause du manque de sommeil chronique. Il est sur le point de retomber sur le sol, quand quelque chose en lui prend soudain le relais. Quelque chose qui semble une sensation inhabituelle. Qui lui permet d'entendre, de loin, le cœur de la fille qui s'affole, deviner sa course effrénée à travers la plaine. Mais où va-t-elle se cacher ? Elle peut bien espérer rejoindre le port avant lui, zigzaguer entre des arbres pour être hors de sa vue, Kaleb la sent. Oui, elle palpite, elle rayonne. C'est elle qu'il recherche, c'est sûr. Il ignore son don mais il sait qu'il la veut, qu'il a besoin d'elle. Alors il laisse la chose aux appétits prédateurs prendre le contrôle de ce corps qui ne lui répond plus. Un rictus mauvais déforme son visage aux traits tirés et il s'élance à sa poursuite.

En quelques minutes, il l'a rattrapée. Elle crie, s'essouffle. Kaleb la saisit par la taille et se jette à terre avec elle. Elle se débat, tape, lutte, mais il est plus fort. Elle hurle de plus belle.

— Au secours, au secours ! Quelqu'un ! Aidez-moi !

L'accent est familier à Kaleb et le ramène à la surface de son esprit.

— Tu es américaine ?

— Lâchez-moi, par pitié ne me faites pas de mal !

— Je ne vais pas...

Mais il s'arrête au beau milieu de sa phrase. Bien sûr que si, il va lui faire du mal. Il n'a jamais autant désiré détruire quelqu'un, l'annihiler. Mais pourquoi ? Pourquoi elle ? C'est en la voyant le dévisager avec horreur qu'il comprend. Elle semble terrorisée par ses yeux à l'iris blanc comme neige. Il porte l'empreinte du Mal... Aussi sûrement qu'elle porte celle du Bien. La fille est blonde, mais ses yeux ont une teinte si foncée qu'il ne distingue pas ses pupilles. Ses iris ont comme débordé sur le blanc et lui confèrent un regard étrange, un regard d'alien, presque. Elle le transperce, le foudroie. C'est le Bien contre le Mal mais elle n'a aucune chance d'en réchapper.

— Je ne peux pas lutter, articule-t-il, je suis désolé...

Mais alors qu'il vient de passer les mains autour de son cou, plutôt que se défendre la jeune fille plaque les siennes sur les tempes de Kaleb.

Aussitôt un froid intense l'envahit.

Un flash blanc l'aveugle.

Kaleb vient de perdre connaissance.

Il se réveille dans la pièce principale de la maison des EDV. Comment a-t-elle réussi à le transporter jusqu'ici ? Elle ne doit pas être seule... Kaleb bouge, tente de se relever, mais un puissant mal de tête l'en dissuade.

— Y a quelqu'un ? crie-t-il.

Pour toute réponse, il entend un bruit d'arme qu'on charge. Il se retourne doucement, grimace à cause de la douleur, et voit l'Américaine qui braque une carabine sur lui.

— Il n'y a que moi, mais tu fais un geste de trop et tu es mort, t'as compris ?

— Oui... De toute façon, je ne peux rien dans cet état. Putain, mais qu'est-ce que tu m'as fait ?

— Je te réponds si tu passes ça.

Elle lui lance une paire de menottes.

— T'es pas sérieuse, là ?

Pour toute réponse, la fille dirige le canon vers le crâne de Kaleb.

— Il faut croire que si, poursuit-il. Mais pourquoi je me mettrais dans une position vulnérable devant toi ?

— Parce que je peux te guérir de ce qui te parasite.

— De quoi tu parles ?

— Tu le sais pertinemment. Il y a une chose en toi qui te contrôle. Je peux t'aider à la combattre. Je suis une guérisseuse de troisième génération…

Le jeune homme hésite. Comment faire confiance à quelqu'un qui le menace en lui braquant un fusil sur la tempe ? Pour autant, mourir serait-il pire que succomber à ce qui le dévore de l'intérieur ? Il décide que non et passe les menottes.

— Je suis à toi, maîtresse, plaisante-t-il.

— Hum… La marchandise est *fucking* tentante, réplique-t-elle sans se démonter, mais encore un peu trop *fucking* avariée pour que j'y goûte tout de suite…

— Sympa la comparaison. Tu sais parler aux hommes…

La fille pose son arme et s'assied près de lui. Elle dégage un si puissant magnétisme qu'il se sent automatiquement réchauffé par sa présence. Au premier abord, elle pourrait sembler banale. Elle doit avoir dans les vingt-huit ans, ni grande ni petite, ni grosse ni maigre, le genre de fille qu'on ne remarque pas dans la rue, sur laquelle on ne se retourne pas… Jusqu'à ce qu'elle vous parle. Jusqu'à ce qu'elle vous regarde. Ses cheveux sont blond foncé, plutôt fins et coupés au carré. Elle a de grandes mains très fines et un regard qui ne fait pas semblant de vous voir, mais vous sonde. Elle dégage quelque chose de chaleureux et de pétillant, de simple et maternel. Elle parle très vite, comme si elle était pressée de vivre et jure plusieurs fois par phrase. Elle doit être jolie quand elle sourit, Kaleb lui devine un charme fou et, malgré lui, se met en mode séduction.

— Je m'appelle Morrigan.

— Et moi, Kaleb. Je te serrerais bien la main, mais…

Il lève ses poignets entravés en lui adressant un clin d'œil.

— Arrête ton numéro de charme à la con et dis-moi plutôt ce que tu fous là !

Kaleb lui explique alors son périple depuis la France jusqu'au message d'Aaron. Elle n'a pas l'air surprise : elle aussi le connaissait, ou du moins avait tchaté avec lui, quand elle vivait encore en Californie.

— Il savait que je pouvais t'aider, le coupe-t-elle. Cette salope est encore là-bas ?

— Tu parles d'Abigail ?

— Qui d'autre ? Elle est restée avec les autres EDV ?

— Oui.

— Putain, ils sont en danger. Va falloir qu'on les rejoigne !

— C'est pour ça que je suis là. Je suis venu te chercher.

— On partira dans cinq jours.

— Quoi ? Pourquoi pas avant ?

— Parce qu'il faut le temps.

— Le temps de quoi ?

— De te désintoxiquer. J'ai endormi ton parasite en posant les mains sur tes tempes, dans les bois. C'est lui qui provoque la migraine. Il lutte pour refaire surface. Et sans un traitement de fond, il y arrivera…

L'empathe ne pensait pas que ce serait aussi dur. Kaleb saisit mieux à présent pourquoi les drogués souffrent tant quand on les sèvre. Les quatre jours qui viennent de passer sont les pires qu'il ait vécus. Naviguant sans cesse entre veille et délire, il n'a pas connu de répit, n'a pas dormi. La moindre cellule de son corps a été mise à la torture, il a eu l'impression de mourir à chaque fois que l'Américaine a posé les mains sur son front, ou tartiné son torse avec des onguents nauséabonds. Il a cru être badigeonné d'acide, marqué au fer rouge, nourri de poisons le tuant à petit feu. Il a vomi, sangloté, éructé les pires insultes, mais elle a tenu bon. S'est relevée chaque nuit pour le consoler, l'encourager à combattre le venin qu'on avait injecté dans ses veines. Jusqu'à la nuit dernière où, pour la première fois depuis des semaines, il s'est endormi.

Il a, paraît-il, dormi vingt-quatre heures d'affilé. À son réveil, il n'avait plus de menottes.

— Tu as faim ? demande-t-elle comme si de rien n'était. J'ai fait des œufs brouillés.

— J'adore ça.

Il se sent maintenant incroyablement bien. Normal. Se sentir normal... Comme avant qu'il ne découvre son don... Kaleb bondit hors de son lit.

— Tu as inhibé mon don ? Me dis pas que tu as fait ça, supplie-t-il presque.

— T'es un putain de parano, toi ! Bien sûr que non.

Pour vérifier qu'elle lui dit la vérité, Kaleb tente une incursion dans son esprit : elle est fière d'elle. Il le ressent. Soulagé, il se détend à nouveau.

— J'ai le temps d'aller prendre une douche ?

— Bien sûr...

Il revient dix minutes plus tard, éperdu de reconnaissance.

— Le tatouage... Comment tu as fait pour le...

— Neutraliser ? Secret de guérisseuse. Mais comme tu as pu le constater, je n'ai pas réussi à l'effacer entièrement, juste lui rendre sa taille initiale, répond-elle en servant le petit déjeuner.

— Mais c'est déjà formidable... J'ai l'impression de respirer à nouveau ! Je sens que les pulsions qui m'envahissaient sont parties !

— Attention, Kaleb, tu es loin d'être sauvé. Tu as vu tes yeux ?

— Oui...

En effet, ils ne se sont repigmentés que partiellement, retrouvant leur teinte marine sur la moitié intérieure de l'iris, et restant d'un bleu très pâle sur l'autre partie.

— C'est le signe que tu as fait une incursion du côté du Mal, Kaleb, et que tu en es revenu. Mais ça indique aussi que tu seras toujours tenté par ce choix, et que si les conditions sont réunies, tu rebasculeras cette fois sans espoir de retour…

— Je ne basculerai plus.

— Il nous faudra détruire ce qui peut t'y conduire…

Morrigan déteste Abigail. Kaleb sait bien qu'elle parle de la succube, mais il ne peut se résoudre à envisager de lui faire du mal. Abigail reste une victime, quoi que l'Américaine en pense. Ce sont ses années de souffrance à SENTINEL qui l'ont fait devenir aussi dure, mais il est convaincu qu'il peut la sauver d'elle-même…

— Ne juge pas Abigail si sévèrement, Morrigan, je t'en prie.

— Ah non ? Elle a tué tous mes amis et j'ai failli y passer, moi aussi !

— Je sais… Mais je suis convaincu qu'on peut l'aider comme tu l'as fait pour moi. Il y a du bon en elle. Je t'en prie, croie-moi. Je ne saurais te l'expliquer, mais je me sens responsable de ce qui va lui arriver. Je suis lié à elle, ne me demande pas pourquoi, je l'ignore !

— Au contraire, Kaleb. Au fond de toi, je crois que tu le sais très bien…

8.

Ça fait dix jours qu'elle partage la vie de Martin Powell. Dix jours qu'il est venu la sauver de la puissante hallucination qui la détenait prisonnière. Derrière ses écrans, il avait vite trouvé louche qu'elle reste aussi statique dans la salle à manger, tous les EDV se tenant en cercle autour d'elle, sans rien dire. Ce n'est que lorsqu'ils prirent la parole pour parler de la fuite de Kaleb et de ce qu'était en train de vivre la succube qu'il comprit et accourut, revolver à la main, pour la sauver.

— Je vous conseille de la libérer ou je vous tue tous !

Ils avaient bien essayé de le combattre avec leurs dons, mais ils ne pouvaient rien contre lui. Ils auraient pu aussi s'en prendre à la jeune fille, mais quelque chose les avait retenus, sans qu'ils s'expliquent vraiment pourquoi. Peut-être tout simplement que s'attaquer à une des leurs leur semblait inconcevable… Peut-être aussi parce que, malgré le message laissé par Aaron, ils ne pouvaient croire tout à fait que la succube soit vraiment mauvaise…

Martin et Abigail ont rejoint le campement de SENTINEL à Eyjafjöll.

Dix jours qu'on lui donne du Madame, tête baissée, lorsqu'on la croise dans les couloirs.

Dix jours à peine qu'elle est entrée dans l'intimité de l'homme le plus craint de SENTINEL.

Dix jours, en vérité, qu'elle le méprise déjà.

Il n'a d'autres talents que celui de la cruauté, et n'est pas assez fort, ni sûr de lui, pour se faire respecter sans instaurer un climat de terreur autour de lui. Il a eu la chance de naître immunisé contre les EDV, d'être un descendant des Sentinelles originelles, mais c'est à peu près tout. Il est un pistonné, un petit parvenu arrogant, rien de plus. Un minable gratte-papier qui venge sa frustration de n'être pas extraordinaire en torturant ses ennemis. Seuls l'argent et le pouvoir l'intéressent, ainsi que le clinquant, le tape-à-l'œil et tout ce qui, dans sa petite caboche pathétique, lui confère un pseudo-charisme. Abigail s'inscrit dans le programme. C'est tellement flatteur d'avoir à ses côtés une belle femme qui a l'âge d'être votre fille ! Il s'imagine qu'on le croit puissant, viril, dans l'intimité. D'ailleurs c'est sûrement ce que les autres pensent, alors qu'il n'est qu'une brute maladroite et mal dégrossie.

Un amant sans talent ni imagination.

Un cocu tellement imbu de sa personne qu'il ne voit pas ses propres cornes !

Ah ça ! Ce ne sont pas les proies qui manquent pour la jeune succube. Et tout est bon pour renforcer son don. Chaque jour qui passe, il gagne en force, en puissance. Elle a de moins en moins besoin de contact physique pour affaiblir quelqu'un ou se recharger. Mais elle fait le plein, au cas où. Pour l'épreuve finale, quand se réalisera la prophétie.

Abigail sait qu'elle n'est déjà plus au stade 1. Après tout, elle est l'Élue. Elle est prête et attend ses nouveaux pouvoirs avec impatience, depuis qu'elle en a eu un avant-goût, alors qu'elle était à Hverir, avec Kaleb.

L'évocation du prénom de l'empathe fait soudain monter une bouffée de rage et de frustration en elle. La jeune fille est en colère. Comment a-t-elle pu le laisser filer ? Elle angoisse. Et s'il ne lui revenait pas ?

— *Il te reviendra, vos destins sont unis.*

Abigail baisse la tête et dégrafe son chemisier. Depuis une petite semaine, la cicatrice qui les relie, aussi sûrement qu'une alliance maléfique, s'est étendue et s'est mise à suppurer. Ça ne lui fait pas mal et ne dégage aucune odeur. C'est juste laid. Heureusement, les hommes avec qui elle couche sont bien trop excités pour le remarquer. Quant à Martin… Justement, ça l'excite.

Abigail ne comprend pas ce qui a mis la puce à l'oreille de Kaleb ni pourquoi il l'a abandonnée. Elle a du mal avec l'abandon, peut-être parce qu'elle a été élevée avec l'idée que sa propre mère n'a pas voulu d'elle ? Quoi qu'il en soit, ça a du mal à passer… Elle s'en veut, cherche ce qu'elle a fait de mal.

— *Rien, Abigail. Ne sois pas triste. Tu m'as, moi. Rien ne peut égaler mon amour pour toi. Et encore moins ton empathe…*

— Mais comment a-t-il deviné ?

La question tourne en boucle dans sa tête. Elle a pourtant pris soin de protéger ses pensées en sa présence, de brouiller ses émotions comme le lui a appris le colonel.

Bergsson… Elle sait que Powell l'a fait arrêter et qu'il s'est enfui. Mais où est-il ? Elle le connaît suffisamment pour savoir qu'il n'en restera pas là, qu'il voudra la tête de son ennemi, et l'obtiendra certainement. Comment agir à ce moment-là ? Que plaidera-t-elle pour justifier qu'il la laisse en vie malgré sa trahison ? Il n'y a rien qu'elle pourra faire, à moins de lui offrir Kaleb sur un plateau. Mais est-elle prête à trahir le jeune homme, le seul qui, contre toute attente, l'aime véritablement ?

S'il faut sauver sa peau, alors elle le fera sans doute… Mais rien ne prouve qu'il sera aussi coopératif, cette fois. Chat échaudé craint l'eau froide.

— *Tu l'as berné une fois, tu pourras recommencer…*

— Je n'en suis pas si sûre, Mary Ann.

Certes, elle a su lui faire croire qu'elle n'était pour rien dans le massacre de Sherkin Island et le convaincre de se faire tatouer avec les cendres du volcan. Il faut dire, à sa décharge, qu'elle ignorait qu'il s'agissait de la terre qui entoure le tombeau de David Armstrong. Mary Ann n'avait pas jugé bon de le lui dire et, comme cette dernière l'avait toujours encouragée à suivre les ordres de son frère quand elle était trop faible pour lui parler, Abigail n'avait pas posé de question lorsque l'homme noir l'y avait incitée. Mais quand bien même aurait-elle su ce que c'était et les effets délétères que cette substance aurait sur le jeune homme, qu'elle aurait agi de la même façon.

Elle connaissait le plan de Mary Ann et ferait tout pour l'aider, parce que la récompense promise était trop belle pour refuser.

— *C'est en cours, ma chérie…*

— Je ne sais pas, justement, pas encore en tout cas.

— *Crois-moi… Je le sens.*

— Alors dans ce cas je dois partir et retrouver Kaleb.

— *Oui, ramène-le jusqu'ici, c'est là que tout se jouera.*

Sa décision est prise. Abigail doit s'enfuir de la base d'Eyjafjöll et repartir à Husavik. Elle servira d'appât à Kaleb et ses acolytes et les ramènera jusqu'ici. Bergsson sera sûrement de retour à ce moment-là et la prophétie pourra s'accomplir.

Pour le voyage, elle a besoin de liquide. À cette heure-ci, Martin n'est plus dans son bureau et elle sait où il cache ses billets... Elle se prépare un sac à la hâte et se glisse subrepticement dans la pièce qui, à sa surprise, n'était pas verrouillée.

— Bonjour, Abigail.

Vision d'horreur. Karl Bergsson est là, les traits tirés, le corps aminci, le regard brillant d'un éclat rageur. Le colonel se tient à côté d'un Martin Powell qui n'en mène pas large et le menace d'un couteau de chasse.

Surtout, il ne doit pas sentir qu'elle a peur. Encore moins deviner ses plans. Elle doit brouiller les cartes, donner le change.

— Papa ! s'exclame-t-elle, enfin vous êtes là !

— Ah oui, soldat, vous êtes contente de me voir ? Moi qui croyais interrompre votre idylle avec votre nouveau fiancé !

— Abigail, aide-moi ma chérie, va chercher quelqu'un, vite !

Powell a peur et transpire à grosses gouttes, peut-être pour la première fois de sa vie. Il déglutit nerveusement. Abigail trouve cette pomme d'Adam qui s'agite pour le moins ridicule.

— J'attends des explications ! ordonne le colonel.

— Vous n'avez aucune chance, Bergsson. Lâchez ce couteau ou vous allez le regretter, menace Powell.

Abigail regarde le spectacle d'un air médusé. Elle sait qu'elle est à la croisée des chemins et qu'elle doit sacrifier une des opportunités qu'elle s'était ménagées. Le choix est facile à faire. Mais elle doit la jouer fine, Bergsson se méfie d'elle.

— Je vous ai cru mort. Par les mains de Powell. Je suis venue à lui pour le confondre et le dénoncer à l'organisation le moment venu ! Voilà l'explication.

— Quoi ? Espèce de salope ! s'écrie l'homme. Elle ment !

Bergsson lui décoche une baffe magistrale qui fait valser ses lunettes à l'autre bout de la pièce.

— Et pourquoi ce sac, soldat ? Vous vous apprêtiez à fuir, on dirait ?

— Oui, colonel. Je sais depuis cette nuit que Powell m'avait démasquée et projetait de me faire tuer.

— Mais c'est faux !

— Ta gueule, connard, l'interrompt le colonel. Continuez, soldat. Comment l'avez-vous su ?

— Un de mes amants m'a fait des confidences sur l'oreiller.

— Un amant ? Comment as-tu osé, traînée ! crache le cocu.

— Vous devez le haïr, soldat. Ne souhaiteriez-vous pas vous venger ?

— Si, colonel, mais je ne m'en sentais pas capable seule.

— Vous ne l'êtes plus.

Bergsson lui tend le couteau.

Abigail le saisit.

Il attend d'elle qu'elle le plante dans le cœur de Powell.

Mais elle a une meilleure idée.

9.

Bien qu'il fasse encore jour, il est tard lorsque Abigail arrive à la colonie de Husavik. Elle est encore à une vingtaine de mètres quand la porte de la maison s'ouvre sur les enfants du volcan, prêts à en découdre. L'un d'eux l'aura sentie approcher.

Kaleb est de retour parmi eux et il y a une septième silhouette qui, de loin, lui semble familière sans pour autant qu'elle la reconnaisse.

— Qu'est-ce que tu fais là ? crie Glenn tandis qu'elle parcourt les deux derniers mètres qui les séparent. Tu veux quoi ?

— Faire partie de votre clan…

— Tu n'est qu'une vendue, Abigail ! Tu es du mauvais côté et tu le sais ! l'accuse Hannah. Et qui est ce Martin qui nous a menacés d'une arme et sur qui nous n'avons aucune influence ?

— Oui, enchérit son frère, et où est-il passé ?

— Il n'était pas celui qu'il prétendait... C'était un membre éminent de SENTINEL ! Je nous en ai débarrassés !

— Nous ? crache Kaleb. Tu crois vraiment qu'il y a un « nous » ?

— Kaleb, il faut me croire !

— Comment croire une meurtrière ? demande froidement la fille qui se tient à côté de lui.

Elle n'était pas dans la colonie quand Abigail est partie. Pourtant elle jurerait avoir déjà croisé la route de cette EDV. Elle doit en avoir le cœur net.

— Qui es-tu ? Tu m'es familière...

— Je suis une des personnes que tu as voulu tuer à Sherkin Island. Mais tu étais trop occupée à séduire Jeremy pour faire attention aux autres filles.

En effet. Abigail avait profité des tensions avec Kaleb, lors de leur première rencontre, pour justifier quelques jours de silence, prendre le large et aller visiter la communauté de Sherkin. Elle s'y était rendue dans un but bien précis : récupérer le parchemin que ses membres détenaient. Elle avait été accueillie à bras ouverts par les enfants du volcan et avait partagé le lit de Jeremy, leur leader, pour lui extorquer des informations sur le précieux document. Mais il n'avait rien voulu lui dire de sa cachette et, malgré les délicieux sévices qu'elle lui avait infligés des heures durant, avait même prétendu en ignorer l'existence. Folle de rage qu'il lui résiste, elle avait alors absorbé jusqu'à sa dernière parcelle d'énergie et l'avait laissé mort, au petit matin. Consciente que Kaleb ne devait ni comprendre qu'elle était capable de faire le Mal, ni pouvoir interroger les autres EDV sur l'identité de celle qui avait tué Jeremy, elle s'était résolue sans beaucoup de scrupules à éliminer chacun des membres de la communauté. Le poison lui avait paru une bonne solution, d'autant qu'elle en avait toujours sur elle, au cas où elle doive se débarrasser d'un témoin gênant ou mettre fin à ses jours en cas de capture.. Elle s'était dit qu'on ne remarquerait pas que l'une des victimes, Jeremy, ne présentait pas les mêmes dommages que les autres. Tous avaient mangé du plat empoisonné, elle en était certaine, même cette blonde à l'accent américain. Alors comment pouvait-elle se trouver devant elle aujourd'hui ?

— Comment est-ce possible ? demanda-t-elle.

— Je n'ai jamais eu un gros appétit. J'ai dû manger moins que les autres... Pas au point d'en mourir en tout cas. Et mon organisme a su combattre les effets de ton poison.

— Tu es une guérisseuse ?

— On ne peut rien te cacher.

— Pourquoi tu as fait ça ? demande Glenn.

— J'ai obéi aux ordres du colonel Bergsson. Il voulait récupérer un document qui se trouvait là-bas. Je n'avais pas le choix.

Depuis, Abigail avait compris que sa mission n'avait été qu'un leurre. Que c'est Magnus, le faux membre de la communauté qui avait caché le morceau de parchemin sur les ordres de Bergsson, pour qu'elle le découvre avec Kaleb. Elle n'avait su attendre de s'y rendre avec lui, et son expédition avait tourné au désastre par un fâcheux concours de circonstances.

— On a toujours le choix..., répond l'Américaine.

— Non. Ils me faisaient du chantage. Bergsson et Powell ont prétendu savoir où ma mère était retenue et m'avaient promis qu'ils la libèreraient si je faisais ce qu'ils me demandaient... Mais ils mentaient ! Je me suis libérée de leur emprise, à présent, je vous le jure ! Regardez : je ne suis pas dépigmentée.

— Ta peau est très blanche, constate William, sceptique.

— Une peau de rousse, c'est tout ! Mais mes yeux sont les mêmes, mes cheveux aussi ! Demandez à Kaleb !

— C'est vrai qu'elle n'a pas changé, confirme l'empathe.

— C'est la preuve que j'ai fait du mal sous la contrainte uniquement. Je vous en prie, croyez-moi ! Je ne veux pas les avoir tués pour rien !

— Tu parles de mes amis de Sherkin ? demande la guérisseuse.

— Oui… Mais pas uniquement. J'ai tué Powell et Bergsson, lâche-t-elle en se tournant vers Kaleb. Regarde en moi si tu ne me crois pas !

Elle est là, tendue, face à lui, le suppliant de pénétrer son âme pour y lire comme dans un livre ouvert. Et comme il a envie de la croire, malgré tout, parce que quelque chose les unit pour toujours et qu'il ne peut se résoudre à la voir comme une ennemie, il s'exécute. Et elle lui montre son souvenir.

Abigail est face à Martin Powell. Kaleb découvre qu'il est en fait un des dirigeants les plus haut placés de SENTINEL. Il est assis derrière son bureau et semble terrorisé. Il essaie néanmoins de faire preuve d'autorité et ne ressemble plus guère au sympathique Martin qui les a conduits jusqu'à la colonie.

— Ton don ne peut rien contre moi, je suis immunisé ! éructe-t-il.

— Je sais… Mais il existe d'autres moyens de te faire parler, j'ai assez attendu !

— Parler ? De quoi ?

— De ma mère…

— Ta mère ?

— Oui. Je veux savoir où tu la retiens.

— Quoi ? Mais tu es devenue folle ou quoi, Abigail ?

— Oui, folle de rage et d'impatience. Tu ne me feras plus faire ta sale besogne avec ton chantage sordide Je veux retrouver ma mère maintenant.

— C'est impossible ! Tu le sais forcément, voyons…

Powell semble extrêmement mal à l'aise. Il esquisse un geste en direction de son bureau, mais Abigail dégaine un énorme couteau de chasse déjà maculé de sang.

— Oublie ce que tu allais faire, lui conseille-t-elle.

— OK. OK. Dis-moi ce que tu veux. De l'argent, un véhicule, une nouvelle identité ? Dis-moi !

— Non, je veux ma mère et tu vas me la rendre.

Abigail plaque maintenant la pointe de la lame sur la gorge de Powell. Il pourrait tenter de la neutraliser, mais il l'a déjà vue en action. Elle pratique les sports de combat depuis son enfance et le maîtriserait en moins de deux. Il ne veut pas la mettre en colère, surtout. Powell se sent coincé. Il transpire à grosses gouttes, tremble comme une feuille et, contre toute attente se met à sangloter.

— Je t'en prie, ne me fais pas de mal ! Je ne t'ai pas maltraitée ces derniers jours… Je voulais faire de toi ma femme, supplie-t-il.

— Où est ma mère ?

— Au…

— Où ?

La pointe s'enfonce un peu plus dans la chair.

— Au cimetière… Elle est morte depuis dix-huit ans…

— Vous m'aviez toujours dit que vous la reteniez, bande de salauds !

— Mais non…

— Ta gueule ! Ma pauvre mère est morte…

Kaleb ressent par vagues le réel chagrin de la jeune fille.

— Oui, répond Powell en sanglotant.

Alors Abigail fait le tour du bureau, passe derrière le siège de Martin et se penche vers lui pour lui chuchoter quelque chose à l'oreille.

— Merci de m'avoir dit la vérité…

Puis elle lui colle un baiser dans le cou. C'en est trop. Toute la pression s'évacue. Il hoquette, il pleure, il croit être tiré d'affaire.

La lame vient alors se ficher sur sa carotide et tranche, dans un bruit de rosbif qu'on découpe. Il ne comprend pas tout de suite pourquoi l'air lui paraît soudain si vif sur sa gorge. Il porte une main à son cou et ne rencontre qu'une béance qui déverse des litres de sang sur sa chemise de créateur. Le temps de saisir qu'elle vient de le tuer. Et il est déjà mort.

La jeune fille fouille dans ses tiroirs, s'empare de l'argent qu'il y avait rangé et quitte la pièce sans un regard en arrière. Dans le couloir, le corps de Bergsson qui gît aussi dans une mare de sang…

— Elle dit la vérité, confirme Kaleb. Elle a tué les deux hommes. Ils lui avaient fait croire que sa mère était en vie, mais elle était morte depuis longtemps.

À ces mots, Abigail s'effondre sur le sol, à genoux, et pleure.

— Pardonnez-moi, je suis tellement désolée…

Malgré ce qu'il a vu, Kaleb ne sait toujours pas s'il peut lui faire confiance. Il y a encore trop de zones d'ombre dans ce qu'elle a raconté. Et puis, s'il a bien été connecté à ses souvenirs, la peine qu'elle manifeste à présent n'est-elle pas surjouée ? Il ne sait pas. Il ne sait plus…

Morrigan lui fait signe de se méfier, mais c'est plus fort que lui, peut-être encore plus maintenant qu'il a été lavé de ce mal qui le rongeait, il a envie de croire sa petite amie, de l'aimer et la protéger. Elle réveille quelque chose d'instinctif chez lui, qu'il ne peut identifier.

Alors, malgré la désapprobation criante des siens, il accourt vers elle et la prend dans ses bras.

10.

Ni l'un ni l'autre n'ont cherché à faire l'amour. Ils sont comme deux bêtes sauvages qui auraient oublié comment s'apprivoiser. Après qu'il l'a prise dans ses bras, Kaleb l'a conduite jusqu'à sa chambre, l'y a couchée, l'a doucement déshabillée.

— Oh mon Dieu, Abigail !

La blessure de la jeune fille n'avait pas pris un bel aspect. Elle était en train de s'infecter.

— Je m'en fiche de mourir, si c'est dans tes bras.

— Tu ne mourras pas. Morrigan te soignera demain…

— Elle ne m'aime pas.

— Elle se méfie, c'est tout… Mais pour moi elle le fera, Abi. C'est elle qui m'a libéré du tatouage.

— Comment ça, libéré ?

Kaleb ôte alors ses vêtements devant elle et lui montre son torse. Le dessin a rétréci pour reprendre sa taille initiale. Elle est stupéfaite.

— Ça date de quand ?

— Trois ou quatre jours, pourquoi ?

— Parce que ma cicatrice a commencé à grossir à ce moment-là. Elle t'a enlevé le Mal et me l'a redistribué, Kaleb !

— Mais non… Ce n'est pas ça…

La fille pleure doucement. Alors il se plaque contre Abigail, la serre fort, tout contre lui, pour la consoler, et s'endort avec elle.

Trois heures plus tard, un bruit assourdissant le réveille, une lumière l'aveugle.

Les EDV sont sur le pied de guerre. Tous se précipitent dehors.

Un hélicoptère vient de se poser à côté de la maison. Kaleb n'a pas besoin d'attendre de voir son passager pour savoir de qui il s'agit. Il le sait, il le sent.

— Bergsson. Je croyais qu'il était mort !

— Je ne comprends pas, répond Abigail.

— Elle a encore menti, voilà tout, persifle Morrigan.

Le colonel descend enfin de l'appareil. Lunettes sombres vissées sur le nez. Son visage n'exprime aucune émotion mais Kaleb devine qu'il exulte.

L'empathe se sent étrangement calme, comme s'il n'était pas en danger.

— Colonel ! s'écrie Abigail. Vous êtes… ?

— Vivant ? Oui, soldat. Il vous faudra apprendre à mieux viser la prochaine fois que vous essayerez de me tuer.

— Je… je…, essaie-t-elle de répondre, terrorisée.

— Taisez-vous.

Le colonel retire doucement ses lunettes et s'approche de Kaleb. Le jeune homme et le vieux soldat se dévisagent un instant, stupéfaits l'un et l'autre d'arborer le même regard bicolore. Les deux se ressemblent. Comme s'ils étaient de la même famille. Kaleb croit sentir quelque chose de cet ordre-là, mais l'idée est tellement insupportable qu'il la repousse de toutes ses forces.

— Je sais pourquoi vous êtes ici, articule-t-il.

— Je ne crois pas, non.

— Laissez les autres, c'est moi qui vous intéresse. Alors je viendrai et n'opposerai aucune résistance. D'ailleurs vous pouvez constater que je n'ai pas encore utilisé mon don alors que j'aurais pu.

— Tu es bien prétentieux, mon garçon. Ce qui m'intéresse, ce n'est pas toi en tant qu'individu ou rat de laboratoire. Ce n'est même pas ta mort dans l'immédiat…

— Quoi alors ?

— C'est que tu ressentes autant de douleur que chacune de tes victimes, à compter de la première…

En repensant à sa mère, Kaleb sent un frisson glacé le parcourir.

— Oui c'est cela… Je veux que tu en crèves, de ta peur et de ta douleur. Que tu souffres autant que tu m'as fait souffrir.

— Mais je ne vous ai jamais rien fait ! Je ne vous connais pas !

— Mais moi je te connais, Kaleb.

— Qui… qui êtes-vous ? demande le garçon, horrifié.

— Tu es en train de le comprendre, je crois. À ton avis, pourquoi tu me ressembles à ce point ? Tu cherchais ta famille ? Eh bien, tu l'as trouvée !

Kaleb est pétrifié. Cet homme ? Ce fou à lier ? Le père de sa mère ? Son… grand-père ? Non ! C'est intolérable.

— Je n'ai rien à voir avec vous, espèce de monstre immonde !

— C'est toi le monstre, Kaleb. Et je vais te faire vivre un enfer.

Bergsson sort un revolver de sa veste et le braque sur le jeune homme.

— Abigail. Venez me rejoindre.

— Quoi ? C'est hors de question, proteste Kaleb.

— Pitié ! implore la jeune fille, je suis désolée de vous avoir poignardé ! Pardon…

— C'est trop tard pour les excuses, suivez-moi ou je l'abats.

— Tu restes ici, Abi, lui intime Kaleb.

— Je compte jusqu'à trois, prévient le colonel.

— Kaleb, je dois le suivre !

— Un.

— Non, c'est un piège, il me tuera un jour ou l'autre de toute façon !

— Deux.

— Kaleb, laisse-la partir, tu ne peux plus rien pour elle, s'écrie Glenn.

— Non, je ne peux pas ! Je l'aime !

— Trois.

— C'est bon, je viens, je viens !

La jeune fille s'est détachée de l'emprise de son petit ami et court vers le colonel. Tout en menaçant les EDV d'une main, il lui passe les menottes de l'autre. Puis la pousse violemment dans l'hélicoptère.

Abigail lance alors un dernier regard à Kaleb qu'il ne parvient pas à déchiffrer. Parce qu'il perçoit quelque chose qu'il n'avait pas remarqué quand elle est arrivée, plus tôt dans la nuit. Parce qu'il entend, au fond de son cœur, un appel encore plus déchirant que celui de sa compagne.

— Mon Dieu, non ! crie-t-il en courant vers l'appareil qui décolle déjà.

Mais le souffle de la machine le plaque au sol et il assiste, impuissant, au décollage de l'hélicoptère.

— Non, non, non ! sanglote-t-il. Je n'avais pas compris ! Pas compris.

Il semble inconsolable et répète ces mots avec le désespoir d'un fou.

— Pas compris quoi, Kaleb ? demande Hannah, surprise.

Mais il est bien incapable de répondre et se tourne vers Morrigan. Il la dévisage et réalise qu'elle sait. Qu'elle avait saisi ce qu'il se passait quand il s'est confié à elle, après sa guérison, quand il lui a parlé de ce lien mystérieux qui l'unissait à Abigail. Il ferme alors les yeux et se contente de sangloter. La vie lui enlèvera-t-elle donc constamment ce qui compte pour lui, ceux qui pourraient l'aimer et le sauver ? Combien de temps pourra-t-il encore le supporter ? Il l'ignore. Il n'a pas de réponse, juste un chagrin immense et une peur qui l'étrangle.

Et ce tatouage qui semble reprendre vie, ressusciter et l'étouffer de nouveau.

— On va t'aider à la retrouver, on est tous là, avec toi, lui assure Morrigan, compatissante. On est un clan.

— Mais de quoi parle-t-il ? insiste la conteuse, perdue.

Alors la guérisseuse prend une grande inspiration, se tourne vers ses nouveaux amis, et leur annonce ce qu'elle avait pressenti :

— Abigail porte son enfant.

11.

Ils sont restés silencieux pendant une bonne partie du trajet. Pas évident de discuter dans un appareil aussi bruyant, de toute façon. Abigail contemple le ciel, la terre islandaise qui est le lieu de toutes ses compromissions et se surprend à rêver du temps où elle n'était qu'un simple soldat. Pourtant, si on le lui proposait, elle ne changerait rien à ce qu'elle a vécu jusqu'à présent. Elle demeure intimement convaincue qu'elle est appelée à faire de grandes choses, qu'elle est l'Élue…

— C'était une idée brillante, que vous avez eue là, soldat.

Bergsson vient de briser la chape de plomb. Il a l'air particulièrement joyeux. On dirait presque qu'il va sourire. Abigail n'est pas rassurée.

— Merci, colonel.

En effet, quand il lui avait placé le couteau dans les mains, le jour de son retour, Bergsson l'avait en quelque sorte mise au défi de renoncer à sa bouée de sauvetage et à le choisir lui, plutôt que la sécurité que représentait Powell. Pourtant il s'agissait d'un faux choix. Bergsson était fort et violent. Elle n'avait d'autre option que de supprimer l'ennemi de son père adoptif, mais ce ne serait pas suffisant : il faudrait aussi qu'elle lui prouve son dévouement à la cause. C'est comme ça qu'elle avait eu l'idée de cette mise en scène. Elle l'avait chuchotée à l'oreille de Bergsson pour que Powell ait l'air le plus naturel possible quand elle feindrait rechercher sa mère.

Ainsi, quand elle retournerait voir Kaleb et devrait plaider sa cause, prétendre qu'elle avait été manipulée, elle aurait un vrai meurtre à lui montrer. Conditionné par cette première vision, son amant croirait aussi à celle de la mort du colonel.

En outre, elle regagnerait un peu de sa confiance avec cette histoire de mère décédée, qui ferait forcément écho à la sienne, et pourrait de nouveau s'introduire parmi les EDV. Pas très longtemps, mais juste assez pour que Kaleb se rappelle qu'il l'aime et ait envie de venir la sauver – ce qui n'aurait pas forcément été le cas s'il ne l'avait pas revue.

En effet, il fallait que Kaleb la rejoigne à Eyjafjöll afin que la prophétie s'y accomplisse. Et qu'il vienne accompagné de chacun des EDV que David

Armstrong avait choisis – sur les conseils discrets de sa sœur Mary Ann.

Mais pour cela, elle devrait empêcher le colonel de tuer la « clé ». Et la seule chose qu'elle pouvait opposer aux envies de meurtre de son père adoptif, c'était la perspective perverse de voir souffrir son petit-fils en enlevant celle qu'il aimait.

La stratégie était brillante et Bergsson comme Kaleb avaient mordu à l'hameçon de la succube…

— Tu es vraiment une fine tacticienne, Abigail.

La jeune fille se redresse dans son siège. Elle est encore jeune et les flatteries de ce genre lui font plus de bien qu'elle ne veut l'admettre.

— Il va venir vous offrir sa vie en échange de la mienne. Il viendra se sacrifier. C'est encore meilleur ainsi, non ?

— Oui, et puis comme ça, il sera à Eyjafjöll…

— C'est vrai que c'est mieux pour la prophétie…

— C'est sûr.

Horreur ! Abigail ne réalise que trop tard la gaffe qu'elle vient de faire. Elle n'est pas censée connaître la prophétie en détail. Pourvu que le colonel ne relève pas, sinon elle est finie. Il comprendra qu'elle est en contact avec Mary Ann. Il ne lui permettra pas d'accomplir un destin pour lequel il se croit taillé. Elle se met soudain à trembler de tout son corps, retient sa respiration pendant presque une minute. Mais il semble ne pas avoir relevé.

Peu à peu, elle se ressaisit, se détend et tente de faire diversion :

— Nous sommes bientôt arrivés, n'est-ce pas ?

— En effet, regarde : on aperçoit la base.

La jeune fille se penche vers la vitre. Et contemple, étonnée, la zone d'atterrissage. Une dizaine de Sentinelles au garde-à-vous stationnent devant.

— C'est curieux cette activité sur le tarmac. Nos soldats partent en mission ?

— Non. C'est notre comité d'accueil.

— Ah ? C'est pour vous souhaiter la bienvenue ?

Depuis la mort de Martin Powell, Bergsson a fait valoir ses compétences pour obtenir son poste et plus de latitudes au sein de SENTINEL. Pris de cours, l'organisation a dû les lui accorder bien malgré elle.

— Pas à moi. À toi...

— Je ne comprends pas...

— Voyons, ma belle, tu vas peut-être arrêter de me prendre pour un con, maintenant ?

Il a craché ça d'une voix glaçante. Elle ignore ce qu'il veut dire par là exactement, mais elle voudrait se liquéfier à l'instant, et surtout ne pas être dans cet appareil avec lui.

— De quoi vous parlez ? bredouille-t-elle, tétanisée.

L'homme soupire, passablement agacé.

— Par où commencer, ma petite succube ? Par le fait que tu connais un peu trop bien la prophétie ? Ou bien par ce coup de fil, que tu m'as passé quand tu as cru perdre la trace de Kaleb à Reykjavik ?

poursuit-il, imperturbable. Tout respirait le doute, chez toi. Tu ne croyais déjà plus en la cause, tu ne me reconnaissais plus d'autorité sur toi. Tu crois que je ne l'ai pas compris ? Tu jouais pourtant bien la comédie, c'est sûr...

— Vous vous trompez, colonel ! Croyez-moi, je vous en supplie !

— Ou encore pourrais-je te parler des rêves que tu as faits, quand tu dormais encore dans nos locaux ? Tu as beaucoup rêvé à ton retour d'isolement... Et tu l'ignores peut-être, mais j'ai fait installer des caméras dans les chambres de tous mes soldats. Ce que tu as pu être bavarde dans ton sommeil ! sourit-il. Et arrogante, avec ça. Imagine que tu te prenais pour l'Élue et parlais de prendre le contrôle de SENTINEL et de tous les EDV ! C'est fou, non ?

— Mais ce n'étaient que des rêves, je ne m'en souviens pas ! Je ne sais pas de quoi vous parlez... Et puis si vous vous méfiiez vraiment de moi, pourquoi m'envoyer en mission ?

— Mais parce que tu as fait un merveilleux appât, soldat. Ton ambition t'aveuglait suffisamment pour que tu ne voies que ce que je voulais bien te montrer. Tu n'es qu'un pion, le pion de David Armstrong et le mien, pauvre petite imbécile !

— C'est faux ! C'est vous le pion ! David et vous n'êtes que des mâles prétentieux mais sans réelle envergure ! Vous verrez ce qu'il va se passer quand Kaleb viendra me chercher !

— Tu parles comme…

Le colonel ôte ses lunettes, stupéfait. Il réalise soudain que sa fille adoptive n'a pas sorti ses idées mégalomanes du néant !

— Comme Mary Ann ! Elle t'a contactée, n'est-ce pas ?

— …

— Oh, reste muette, si tu veux. Ton silence est édifiant. Mais ta Mary Ann est prisonnière du corps de David et n'en sortira pas sans l'aide de l'Élu. Et que tu le veuilles ou non, c'est de moi qu'il s'agit dans la prophétie.

Pendant sa courte cavale, le colonel avait eu le temps de réfléchir. Ainsi que lui avait soufflé Mary Ann Armstrong, on n'avait pas le droit de refuser un tel cadeau. Il allait entrer dans l'histoire des EDV et mettre un terme à cette tradition de haine et de souffrance imposée par tous ces monstres de foire. Il en mourrait s'il le fallait, mais il emporterait Kaleb dans la tombe et empêcherait les jumeaux Armstrong de sortir de la leur.

— Qu'est-ce que vous comptez faire de moi ? demanda la jeune fille d'une voix blanche.

— Je vais te garder, pour l'instant. Tu m'es plus utile vivante que morte pour faire tomber Kaleb dans mes filets…

L'hélicoptère vient de se poser. Abigail a compris qu'il ne servirait à rien de lutter et se laisse donc embarquer jusqu'à sa cellule par les soldats de SENTINEL.

Désemparée, elle appelle mentalement Kaleb de toutes ses forces et supplie Mary Ann de la soutenir. Après tout, elle a exécuté tout ce que cette immortelle voulait, jusqu'à porter l'enfant de l'empathe…

12.

Viendra le jour où naîtra un empathe
issu d'une grande dynastie
Des cendres du volcan à plusieurs reprises il sera arrosé
Pour sa mutation parfaite achever
Et au pouvoir ultime accéder,
Du symbole des fils du volcan il devra se marquer,
Sa terre dans la peau s'injecter.

Les frontières entre le Bien et le Mal seront effacées
Alors la prophétie pourra se réaliser :
Sa première bataille contre le Mal perdue
C'est alors qu'il deviendra l'Élu
Et des innocents sera le Sauveur,
En transperçant le démon d'une dague
en plein cœur.
Il deviendra arme absolue pour son ennemi
Le chef d'une nouvelle armée
Et la douleur de la perte apaisée
Libérera les innocents pour apurer la lignée.

Et dire qu'aucun des acteurs de la tragédie qui va bientôt se jouer n'a de doute sur le sens de cette prophétie, chacun pensant que son rôle sera majeur, qu'il sortira triomphant de la bataille finale !

— *Quelle bande d'imbéciles !*

Car ici, tout est sujet à interprétation.

Tout n'est que manipulation.

Mary Ann les observe, dans l'ombre, tapie au fond de la boîte crânienne desséchée d'un vieux fou qui n'a jamais cessé de l'aimer. Elle attend son heure et elle jubile…

Karl Bergsson est de retour au bercail. Il a retrouvé sa routine d'obsessionnel, son commandement sec et sans appel, la cruauté qu'il justifie par une pseudo-vocation de sauveur de l'humanité. Promu à la place de Powell, il se croit désormais tout-puissant, hors d'atteinte des jumeaux moribonds qu'il a eu l'audace de défier. Mary Ann le regarde astiquer sa dague en songeant au passé. « *Et des innocents sera le Sauveur, en transperçant le démon d'une dague en plein cœur.* » Il pense être une machine à tuer. Il se rêve en justicier. « *Sa première bataille contre le Mal perdue, c'est alors qu'il deviendra l'Élu* » Est-il si naïf que cela ? N'est-il au final qu'un doux rêveur, un idéaliste qui croit sérieusement que sa lutte médiocre contre un nouveau-né a suffi à faire de lui un hybride surpuissant, un Élu ? N'est-il pas aussi pitoyable que son petit-fils ?

D'ailleurs, parlons-en, de l'empathe le plus doué que la terre ait porté ! Y'a-t-il plus facile à manipuler que Kaleb Helgusson ? La preuve : Abigail n'a rien fait pour lui cacher sa grossesse, bien au contraire. Il n'y a pas un instant où elle ne s'est concentrée sur le bébé en la présence du jeune homme, pour qu'il ne puisse ignorer son existence. Afin, aussi, de mieux occulter ses intentions et celles de Mary Ann, et de lui donner une bonne raison de venir la chercher à SENTINEL. « *Il deviendra arme absolue pour son ennemi, le chef d'une nouvelle armée. Et la douleur de la perte apaisée, libérera les innocents pour apurer la lignée.* » Kaleb n'a désormais plus qu'une idée en tête : créer sa propre milice pour aller libérer sa compagne et son fils, se faire le sauveur de tous les enfants du volcan. Déjà il mobilise son énergie, réquisitionne ses nouveaux amis et fomente un plan pour investir et détruire SENTINEL. Comme si c'était là l'enjeu de la prophétie !

Mary Ann rit, rit, et rit encore. Que ces hommes sont arrogants ! Tellement sûrs d'être le centre du monde et d'avoir tout compris...

— *Tu es éveillée, ma douce ?*

— *Oui, David, oui...*

— *Je suis si heureux de t'avoir retrouvée ! Nous allons triompher de toute cette horreur, n'est-ce pas ?*

David Armstrong, lui, a une vision plus romantique de la chose. « *Et la douleur de la perte apaisée, libérera les innocents pour apurer la lignée.* » Il s'imagine pouvoir utiliser le don de Kaleb pour éradiquer SENTINEL et sa chasse aux EDV, ainsi que la venger du mal qu'on lui a fait.

— *Oui, mon frère, nous sortirons grandis de cette histoire, tu verras !*

Mais, s'il est commode, pour mieux les contrôler, de laisser croire aux hommes qu'ils détiennent la vérité, Mary Ann sait bien qu'aucune de ces lectures de la prophétie n'est la bonne...

Car si la première partie évoque bien Kaleb Helgusson, la suite concerne sa petite amie. Le féminin n'a jamais été très populaire dans l'histoire de l'humanité. Imaginez un messie avec des seins ? Inconcevable, n'est-ce pas ? Alors, au fil des transmissions orales du *Livre du volcan*, l'Élue est devenue un homme... Pourtant. *Son premier combat contre le Mal perdu, elle est devenue l'Élue.* Personne ne le sait, mais Abigail s'est totalement immergée dans le Mal et elle aimé ça. Au point qu'elle a commencé à dépigmenter. Le feu de sa chevelure prend maintenant des reflets blonds au soleil et sa toison est constellée de fils blancs... Heureusement pour elle, la jeune fille vit à une époque où s'épiler est la norme... C'est pour ça que son amant n'a rien remarqué.

Abigail a beau être prisonnière de Bergsson pour l'instant, son destin est bien de devenir la nouvelle reine des EDV, comme il y en avait une au commencement, et de préparer le retour de Mary Ann, l'innocente immolée par SENTINEL sur l'autel du machisme triomphant.

« Et des innocents sera le Sauveur, en transperçant le démon d'une dague en plein cœur. » Il n'y a bien qu'un rustre comme Bergsson pour croire que la prophétie fait référence à une véritable arme. « Une dague en plein cœur », c'est l'effet que produira la trahison ultime de la succube à l'encontre de Kaleb. Nul besoin de le toucher pour le détruire… Pour le rendre si fou de rage et de chagrin, qu'il ne pourra contenir ses émotions, qu'il deviendra pouvoir à l'état pur, volcan impossible à éteindre. C'est alors qu'Abigail pourra combiner leurs dons et sacrifier l'âme de son bébé pour lui permettre, à elle, Mary Ann, de s'y incarner…

— *Tu oublies que la prophétie ne parle pas d'un innocent, mais de plusieurs…*, intervient David.

— *Tu es fatigué de vivre, tu l'as dit toi-même ! Tu n'as tout de même pas changé d'avis, mon cher frère ?*

— *J'ai dit aussi que je te suivrais n'importe où, dans la mort, comme dans la vie !*

— *Ce serait aberrant de se partager un seul corps, voyons !*

— *Qui te parle d'un seul corps, Mary Ann ? Regarde mieux au tréfonds de notre chère Abigail. Ne vois-tu pas qu'elle attend..*

— … *des jumeaux ?* réalise Mary Ann Armstrong, abasourdie.

— *Oui, des jumeaux. Nous allons pouvoir renaître. Ensemble… Tu avais raison, Mary Ann, la prophétie est en marche !* conclue l'homme noir, en éclatant de son rire insane du fond de son tombeau.

Parce que je suis sûrement bien pire…

Abigail

Villes « visitées » par Kaleb en Irlande

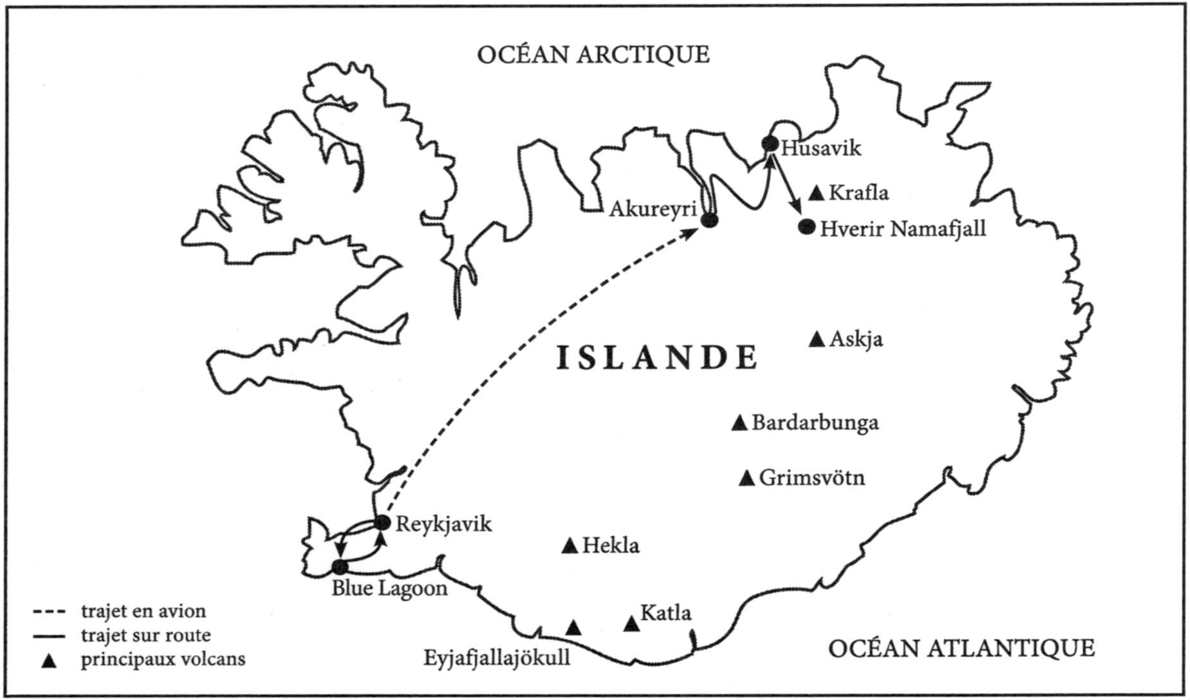

Trajet de Kaleb en Islande

DÉJÀ PARUS

VERSION BETA

Rachel Cohn

Elle est l'absolue perfection.
Son seul défaut sera la passion.

Née à seize ans, Elysia a été créée en laboratoire. Elle est une version beta, un sublime modèle expérimental de clone adolescent, une parfaite coquille vide sans âme.

La mission d'Elysia : servir les habitants de Demesne, une île paradisiaque réservée aux plus grandes fortunes de la planète. Les paysages enchanteurs y ont été entièrement façonnés pour atteindre la perfection tropicale. L'air même y agit tel un euphorisant, contre lequel seuls les serviteurs de l'île sont immunisés.

Mais lorsqu'elle est achetée par un couple, Elysia découvre bientôt que ce petit monde sans contraintes a corrompu les milliardaires. Et quand elle devient objet de désir, elle soupçonne que les versions BETA ne sont pas si parfaites : conçue pour être insensible, Elysia commence en effet à éprouver des émotions violentes. Colère, solitude, terreur... amour.

Si quelqu'un s'aperçoit de son défaut, elle risque pire que la mort : l'oubli de sa passion naissante pour un jeune officier...

« Un roman à la fois séduisant et effrayant,
un formidable page-turner ! »

Melissa De La Cruz,
auteur de la saga *Les Vampires de Manhattan*

Tome 1 d'une tétralogie bientôt adaptée au cinéma par le réalisateur de Twilight II – Tentation

CONFUSION

Cat Clarke

La vie est un beau mensonge.

Grace, 17 ans se réveille enfermée dans une mystérieuse pièce sans fenêtres, avec une table, des stylos et des feuilles vierges. Pourquoi est-elle là ? Et quel est ce beau jeune homme qui la retient prisonnière ? Elle n'en a aucune idée. Mais à mesure qu'elle couche sur le papier les méandres de sa vie, Grace est frappée de plein fouet par les vagues de souvenirs enfouis au plus profond d'elle-même. Il y a cet amour sans espoir qu'elle voue à Nat, et la lente dégradation de sa relation avec sa meilleure amie Sal. Mais Grace le sent, quelque chose manque encore. Quelque chose qu'elle cache.

De dangereux et inavouables secrets,
une amitié intense et exclusive, une attirance fatale...
Un roman qui a bouleversé l'Angleterre.

LES CENDRES DE L'OUBLI

- Phœnix -

Livre 1

de Carina Rozenfeld

Elle a 18 ans, il en a 20. À eux deux ils forment le Phœnix, l'oiseau mythique qui renaît de ses cendres. Mais les deux amants ont été séparés et l'oubli de leurs vies antérieures les empêche d'être réunis...

Anaïa a déménagé en Provence avec ses parents et y commence sa première année d'université. Passionnée de musique et de théâtre, elle mène une existence normale. Jusqu'à cette étrange série de rêves troublants dans lesquels un jeune homme lui parle et cette mystérieuse apparition de grains de beauté au creux de sa main gauche. Plus étrange encore : deux beaux garçons se comportent comme s'ils la connaissaient depuis toujours...

Bouleversée par ces événements, Anaïa devra comprendre qui elle est vraiment et souffler sur les braises mourantes de sa mémoire pour retrouver son âme sœur.

La nouvelle série envoûtante de Carina Rozenfeld, auteur jeunesse récompensé par de nombreux prix, dont le prestigieux prix des Incorruptibles en 2010 et 2011.

Second volet à paraître en avril 2013

GLITCH

de Heather Anastasiu

L'amour est une arme

Dans une société souterraine où toute émotion a été éradiquée, Zoe possède un don qu'elle doit à tout prix dissimuler si elle ne veut pas être pourchassée par la dictature en place.

L'amour lui ouvrira-t-il les portes de sa prison ?

Lorsque la puce de Zoe, une adolescente technologiquement modifiée, commence à glitcher (bugger), des vagues de sentiments, de pensées personnelles et même une étrange sensation d'identité menacent de la submerger. Zoe le sait, toute anomalie doit être immédiatement signalée à ses Supérieurs et réparée, mais la jeune fille possède un noir secret qui la mènerait à une désactivation définitive si jamais elle se faisait attraper : ses glitches ont éveillé en elle d'incontrôlables pouvoirs télékinésiques...

Tandis que Zoe lutte pour apprivoiser ce talent dévastateur tout en restant cachée, elle va rencontrer d'autres Glitchers : Max le métamorphe et Adrien, qui a des visions du futur. Ensemble, ils vont devoir trouver un moyen de se libérer de l'omniprésente Communauté et de rejoindre la Résistance à la surface, sous peine d'être désactivés, voire pire...

La trilogie dystopique de l'éditeur américain des séries best-sellers *La Maison de la nuit* et *Éternels.*

Tome 2 à paraître en juin 2013

LA FILLE DE BRAISES ET DE RONCES

de Rae Carson

Le Destin l'a choisie, elle est l'Élue, qu'elle le veuille ou non.

Princesse d'Orovalle, Elisa est l'unique gardienne de la Pierre Sacrée. Bien qu'elle porte le joyau à son nombril, signe qu'elle a été choisie pour une destinée hors normes, Elisa a déçu les attentes de son peuple, qui ne voit en elle qu'une jeune fille paresseuse, inutile et enveloppée... Le jour de ses seize ans, son père la marie à un souverain de vingt ans son aîné. Elisa commence alors une nouvelle existence loin des siens, dans un royaume de dunes menacé par un ennemi sanguinaire prêt à tout pour s'emparer de sa Pierre Sacrée.

La nouvelle perle de l'*héroic fantasy*.

Le premier tome d'une trilogie « unique, intense... À lire absolument ! » (Veronica Roth, auteur de la trilogie *Divergent*).

Tome 2 à paraître en juin 2013

LA COULEUR DE L'AME DES ANGES

de Sophie Audouin-Mamikoniar

Laissez-vous porter par les ailes du désir...

Sauvagement assassiné à 23 ans, Jeremy devient un Ange... et réalise avec effroi que l'on peut mourir aussi dans l'au-delà. Pour ne pas disparaître, en effet, tout Ange doit se nourrir des sentiments humains et même... les provoquer ! Invisible et immatériel, Jeremy décide d'enquêter sur sa mort et tombe amoureux de la ravissante Allison, une vivante de 20 ans, témoin de son meurtre. Or l'assassin de Jeremy traque la jeune fille... Jeremy parviendra-t-il à sauver Allison ? Sera-t-il capable de sacrifier ses sentiments et de vivre à jamais séparé d'elle ?

Le premier volet de la duologie événement de Sophie Audouin-Mamikonian.

LA SÉLECTION

de Kiera Cass

35 candidates, 1 couronne, la compétition de leur vie.

Elles sont trente-cinq jeunes filles : la « Sélection » s'annonce comme l'opportunité de leur vie. L'unique chance pour elles de troquer un destin misérable contre un monde de paillettes. L'unique occasion d'habiter dans un palais et de conquérir le cœur du prince Maxon, l'héritier du trône. Mais pour America Singer, cette sélection relève plutôt du cauchemar. Cela signifie renoncer à son amour interdit avec Aspen, un soldat de la caste inférieure. Quitter sa famille. Entrer dans une compétition sans merci. Vivre jour et nuit sous l'œil des caméras... Puis America rencontre le Prince. Et tous les plans qu'elle avait échafaudés s'en trouvent bouleversés...

Le premier tome d'une trilogie pétillante, mêlant dystopie, téléréalité et conte de fées moderne.

Bientôt adaptée en série TV par les réalisateurs de *The Vampire Diaries* !

Tome 2 à paraître en avril 2013

STARTERS

de Lissa Price

Vous rêvez d'une nouvelle jeunesse ?
Devenez quelqu'un d'autre !

Dans un futur proche : après les ravages d'un virus mortel, seules ont survécu les populations très jeunes ou très âgées : les Starters et les Enders. Réduite à la misère, la jeune Callie, du haut de ses seize ans, tente de survivre dans la rue avec son petit frère. Elle prend alors une décision inimaginable : louer son corps à un mystérieux institut scientifique, la Banque des Corps. L'esprit d'une vieille femme en prend possession pour retrouver sa jeunesse perdue. Malheureusement, rien ne se déroule comme prévu... Et Callie prend bientôt conscience que son corps n'a été loué que dans un seul but : exécuter un sinistre plan qu'elle devra contrecarrer à tout prix !

Le premier volet du thriller dystopique phénomène aux États-Unis.

« Les lecteurs de *Hunger Games* vont adorer ! », Kami Garcia, auteur de la série best-seller, *16 Lunes*.

Second volet à paraître en mai 2013

Night School

de C.J. Daugherty

Tome 1

Qui croire quand tout le monde vous ment ?

Allie Sheridan déteste son lycée. Son grand frère a disparu. Et elle vient d'être arrêtée. Une énième fois. C'en est trop pour ses parents, qui l'envoient dans un internat au règlement quasi militaire. Contre toute attente, Allie s'y plaît. Elle se fait des amis et rencontre Carter, un garçon solitaire, aussi fascinant que difficile à apprivoiser... Mais l'école privée Cimmeria n'a vraiment rien d'ordinaire. L'établissement est fréquenté par un fascinant mélange de surdoués, de rebelles et d'enfants de millionnaires. Plus étrange, certains élèves sont recrutés par la très discrète « Night School », dont les dangereuses activités et les rituels nocturnes demeurent un mystère pour qui n'y participe pas. Allie en est convaincue : ses camarades, ses professeurs, et peut-être ses parents, lui cachent d'inavouables secrets. Elle devra vite choisir à qui se fier, et surtout qui aimer...

Le premier tome de la série découverte par le prestigieux éditeur de *Twilight*, *La Maison de la nuit*, *Nightshade* et Scott Westerfeld en Angleterre.

Tome 2 : *Héritage*
Tome 3 à paraître à partir de mi-2013

PARALLON

de Dee Shulman

Tome 1

Un gladiateur romain
Une jeune fille du XXIe siècle
Deux mille ans les séparent
Un mystérieux virus va les réunir...

152 après J.-C.

Au sommet de sa gloire, Sethos Leontis, redoutable combattant de l'arène, est blessé et se retrouve aux portes de la mort.

2012 après J.-C.

Élève brillante mais rebelle, Eva a été placée dans une école pour surdoués. Un incident dans un laboratoire fait basculer sa vie à jamais.

Un lien extraordinaire va permettre à Sethos et Eva de se rencontrer, mais il risque aussi de le séparer, car la maladie qui les dévore n'est pas de celles qu'on soigne, et leur amour pourrait se révéler mortel...

Leur passion survivra-t-elle à la collusion de deux mondes ?

Tome 2 à paraître en octobre 2013

Retrouvez tout l'univers de
Kaleb
sur la page Facebook de la collection R :
www.facebook.com/collectionr

Vous souhaitez être tenu(e) informé(e)
des prochaines parutions de la collection R
et recevoir notre newsletter ?

Écrivez-nous à l'adresse suivante,
en nous indiquant votre adresse e-mail :
servicepresse@robert-laffont.fr

Composé par Nord Compo Multimédia
7, rue de Fives, 59650 Villeneuve-d'Ascq

Cet ouvrage a été imprimé
en décembre 2013 par

CPI
FIRMIN-DIDOT

27650 Mesnil-sur-l'Estrée
N° d'édition : 53742/02
N° d'impression : 120958

Imprimé en France